UN MILLION DE SECRETS INAVOUÉS

C.L. Parker est née à Los Angeles. Avant de se consacrer pleinement à sa carrière d'écrivain, elle a servi pendant deux ans à la base navale de Norfolk en Virginie. Sa série best-seller *Million Dollar Duet*, dont le dernier volet vient d'être publié aux États-Unis, arrive en France et en exclusivité au Livre de Poche. C.L. Parker vit aujourd'hui dans le Kentucky avec ses deux fils et son chien.

C.L. PARKER

Un million de secrets inavoués

TRADUIT DE L'ANGLAIS (ÉTATS-UNIS)
PAR ALEXANDRA MOREAU

Titre original :

A MILLION DIRTY SECRETS

Couverture : © Shutterstock.
Copyright © 2013, by C.L. Parker.
Tous droits réservés.
© Librairie Générale Française, 2014, pour la traduction française.
ISBN : 978-2-253-17961-0 – 1re Publication LGF

Prologue

Je suis une esclave sexuelle : une personne maintenue en servitude, propriété d'une autre, totalement soumise à une domination. Dans les faits, je suppose que «putain» serait le terme le plus adapté pour qualifier ce que je suis. Car je me suis effectivement rendue totalement disponible pour un homme, mais un seul, en échange d'argent. Cela comprend, sans toutefois se limiter à cela, ma fidélité, ma discrétion, et l'utilisation de mon corps de quelque manière et sous quelque forme que ce soit, à sa convenance.

L'ironie est que je n'ai absolument pas été contrainte à cette vie : je l'ai choisie. Enfin, je n'avais pas vraiment d'autre choix, car c'était la meilleure solution qui se présentait à l'époque, mais c'est tout de même moi qui l'ai décidé. Il ne m'a pas forcée. Il ne m'a pas sélectionnée parmi tant d'autres. Il ne m'a pas kidnappée ni battue pour me soumettre. Je suis venue de mon plein gré.

Et j'ai fait tout cela pour sauver une vie.

Je m'appelle Delaine Talbot, mais vous pouvez m'appeler Lanie. Ceci est mon histoire.

1
Les sacrifices que nous faisons

Lanie

— Tu es sûre que tu veux faire ça ? me demande mon entêtée de meilleure amie pour la millième fois depuis que j'ai franchi les portes du club où elle travaille – et où elle s'amuse, cette veinarde.

Dez est mon roc inébranlable. Elle m'empêche de dérailler quand la vie se complique, et là, c'est compliqué de chez compliqué. Dez, c'est le diminutif de Desdemona, qui peut se traduire par « du diable ». Elle a changé de prénom à son dix-huitième anniversaire, uniquement parce que ses parents le lui avait refusé jusque-là. Sans rire, ses parents l'avaient baptisée Princesse, mais en dehors d'eux, si quelqu'un essayait de l'appeler comme ça, c'était la bagarre garantie. Dez est très belle, le genre de bombe dont on vous parle dans tous les romans sentimentaux : de longs cheveux noirs soyeux, une silhouette d'amphore, des jambes interminables et un visage de déesse. Le seul problème, c'est qu'elle se comporte comme une femme de motard. Et plutôt le genre qui aime *essayer* tous les modèles. Comme je le disais, une veinarde. Mais je l'adore, autant que si c'était la chair de ma chair. Quand on sait ce que je suis prête à faire pour celle qui l'est vraiment, ce n'est pas peu dire.

— Non, je ne suis pas sûre, Dez, mais j'y suis obligée. Alors arrête de me poser la question, sinon je vais finir par changer d'avis et partir d'ici en courant comme la poule mouillée que je suis au fond, rétorqué-je.

Elle ne se vexe jamais quand je pique des crises, car elle n'a rien à m'envier de ce côté-là. Oh, que non ! Et sans le moindre scrupule.

— Et tu es vraiment prête à t'offrir à un parfait inconnu ? Sans romantisme ? Sans violons, sans dîner en tête-à-tête ni désir ?

Ses questions incessantes me portent sur les nerfs, même si je sais qu'elle m'adore et qu'elle veut simplement s'assurer que j'ai bien tout pris en considération. Nous avons pourtant examiné ensemble les pour et les contre au microscope, et je ne pense pas que nous ayons manqué quoi que ce soit. Mais en réalité l'inconnu, c'est ce qui m'inquiète le plus.

— Si cette décision peut sauver ma mère, sans hésiter une seconde ! dis-je en la suivant dans le couloir sombre qui mène dans le sous-sol du club.

L'endroit s'appelle le Foreplay : c'est là que ma vie a changé. Le point de non-retour.

Ma mère, Faye, est condamnée. Elle a toujours eu le cœur fragile, mais la situation a empiré avec les années. Elle a failli mourir en me mettant au monde, pourtant elle a réussi à surmonter cette épreuve, tout comme d'innombrables opérations et interventions. Malheureusement, aujourd'hui nous n'avons plus aucun recours. Et elle est en train de s'éteindre beaucoup trop vite.

Ma mère est tellement faible à présent qu'elle est clouée au lit mais, avant cela, elle a fait tellement d'allers-retours dans des hôpitaux que mon père, Mack, a perdu son travail. Il se refusait à la laisser seule sous prétexte d'aller aider une stupide usine à atteindre ses quotas de production. Je ne lui en ai jamais voulu d'avoir agi ainsi. C'est sa femme et il a pris son rôle d'époux très au sérieux. Il se devait de s'occuper d'elle, c'est d'ailleurs ce qu'elle-même aurait fait si les rôles avaient été inversés. Mais ne plus avoir de travail, c'est ne plus avoir d'assurance santé. Cela implique aussi que nous vivions sur les maigres économies que mon père avait réussi à mettre de côté pour leurs vieux jours. Tout ça pour dire que payer une assurance santé, c'est un luxe que mes parents ne peuvent plus se permettre. Magnifique, comme situation, non ?

Et elle a encore empiré. La maladie de ma mère s'est aggravée au point qu'une transplantation cardiaque est devenue nécessaire pour qu'elle continue de vivre. La nouvelle nous a tous éprouvés, en particulier mon père, je le vois bien. Physiquement, il a perdu du poids, puisqu'il se soucie plus de sa femme que de lui-même, et les cernes noirs sous ses yeux rougis trahissent son manque de sommeil — même s'il tâche de faire toujours bonne figure devant ma mère. Elle, a accepté le fait qu'elle allait bientôt mourir, mais mon père... il espère encore. Le problème, c'est que cet espoir s'amenuise. Ça le tue de la voir mourir à petit feu. J'ai l'impression qu'il se laisse dépérir en même temps qu'elle.

Un soir, alors que ma mère était endormie, je l'ai aperçu, affalé sur son fauteuil, la tête entre les mains, les épaules secouées de sanglots. Il pensait que personne ne le surprendrait dans cet état, quand je suis arrivée.

Jamais je ne l'avais vu aussi abattu. J'étais rongée par l'idée qu'une fois ma mère décédée, mon père ne tarderait pas à la suivre. Il mourrait littéralement de chagrin, cela ne faisait pas l'ombre d'un doute. Il fallait que je fasse quelque chose. N'importe quoi pour les aider à aller mieux.

Dez est ma meilleure amie. Vraiment. Comme j'ai toujours tout partagé avec elle, elle est parfaitement au courant de la situation. Il faut être radical dans les moments les plus désespérés et, me voyant à bout de ressources, elle m'a finalement parlé des petites activités scandaleuses qui se déroulent dans le sous-sol du Foreplay.

Scott Christopher, le propriétaire, est ce que l'on peut appeler un homme d'affaires qui n'a pas froid aux yeux. En gros, il gère des ventes aux enchères d'esclaves. C'est haut de gamme et classieux, mais ça reste de l'esclavage sexuel. Le Foreplay n'est que la façade de son affaire, les enchères, c'est ce qui lui rapporte. En haut, c'est la fête permanente, avec des étudiants qui cherchent à coucher et boivent tellement qu'ils en oublient leur nom ; c'est la couverture idéale pour l'établissement raffiné du sous-sol. D'après ce que je comprends, certaines des femmes – moi y compris – participent volontairement, alors que d'autres ont une dette quelconque envers Scott. Pour le rembourser, elles vendent leur corps en dernier recours.

Dez m'explique que les clients sont toujours des hommes qui possèdent un gros compte en banque. Même les magnats les plus riches du monde ont des fantasmes, généralement les plus pervers – des fantasmes qu'ils ne voudraient surtout pas rendre publics. Pourvu qu'ils aient l'argent, ils peuvent trouver ici celle qui exaucera leurs désirs sans avoir à s'inquiéter que ce soit divulgué. Mais c'est la loterie : on peut tomber sur quelqu'un de gentil et attentionné comme sur un tyran absolu qui prend plaisir à dominer. À en juger par mon passé, j'aurais plutôt tendance à tomber sur le deuxième. Dans la mesure où je n'ai jamais vraiment eu de chance dans ma vie, je ne vois pas pourquoi j'en aurais cette fois.

La maladie de ma mère exige autant l'attention constante de mon père que la mienne. Ce n'est pas que je lui en tienne rigueur, mais j'ai pris du retard après le lycée. Au lieu d'aller à l'université, je suis restée auprès d'elle pour permettre à mon père de continuer à travailler. Maintenant qu'il n'a plus de travail, mes parents ne voient pas la nécessité de ma présence quotidienne. Moi, je ne me suis jamais sentie obligée. C'est ma mère et je l'aime. Et puis, de toute façon, je n'ai pas encore décidé de ce que sera ma vie. On pourrait croire qu'une femme de vingt-quatre ans sait déjà ce qu'elle veut, mais non, pas tellement en réalité.

C'est peut-être malhonnête de ma part de leur donner autant d'espoir, mais comme je l'ai dit, on n'en a pas beaucoup à la maison et ça ne peut pas leur faire de mal qu'on leur en offre un peu. J'ai donc réussi à convaincre mes parents que j'avais décroché une bourse d'études tous frais payés à l'université de New York. Oui, je sais que ce n'est pas le genre de chose qui arrive aussi tardivement dans la vie, mais mes parents l'ignorent. Être loin de la maison signifie que je ne pourrai pas les voir aussi souvent, et même si j'ai de la peine d'être éloignée de ma mère mourante, c'est absolument nécessaire pour mettre mon plan à exécution. Avec un peu de chance, je pourrai même faire durer les choses un peu plus longtemps pour gagner le maximum. Mais vous n'avez pas oublié ce que je vous ai dit concernant ma chance, n'est-ce pas ?

Le deal que j'ai fait avec Scott, c'est que j'accepte de vivre avec mon « propriétaire » pendant deux ans. Ni plus, ni moins. Ensuite, je pourrai disposer de ma propre vie. J'ignore quel genre ce sera, mais j'ai décidé de rester positive. Finalement, deux ans, ce n'est pas cher payé pour assurer les derniers jours de ma mère, puis ceux de mon père.

Les basses qui résonnent depuis le club à l'étage font vibrer les murs et couvrent les battements de mon cœur. Je m'efforce de ne pas regretter de ne pas être là-haut à me perdre dans l'alcool et m'amuser, comme tous ces gens qui ne se doutent pas de ce qui se passe sous leurs pieds. Car les femmes qui sont en bas, elles, se perdent dans tout autre chose.

Nous arrivons devant le portier avec sa liste de VIP. Comme il sait qui nous sommes et pourquoi nous sommes venues, il nous fait entrer immédiatement. Je manque de perdre contenance alors que nous passons devant les femmes alignées dans le couloir. Elles ont toutes le même air, certaines ont une allure royale et d'autres n'ont pas l'air de novices, mais peut-être est-ce malgré tout la première fois qu'elles jouent dans la cour des grands. Chacune porte un numéro scotché sur son ventre nu et elles font face au miroir qui recouvre le mur opposé.

— Il est sans tain, m'explique Dez. Chaque client qui arrive a la description de chaque fille mise en vente ce soir. Ensuite, on les amène ici comme du bétail et on les expose pour les «baleines», les plus gros clients. Ils peuvent juger sur pièce et décider sur quelle désespérée ils vont vouloir enchérir.

— Merci Dez! Présenté comme ça, ça fait chaud au cœur ce que tu dis.

— Oh, tais-toi. Tu sais bien que ce n'est pas ce que je veux dire, me réconforte-t-elle. Tu es beaucoup trop bien pour ce genre de choses, et tu le sais. Tu n'es pas comme elles, ajoute-t-elle en désignant les autres femmes. Mais je comprends. Tu le fais pour ta mère et je vois rien de plus désintéressé.

Les autres femmes pourraient très bien avoir aussi une mère malade chez elles, me dis-je tout en évitant de croiser leurs regards.

Nous arrivons au bout du couloir et Dez frappe à une porte. Une voix nous crie d'entrer, mais quand Dez s'efface en me désignant la porte, je commence à perdre contenance. La crise de panique me guette, je le sens.

— Hé, regarde-moi, dit Dez en me relevant le menton. Tu n'es pas obligée d'entrer. On peut encore faire demi-tour et repartir.

— Non, impossible, dis-je en tremblant malgré moi.

— Je ne peux pas entrer avec toi. À partir d'ici, tu es toute seule, explique-t-elle avec un peu d'inquiétude et de regret. (J'opine et je baisse la tête pour qu'elle ne voie pas les larmes qui me montent aux yeux. Elle me serre brusquement contre elle et me coupe presque le souffle.) Tu peux le faire. Merde, peut-être même que ce sera agréable. On ne sait jamais. Don Juan attend peut-être de l'autre côté du miroir pour te séduire et t'emmener au septième ciel.

— Il y a peu de chances ! marmonné-je avec un sourire forcé avant de me dégager de son étreinte. Non, tout ira bien. Assure-toi simplement que le taré sur qui je tomberai respectera le contrat. Sinon, je compte sur toi pour envoyer le FBI ici, arme au poing.

— Tu sais bien que oui, voyons. Et tu connais mon numéro, donc tu as intérêt à me tenir régulièrement au courant, sinon je me lance à ta recherche. Bon, il faut que je retourne au bar avant de perdre mon job et ne plus être aux premières loges. Mais n'oublie pas que je t'aime bien. (Dez n'est pas le genre à larmoyer, mais je sais qu'elle veut dire qu'elle m'adore. Elle m'embrasse sur la joue et ajoute :) Fonce !

Sur ce, elle m'assène une claque sur les fesses et tourne les talons. Je ne suis pas dupe. J'ai vu ses épaules s'affaisser et qu'elle s'essuyait les yeux en douce.

— Je t'aime bien aussi, dans ton genre, réponds-je à mi-voix alors qu'elle ne peut déjà plus m'entendre.

Je me retourne vers la porte, rassemblant tout mon courage pour tourner la poignée. Une pensée pour ma mère, et je sais que je ne pourrai pas revenir en arrière. J'ouvre donc la porte et entre dans ce bureau pour discuter des termes de mon contrat.

Le bureau de Scott ressemble à l'idée que je me fais du repaire d'un caïd de la mafia. Moquette épaisse, lustre magnifique, vitrines éclairées où sont exposés des objets divers qui doivent valoir une fortune, tableaux aux murs. Des haut-parleurs invisibles diffusent de la musique classique pour m'inciter à me croire en sécurité. La musique et le cadre élégant donnent l'illusion d'un établissement raffiné, peut-être pour ne pas dépayser la clientèle, mais je ne suis pas naïve. On peut déguiser un cochon en smoking et nœud papillon, il n'en reste pas moins un cochon.

Scott est assis à son bureau, une cigarette dans une main et un verre de whisky dans l'autre. Renversé en arrière dans son fauteuil, les pieds sur la table, l'air insouciant, il dirige des doigts un orchestre invisible. Il se tourne vers moi et sourit avant de se redresser et d'écraser sa cigarette dans le cendrier en marbre.

— Ah, miss Talbot. Je me demandais si vous nous feriez la grâce de venir ce soir.

Je redresse les épaules et le menton pour le regarder droit dans les yeux. C'est ma vie qui est en jeu, et j'en ai encore le contrôle, jusqu'à l'échange d'argent. Pas question de laisser Scott Christopher s'imaginer qu'il est autre chose qu'un entremetteur.

— J'ai dit que je viendrai, donc me voilà.

Il se lève et vient vers moi en me toisant sans la moindre gêne.

— Très bien. J'aurais peut-être dû envoyer une patrouille pour vous localiser si vous n'étiez pas venue. Vous allez gagner beaucoup d'argent ce soir.

— Pouvons-nous simplement discuter des termes de mon contrat ? soupiré-je.

Je ne lui fais pas confiance, et avec raison. Il gagne sa vie sans remords dans la vente d'êtres humains. Comment se fier à quelqu'un qui exerce ce métier ? Si j'avais le choix, je ne serais sûrement pas là en cet instant.

— D'accord, dit-il en retournant à son bureau pour ouvrir une chemise portant mon nom en grosses lettres noires. Je veux personnellement garantir que la clientèle de ce soir n'a aucun problème pour respecter la discrétion. À vrai dire, c'est une condition *sine qua non* pour toute personne qui entre dans mon établissement. Ce sont des gens importants, des personnes de premier plan... le genre aguerri et qui ne sait plus quoi faire de son argent. Ils ont leurs raisons pour s'intéresser au commerce que je propose et je ne leur demande rien du moment qu'ils paient.

La seule consolation que je trouve dans ce marché, outre le fait que je sauverai la vie de ma mère, c'est de rencontrer quelqu'un qui aura les moyens de payer les frais d'hôpital et qui sera discret. N'importe qui d'aussi riche ne tient généralement pas à ce que le monde entier sache ce qu'il fait de son argent. Et, en ce qui me concerne, je ne tiens sûrement pas à ce que mes parents soient au courant. Le savoir les achèverait prématurément, et je me serais donné beaucoup de mal pour rien.

Un autre avantage à cet arrangement, c'est que quelqu'un qui peut se permettre ce genre de fantaisie est également, espérons-le, assez raffiné pour ne pas faire de ma vie un enfer. Je ne suis pas stupide, je sais bien qu'il y a sur cette terre des tordus qui ont des fantasmes malsains, mais je garde quand même espoir.

— Je suppose que vous acceptez toujours ma commission de vingt pour cent ? demande-t-il en feuilletant les papiers.

— Bien essayé. Mais nous avions convenu dix pour cent, dis-je, n'appréciant pas du tout qu'il tente de m'escroquer.

— D'accord, d'accord. Dix pour cent. C'est ce que je voulais dire. (Il me fait un clin d'œil qui me donne la chair de poule, puis il fait glisser le contrat vers moi et me tend un stylo.) Signez simplement là... et là.

Je gribouille une signature, parfaitement consciente que je renonce ainsi aux deux prochaines années de ma vie. Non, ce n'est pas cher payé.

Peu après, on m'introduit dans une autre pièce où on me demande de me déshabiller et d'enfiler le bikini le plus exigu qui soit. Il ne laisse vraiment pas grand-chose à l'imagination, et c'est sans doute le but recherché. Ces messieurs veulent voir la marchandise avant de payer le prix fort. Je comprends, certes, mais ce n'est pas pour autant que je me sens moins vulnérable. Ensuite, une coiffeuse-maquilleuse vient s'occuper de moi. Elle s'affaire à me rendre simplement élégante, et, j'en suis surprise, pas vulgaire.

Après quoi, Scott me colle le numéro 69 sur le ventre. Je garde la tête haute en rejoignant les autres femmes devant le miroir sans tain. Le pire, c'est de ne pas savoir qui vous observe de l'autre côté. Moi, en revanche, je me vois. Je ne me prends pas du tout pour ce que je ne suis pas, pourtant je dois dire qu'à côté des autres femmes, j'ai de l'allure.

Je ne me suis jamais considérée comme une beauté ; je suis juste une jolie fille. J'ai de longs et épais cheveux blonds. Mes yeux n'ont rien de spécial : un bleu terne, mais naguère, ils étaient pleins de vie. C'était avant que la maladie de ma mère s'aggrave dramatiquement. Mon corps n'est pas parfait, mais je ne suis ni grosse ni trop maigre et j'ai des courbes là où j'ai toujours pensé qu'il en faut. Au final, ce que j'ai à montrer me semble plutôt acceptable.

Une par une, les femmes sortent de la pièce. D'abord, je crois que cela veut dire qu'on les a préférées à moi, et je me sens comme la petite potelée du cours d'éducation physique qui est la dernière à être choisie. Mais on appelle mon numéro et je m'avance vers la même porte noire où j'ai vu les autres disparaître avant moi. Une fois à l'intérieur, on m'entraîne au centre de la pièce. Tout autour de moi se trouvent de petites cabines à paroi vitrée. Chacune comporte une table avec une veilleuse, un téléphone et une chaise à coussins de velours rouge. Il devient rapidement évident que la seule chose que les occupants de ces cabines ont en commun, c'est l'argent. En quantité.

La première est occupée par un cheikh qui porte des lunettes noires, un ghutrah en coton blanc et un costume. Deux des femmes qui étaient avec moi dans le couloir l'encadrent et le caressent. Je me détourne, gênée, et me retrouve face à une autre cabine. L'homme qui l'occupe est énorme, et ce n'est rien de le dire ! Il me fait penser à Jabba le Hutt, et une image de la princesse Leia enchaînée à ses pieds me traverse l'esprit et me fait frissonner.

Dans la cabine voisine se trouve un petit homme maigre flanqué de deux gardes du corps costauds, les mains croisées devant eux – probablement la position la plus détendue pour ce genre de type. Le petit a les jambes croisées pudiquement et sirote un cocktail piqué d'une ombrelle. Sa veste blanche est simplement posée sur ses épaules, d'une manière étudiée. Je me dis qu'il préfère sans doute les hommes. Ce ne doit pas être bien risqué d'être en sa compagnie. Il est probablement venu trouver ici une femme douce qui lui servira de couverture pendant qu'il laisse parler ses préférences.

Je me tourne vers la dernière cabine et soupire intérieurement en voyant que la lumière est éteinte. Apparemment, celui qui l'occupait a déjà fait son choix et est parti, et l'assortiment restant ne me laisse guère d'espoir.

C'est alors qu'une petite lueur orangée apparaît dans l'obscurité comme le bout d'une cigarette sur laquelle on tire. Je scrute la cabine et distingue faiblement une silhouette nonchalamment assise. L'homme se redresse, me permettant de mieux le voir, mais pas suffisamment pour le distinguer complètement.

— Messieurs, annonce Scott en frappant dans ses mains et en arrivant derrière moi. Voici la charmante Delaine Talbot, article numéro soixante-neuf de notre liste. Je crois que vous avez tous lu son dossier, mais laissez-moi vous préciser quelques-unes de ses plus belles qualités. Avant tout, sachez qu'elle est venue de son plein gré. Vous constaterez qu'elle a énormément d'allure, ce qui peut infiniment faciliter la vie de ceux qui désirent une partenaire en mesure d'assister à des soirées. Elle est jeune sans l'être trop, et vos amis et famille n'auront aucune peine à croire que vous avez une relation traditionnelle, si cela vous importe. Elle a fait des études et est bien élevée, et elle est en bonne santé. En outre, comme elle n'a aucun problème de drogue, vous pourrez dès à présent disposer d'elle. Sa qualité la plus précieuse est sans conteste que son innocence est encore parfaitement intacte. Vous avez devant vous, messieurs, une vierge de premier ordre. Jamais touchée, jamais profanée... aussi pure que l'agneau qui vient de naître. Idéale à former, non ? Ceci étant dit, commençons les enchères à un million de dollars et que le plus chanceux gagne, conclut-il avec un grand sourire totalement faux.

Il me fait un clin d'œil et s'écarte.

La plateforme sur laquelle je me trouve commence à tourner et, même si la vitesse est loin d'être vertigineuse, je ne m'y attends pas et je vacille un peu avant de reprendre mon équilibre. Je fais plusieurs tours pendant que les enchères commencent. Aucune voix n'est audible, mais j'entends un bourdonnement quand les lampes au-dessus des portes s'allument. Comme je vois les hommes décrocher le téléphone à côté d'eux et parler avant que la lumière s'allume, j'en déduis que c'est ainsi que l'on enchérit.

Je ne sais absolument pas où en sont les enchères. J'espère seulement qu'au final, cela suffira à payer l'opération de ma mère. Au bout d'un moment, le cheikh et le maigre renoncent, ne laissant que Jabba le Hutt et Monsieur Mystère en lice. J'ignore de quoi ce dernier a l'air, mais il ne peut pas être pire que l'obèse.

Les enchères entre les deux candidats restants ralentissent alors que je suis de plus en plus étourdie à force de tourner. À dire vrai, j'ai surtout envie qu'on en finisse pour connaître enfin mon sort. Et je soutiens secrètement le mystérieux inconnu.

La lampe de Jabba le Hutt est la dernière à s'allumer et c'est donc au tour de Monsieur Mystère d'enchérir, mais il ne se manifeste pas. Je commence à paniquer quand Scott revient dans la pièce et se place à côté de moi. Il sourit à Jabba et hausse un sourcil interrogateur à l'intention de Monsieur Mystère. Je prends un air suppliant, sans trop savoir si cela change quelque chose pour lui, mais cela ne coûte rien d'essayer.

Les secondes s'égrènent avec une lenteur épouvantable. Tout passe au ralenti et je suis prise de vertige et d'étourdissements. Je suis sûre que je vais m'évanouir d'un instant à l'autre si je continue de retenir mon souffle. Je prie intérieurement que Monsieur Mystère mise sur moi et que je n'aie pas à regretter qu'il soit le vainqueur.

— Il semblerait que nous ayons un gagn... commence Scott.

Mais il s'interrompt brusquement quand la lampe au-dessus de la cabine de Monsieur Mystère s'allume avec un petit bourdonnement.

Je respire enfin et je me sens revivre. Je me tourne vers Jabba le Hutt et soupire de soulagement en le voyant secouer la tête avec un geste désinvolte de la main avant de se lever péniblement de son fauteuil pour éteindre la veilleuse sur sa table.

— Vous avez un nouveau propriétaire, miss Talbot, murmure Scott un peu trop près de mon oreille. Et si vous alliez à la rencontre de votre maître ?

— Je ne l'appellerai pas maître, grincé-je assez bas pour qu'il soit le seul à m'entendre tandis qu'il me fait descendre de la plateforme.

— Vous l'appellerez comme il vous le demandera si vous voulez les deux millions qu'il vient de payer pour vous, rétorque-t-il en me prenant par le coude pour m'entraîner vers la cabine de Monsieur Mystère.

— Il a payé deux millions pour moi ? demandé-je, stupéfaite.

J'essaie de dégager mon coude, car ce genre de manière ne fait pas partie du marché, et il m'énerve vraiment. Mais il m'empoigne à nouveau, plus fermement, cette fois, et m'entraîne en avant.

— Quoi ? Ça ne suffit pas ? On est une petite demoiselle avide, hein ?

Sans me laisser répondre, il ouvre la porte vitrée de la cabine de Monsieur Mystère et m'entraîne à l'intérieur.

Une odeur de fumée de cigarette me monte aux narines. Curieusement, ça ne me répugne pas.

— Miss Delaine Talbot, lance Scott à la silhouette toujours plongée dans la pénombre en guise de présentation. Félicitations pour votre victoire, Mr. Crawford. J'ai l'impression qu'elle vaut chaque dollar que vous l'avez payée.

— Faites envoyer le contrat à mon adresse, répond une voix grave et sensuelle dans l'obscurité. (Le bout incandescent de sa cigarette qui rougeoie éclaire ses traits une fraction de seconde et il disparaît de nouveau.) Et enlevez vos pattes de ma propriété, nom de Dieu ! Je ne paie pas pour une marchandise abîmée.

Scott me lâche immédiatement et je me masse le bras, certaine que je vais avoir un bleu dès le lendemain matin.

— Comme vous le désirez, dit Scott en s'inclinant cérémonieusement. Gardez la cabine le temps qu'il vous plaira, mais prenez garde, c'est une rebelle.

Comme je ne sais pas trop ce que je suis censée faire, j'attends gauchement. Au moment où je suis presque convaincue qu'il entend peut-être que nous restions ici pendant deux ans, il finit par soupirer et écraser sa cigarette. La lumière qui s'allume avec un déclic m'éblouit car je m'étais habituée à l'obscurité. Quand je rouvre les yeux, je le vois. Mon estomac se noue et j'ai un pincement au cœur. Ou deux. Trois, peut-être.

Il est magnifique. Et j'ai du mal à me retenir de le dévorer du regard. Pendant ce temps, il reste assis avec un sourire narquois. Il porte un costume noir sur mesure, sans cravate, et les deux boutons de son col ouverts laissent entrevoir une poitrine sculptée. Mes yeux suivent les tendons noueux de son cou jusqu'à sa mâchoire dessinée, que couvre l'ombre d'une barbe de deux jours soigneusement entretenue. Ses lèvres charnues sont d'un rose sombre idéal, son nez est parfaitement droit et ses yeux... mon Dieu, ses yeux. Jamais je n'ai vu une couleur noisette si intense et pailletée d'autant de couleurs ni un homme avec des cils aussi longs. Ses cheveux bruns sont courts, plus longs sur le dessus avec une petite houppe sur le devant, et je n'ai très certainement jamais vu plus bel homme.

Il passe une main aux longs doigts dans ses cheveux. Soit parce qu'il est agacé que je le dévisage, soit par habitude, mais le geste est sexy de toute façon.

Je commence à me demander pourquoi quelqu'un d'aussi beau aurait besoin d'aller jusqu'à faire l'acquisition d'une compagne alors qu'il peut certainement séduire toutes les femmes qu'il veut. C'est alors qu'il ouvre la bouche et me rappelle que nous ne sommes pas dans un conte de fées et qu'on attend de moi certaines choses, que je veuille ou non les faire.

— Eh bien, voyons ce que vous valez, soupire-t-il en baissant son pantalon. (Je le regarde, stupéfaite. Il ne s'attend tout de même pas à ce que je perde ma virginité dans un endroit comme celui-ci ? Je suis sa propriété, mais quand même.) À genoux, Delaine, sinon nous ne ferons pas affaire et vous pourrez retrouver l'homme de la cabine voisine. Il avait vraiment l'air d'avoir envie de vous, ajoute-t-il avec un sourire sardonique et sexy tout en se caressant d'une main. Montrez-moi un peu de reconnaissance.

Problème numéro un : je n'ai jamais fait de fellation de toute ma vie.

2
Réflexe nauséeux : fait

Lanie

— Delaine, vous me faites perdre mon temps, et apparemment mon argent aussi.
— Vous voulez que je… Ici ? Tout de suite ? dis-je, mal à l'aise.
— Je n'ai pas été assez clair, peut-être ? demande Monsieur Mystère en haussant un sourcil. (Je me laisse tomber à genoux devant lui en tentant de ravaler mon angoisse. Il faut que je prenne plusieurs profondes inspirations pour me ressaisir. Il pousse un soupir agacé.) Prenez-moi dans votre bouche, miss Talbot.
Je me penche en avant, le prend dans ma main et me rends compte que je ne peux même pas en faire le tour. Je suis sûre que je dois avoir l'air d'une idiote à la regarder comme ça tout en essayant de deviner quelle est la meilleure manière de m'y prendre. Il

y a une goutte humide au bout et, ne sachant pas trop ce que je dois en faire, je la lèche du bout de la langue. Je l'entends laisser échapper un discret sifflement que je prends comme un signe positif. Je m'enhardis, referme les lèvres sur le gland et suce un petit peu. Puis j'ouvre tout grand la bouche et essaie d'en engloutir le plus possible, c'est-à-dire pas grand-chose. Comme je le disais, elle est énorme. Je suis à peu près sûre que je vais en avoir une crampe à la mâchoire.

— Allons, vous pouvez faire mieux que ça, me défie-t-il.

Je m'exécute jusqu'à ce que son gland touche le fond de ma gorge et que les commissures de mes lèvres semblent sur le point de céder. Ce serait tellement plus facile si j'étais comme ces serpents qui peuvent décrocher leur mâchoire pour ingurgiter leurs proies. Et c'est à peu près à ce moment-là que je commence vraiment à prier pour ne pas me déboîter la mienne.

J'entame un va-et-vient, mais je suis prise d'une envie involontaire de vomir qui déclenche une réaction en chaîne. Cherchant à me retenir et ne pas me répandre sur lui, je mords légèrement la peau sensible de sa bite. Il pousse un cri de douleur et me repousse sans ménagement avant de se lever d'un bond hors de portée de moi et de ma bouche assassine.

— Nom d'un chien! jure-t-il avant d'examiner son membre. Vous vous foutez de moi! Vous n'avez jamais sucé une bite de votre vie, ou quoi? (Malgré la colère qui fige ses traits, il est toujours aussi beau.)

Parce que je peux vous assurer que c'est la pire pipe qu'on m'ait jamais faite.

Là, c'est clair : je le déteste.

— Excusez-moi, je n'ai jamais...

— Taillé de pipe? achève-t-il, incrédule. (Je secoue la tête.) Bon Dieu! murmure-t-il en se passant une main sur le visage.

Son insensibilité – ou plutôt son hypersensibilité – à la situation me met hors de moi. Même si je me doute que je devrais probablement me taire – n'oublions pas qu'il peut me faire à peu près ce qu'il veut –, je ne supporte pas. Et j'explose.

— Vous et votre magnifique bite surdimensionnée, vous pouvez aller *vous faire foutre*! m'exclamé-je. (Et je n'en ai pas fini.) Je ne suis peut-être pas le genre de fille qui taille des pipes du matin au soir – d'ailleurs, je suis à peu près sûre que vous n'auriez pas lâché deux millions si j'en étais une – et je suis désolée si je vous ai fait mal, mais même si j'avais de l'expérience en la matière, je... Personne ne peut prendre un truc aussi énorme dans la gorge. Vous êtes une curiosité de la nature, mais au moins j'y ai mis de la bonne volonté et j'ai essayé!

Je me suis laissée aller. Je vais probablement perdre mon contrat et tout gâcher. Il se rassoit et me fixe. Son expression passe successivement de la surprise à la colère, puis de la perplexité à l'amusement. Il ouvre et ferme la bouche plusieurs fois, puis il se ravise. Au bout d'un moment, il tourne la tête vers moi.

— Si je comprends bien, vous êtes en train de me dire que la nature m'a doté d'avantages exceptionnels ? demande-t-il avec un petit sourire satisfait. (Je me redresse et croise les bras, totalement mortifiée et gênée, car, oui, je crois que c'est effectivement ce que je viens de dire. Mais il n'est pas question qu'il me le fasse répéter.) Vous n'avez jamais eu la moindre expérience sexuelle ? (Je secoue la tête. Il soupire et se passe de nouveau la main dans les cheveux. Il a l'air à des lieues d'ici, sans doute se demande-t-il s'il va ou non me garder. Puis il finit par remettre son pantalon et se lever.) Partons.

— Où allons-nous ? demandé-je, prête à le supplier de ne pas me revendre à Jabba le Hutt.

— À la maison, répond-il.

— Vous n'êtes pas fâché ? dis-je, surprise, en me relevant précipitamment pour lui emboîter le pas.

— Oh, je suis extrêmement énervé, mais je m'efforce de ne pas le montrer. (Il continue à grandes enjambées dans le couloir sans se retourner un instant.) J'essaie de voir le bon côté de la situation, si vous ignorez tout, je peux sans doute vous former à faire les choses comme je désire qu'elles soient faites... Où sont vos affaires ?

— Dans une pièce au bout du couloir.

Nous n'ajoutons plus rien le temps d'atteindre le lieu où je me suis changée un peu plus tôt et où j'avais laissé toutes mes affaires, portable y compris, Dieu merci ! Il reste dehors le temps que je quitte le ruban de tissu qui me servait de tenue pour remettre mon débardeur et ma jupe. Une fois cela fait, je me sens moins nue. Il me conduit vers l'entrée dérobée du Foreplay, celle qui doit être réservée aux clients. Quand nous arrivons sur le parking, Monsieur Mystère se dirige vers une limousine où un blond à cheveux courts portant un costume noir et une casquette de chauffeur attend près de la portière.

— Mr. Crawford, le salue-t-il, imperturbable, en s'inclinant légèrement et en ouvrant la portière.

— Samuel, lui répond-il, tout en me guidant sur la banquette arrière de sa main sur mes hanches. Nous rentrons à la maison.

— Bien monsieur, dit le chauffeur, tandis que Mr. Crawford, alias Monsieur Mystère, monte à l'arrière de l'immense véhicule et se laisse glisser juste à côté de moi.

La voiture se retrouve quelques secondes plus tard dans les rues de Chicago.

— Vous habitez à Chicago ? demande-t-il.

— Non, Hillsboro, réponds-je, laconique.

Je regarde par la vitre les lumières de la ville défiler. Les rues sont remplies de gens heureux et insouciants. Sans doute que dans d'autres circonstances, si ma famille et moi n'étions pas maudits, je serais l'une d'entre eux. Mais, en l'occurrence, ce n'est pas le cas.

— Pourquoi faites-vous cela, Delaine ?

Je ne suis pas disposée à divulguer cette information et ce n'est sûrement pas mentionné dans mon contrat. Je préfère ne pas être trop intime avec l'homme qui vient de m'acheter.

— Et vous ? rétorqué-je.

Apparemment, je n'ai toujours pas appris à me retenir...

Il se renfrogne à nouveau et je regrette un peu d'avoir voulu jouer au plus fin avec lui étant donné le nombre de punitions qu'il pourrait me faire subir. Mais seulement *un peu*.

— Vous êtes consciente que vous êtes ma propriété, n'est-ce pas ? Vous feriez bien de rester à votre place. Je ne suis pas d'un naturel cruel, mais votre langue trop bien pendue et votre insolence mettent ma patience à l'épreuve, m'avertit-il avec un regard sévère.

Je dois sûrement avoir l'air d'un chaton terrifié, et c'est un peu comme ça que je me sens, mais je le regarde quand même droit dans les yeux, refusant par fierté de les baisser. Ou peut-être est-ce par peur que je préfère l'avoir à l'œil et guetter tout geste brusque. Plus probablement, enfin, parce que cet homme est vraiment un magnifique spécimen ; et je me maudis de ma faiblesse.

— Écoutez, reprend-il, je sais que ce n'est certainement pas une situation idéale pour vous et vous devez avoir vos raisons, tout comme j'ai les miennes. Mais il n'en demeure pas moins que nous sommes liés pour les deux années à venir et que ce sera donc nettement plus facile pour nous deux si nous pouvons au moins essayer de nous entendre. Je n'ai pas envie de me battre avec vous à chaque instant. Vous ferez ce que je vous dirai et c'est tout. Si vous ne voulez rien me dire de votre passé, très bien, je ne poserai pas de question. Mais vous m'appartenez et je ne tolérerai pas d'insubordination, Delaine. C'est bien clair ?

Je plisse les paupières et je serre les dents.

— Parfaitement. Je ferai ce que vous me dites, mais n'attendez pas que j'y prenne plaisir.

Un sourire ironique se dessine sur ses lèvres et il pose sa main sur ma cuisse nue. Lentement, il commence à me caresser en remontant de plus en plus haut, sous ma jupe. Il se penche vers moi, je sens sur mon cou son haleine brûlante qui me donne la chair de poule.

— Oh, je crois que vous y prendrez tout à fait plaisir, Delaine. (En entendant sa voix rauque, j'éprouve des choses que le dégoût devrait m'empêcher d'éprouver, puis il pose juste sous mon oreille ses lèvres ouvertes dans un baiser tandis que ses longs doigts effleurent mon sexe. Mon idiot de corps me trahit et je ne suis plus qu'une chose entre ses mains habiles. Je crois qu'un léger gémissement m'échappe quand il se retire brusquement.) Ah, nous voici arrivés à la maison, dit-il alors que la voiture s'arrête.

Je sors de ma stupeur et regarde par les vitres fumées. Ce n'est même pas une maison, c'est… immense. Un manoir. Je jure qu'on y logerait une ville entière. Si je n'avais pas eu la preuve du contraire, j'aurais dit qu'il surcompensait, mais non, ce n'est clairement pas le cas. Mr. Crawford – mon Dieu, que je déteste l'appeler comme ça – descend de la limousine et me tend la main pour m'aider. Je décline son offre et descend toute seule. L'immense allée circulaire pavée de briques fait le tour d'une fontaine discrètement illuminée.

Des jets d'eau jaillissent dans l'air et retombent dans un bassin en verre. Je balaie les environs du regard et je ne vois rien d'autre que des pelouses parfaitement tondues et des topiaires taillés en forme de cerfs. Mince, ce doit être Édouard aux Mains d'Argent qui habite là!

— Par ici, Miss, dit Samuel en prenant mon sac et en me désignant la maison.

Des statues de cerfs décorent les poteaux de part et d'autre de l'escalier menant à l'entrée. Ils sont comme prêts à bondir et c'est tout juste si on ne les entend pas bramer.

Le long de l'entrée se dressent de hautes colonnes blanches montant jusqu'au deuxième étage. Samuel ouvre les doubles portes pour nous laisser entrer et Monsieur Mystère me fait signe de passer devant. Le sol est en marbre et le haut plafond forme une coupole. Mais ce qui retient vraiment mon attention, c'est l'escalier. Il occupe le centre de la pièce et à partir d'un premier palier, se divise pour former une double révolution. On dirait le genre de décor où la princesse apparaît en haut des marches et attend d'être annoncée à la foule captivée pour descendre gracieusement saluer ses invités.

Moi? Je trébucherais probablement dès la première marche, je roulerais en boule jusqu'en bas où j'atterrirais lourdement. Et ce *ne* serait *pas* gracieux. Absolument pas.

— Qu'en pensez-vous? demande Monsieur Mystère en désignant l'immense hall d'une demeure dont il est manifestement très fier.

— Pas mal. Si on est accroc au genre snob prétentieux, réponds-je d'un ton blasé.

En réalité, je suis très impressionnée.

— J'ai hérité de la maison. Et je ne suis pas snob, dit-il, visiblement froissé. Montons vous faire passer quelque chose de plus confortable afin de pouvoir dormir un peu. La journée a été longue et j'ai le sentiment que demain le sera encore plus, tout comme chaque jour des deux prochaines années de ma vie.

Il tourne les talons et monte l'escalier sans m'attendre.

— Apparemment, nous sommes d'accord sur une chose, Mr. Crawford, dis-je en le suivant.

Il s'arrête brusquement et se retourne avec un air agacé.

— C'est Noah, dit-il solennellement avant de reprendre son ascension. Il n'y a que les domestiques qui m'appellent Mr. Crawford.

— Eh bien, n'est-ce pas ce que je suis ? Vous me payez pour être là tout comme vous les payez, le défié-je.

— Croyez-moi, ils sont loin d'être payés autant que vous. (Il se tourne sur le palier pour prendre l'escalier de droite.) Et vous serez ma presque constante compagnie pendant deux ans. Il faut que les gens croient que c'est authentique. Ce qui sera impossible si vous continuez de m'appeler Mr. Crawford.

— Très bien, alors, *Noah*, dis-je, pour voir l'effet que cela me fait. Où est ma chambre ? demandé-je alors que nous arrivons dans un long couloir décoré de tableaux.

— Nous sommes au bout, répond-il sans ralentir le pas.

— Attendez. *Nous*?

— Vous partagerez mon lit. Ce détail n'était pas clair pour vous?

— Mais nous n'avons pas discuté les termes du contrat, lui rappelé-je.

Il ouvre la porte au bout du couloir et je le suis. À peine suis-je entrée qu'il la ferme derrière moi et me plaque de tout son poids contre le battant.

— Les termes sont tout à fait simples, dit-il en frôlant mon cou de ses lèvres. Vous m'appartenez et vous ferez tout ce que je désire.

Ses lèvres se posent sur les miennes et m'embrassent, mais je ne lui rends pas son baiser. Il se radoucit et effleure mes lèvres, essayant de m'arracher une réaction.

— Embrassez-moi, Delaine. (Ses hanches se pressent contre les miennes et cette chose dans son pantalon frôle ma féminité.) Cela pourrait bien vous plaire.

L'idée ne m'effleure pas qu'il puisse avoir raison, mais je sais que j'ai déjà beaucoup tiré sur la corde et qu'il ne va pas s'en laisser conter plus longtemps. Ma mère a besoin d'être opérée et comme je suis certaine que nous serons amenés à être nettement plus intimes que cela dans les années qui vont suivre, je n'ai d'autre choix que de ravaler ma fierté et céder. Je respire un bon coup, ma poitrine collée contre la sienne, puis je prends sa lèvre entre les miennes. Il gémit et se redresse, glissant sa cuisse entre mes jambes, les mains sur mes hanches et la tête inclinée pour se faciliter la tâche. Je le laisse approfondir son baiser et quand sa langue passe sur ma lèvre, je ne pense plus que je vais le regretter un jour.

Ce n'est pas que j'aie embrassé beaucoup de garçons ou que je sois experte en aucune manière, mais ce que cet homme sait faire avec sa langue...

Je pose les mains sur ses muscles qui gonflent sous la veste. J'ai envie de me rapprocher et, me disant qu'il appréciera peut-être que je prenne un peu d'initiative, je pose les mains sur sa poitrine, les remonte sur ses épaules et fais glisser la veste le long de ses bras. Il la rattrape et la pose sur le fauteuil voisin avant de m'empoigner par les hanches et de m'attirer contre lui. Je le prends par le cou et ma langue s'enroule délicatement autour de la sienne. Il pousse un gémissement étouffé, puis, étrangement, il recule, me laissant là les yeux clos, la tête penchée de côté, les mains encore suspendues dans le vide et les lèvres entrouvertes.

C'est un peu comme ce moment gênant dans *Dirty Dancing* où Baby continue après le départ de Johnny de faire son numéro de danse dans une pièce remplie d'inconnus.

— Vous voyez, je vous avais dit que cela vous plairait, dit-il avec un demi-sourire narquois. (Ce n'est vraiment pas juste qu'il puisse faire comme si de rien n'était, alors que je suis au bord de l'apoplexie et que j'essaie de ne pas avoir l'air idiote.) Ne vous inquiétez pas, nous y reviendrons, mais les affaires passent avant le plaisir, poursuit-il en reculant de quelques pas. Les termes du contrat : je veillerai à ce que l'argent soit viré sur le compte que vous avez spécifié, et cela en provenance d'un donateur anonyme, comme demandé. J'attends de vous une discrétion absolue sur notre relation et je vous rendrai la pareille. La version destinée à ma famille et mes collègues est que nous nous sommes rencontrés lors d'un de mes nombreux voyages d'affaires et que nous sommes tombés follement amoureux. Vous m'accompagnerez dans diverses réceptions en vous conduisant comme la dame bien élevée que vous êtes censée être. Chez moi, vous partagerez mon lit et vous rendrez physiquement disponible de quelque manière que je désire. Et je dois vous avertir que j'ai beaucoup d'imagination. Ai-je oublié quelque chose ? (Probablement, mais je suis encore tellement chavirée par ce baiser que je suis incapable de réfléchir correctement, et je me contente de hocher la tête.) Très bien, dit-il en s'allongeant sur le lit immense (je commence à discerner une tendance dans toutes ces choses surdimensionnées qui entourent cet homme) et en se redressant sur les coudes. À présent, ôtez vos vêtements.

— Pardon ? m'étranglé-je.

— Delaine, nous allons avoir bien des occasions de nous voir nus. Vous ferez bien de laisser de côté votre pudeur et votre timidité. (Il me toise longuement et se passe la langue sur les lèvres d'une manière suggestive. Son regard croise le mien et l'expression de ses yeux noisette perçants me fait presque tomber à genoux.)

J'ôte mes chaussures tout en soulevant rapidement mon débardeur pour le passer par-dessus ma tête.

— Lentement, m'interrompt-il d'une voix rauque.

Je lève les yeux au ciel tellement c'est cliché.

— Vous voulez mettre de la musique pour que je puisse faire un vrai strip-tease, aussi ?

— Je vois que vous comprenez, dit-il avec un clin d'œil.

Il rampe sur le lit pour attraper une télécommande sur la table de chevet. Il appuie dessus et une musique sensuelle commence à résonner, semblant sortir de partout.

— Mais non ! Je… Je ne peux pas. Je veux dire… Ne…

— Je plaisante, dit-il en coupant la musique et en revenant à sa place. Ce sera pour une autre fois.

Je laisse échapper un soupir, baisse la fermeture éclair de ma jupe et la laisse glisser au sol.

— Arrêtez-vous là. (Noah quitte le lit et vient vers moi. Je cache mes seins et mon ventre et baisse les yeux. Il tourne autour de moi et je sens son regard qui me détaille entièrement. Puis son contact, lorsqu'il s'arrête derrière moi et colle sa poitrine contre mon dos. Ses doigts glissent le long de mes bras jusqu'à mes mains, qu'il saisit afin de les écarter de mon corps.) Ne vous cachez pas, dit-il en me frôlant la nuque de ses lèvres.

Il se recule un peu et laisse mes mains retomber, puis il remonte en les caressant jusqu'à mes épaules, puis le long de mon dos. Il s'arrête lorsqu'il arrive à la boucle de mon soutien-gorge, et avant que j'aie le temps de m'en rendre compte, il l'a défaite. Il passe ses doigts sous les bretelles et les fait glisser sur mes épaules pour les faire tomber sur mes bras et laisser mes seins découverts. Je sens de nouveau la chaleur de son corps sur le mien, et son haleine ardente sur ma peau lorsqu'il pousse un long soupir. Il dépose une suite de baisers le long de mon cou et de mon épaule, laissant une traînée de feu dans son sillage. Je frissonne. Et je suis tout à fait sûre que ce n'est pas de froid. Mon corps est en train de brûler et je crains d'exploser.

Puis il pose ses mains sur mes hanches. Ses doigts passent sous l'élastique de ma culotte qu'il baisse, très lentement. Je me raidis, ne sachant plus comment réagir.

— Détendez-vous. Je veux simplement vous voir. Tout entière, dit-il d'une voix rassurante.

Alors, je respire profondément et essaie de me décrisper un peu. Ce qui ne s'avère pas particulièrement facile car, comme je l'ai dit, cet homme est simplement magnifique et, dans des circonstances normales, je me serais jetée à son cou.

Ma culotte tombe sur mes chevilles.

Je suis debout, entièrement nue, totalement dévoilée et vulnérable devant l'homme qui vient de m'acheter pour son plaisir personnel.

— Voilà, ce n'était pas si pénible, non ? (Il marque une pause même s'il sait que je ne vais pas répondre.) À mon tour. Vous pouvez continuer de me tourner le dos ou vous retourner pour regarder.

Je sais parfaitement ce qu'il est en train de faire. Il me force à décider. Sauf qu'il n'y a pas un grand éventail de possibilités. Si je ne bouge pas, j'aurai l'air d'une petite fille terrifiée. Mais si je me retourne pour regarder, je lui donnerai l'impression d'en avoir envie autant que lui. C'est gagné pour lui dans les deux cas. Et perdu pour moi.

Je me retourne donc. Tant qu'à perdre, autant avoir le prix de consolation. Et me rincer l'œil, c'est déjà suffisant à ce stade.

Noah m'adresse ce petit sourire sexy agaçant, manifestement satisfait de mon choix. Et je le suis aussi, intérieurement. Je le regarde déboutonner lentement sa chemise de ses doigts souples. Ils sont épais, longs et, comment dire ? fantastiquement suggestifs. Il laisse glisser la chemise sur ses épaules, révélant un débardeur.

Ça suffit, maintenant. Je suis là pour une raison.

Je m'avance alors qu'il s'apprête à sortir le débardeur du pantalon et je pose mes mains sur les siennes. Il hausse un sourcil interrogateur et j'en fais autant, le défiant de me retenir. Il n'en fait rien. Je pose donc mes mains sur ses hanches et les remonte sur les flancs tout en tirant sur les pans du débardeur le long de son torse. Il lève les bras et me laisse le passer par-dessus sa tête et le jeter par terre. Enfin, c'est ce que je m'apprêtais à faire, mais il rattrape au vol son débardeur pour le poser élégamment sur le dossier du fauteuil, avec sa chemise et sa veste.

Avant qu'il ait le temps de se retourner, mes mains sont déjà en train de desserrer sa ceinture. Sans l'enlever, je déboutonne le pantalon et baisse la fermeture éclair de la braguette.

— Inquiète ? demande-t-il avec un petit sourire.

Je me contente de le regarder droit dans les yeux en guise de réponse, tout en faisant glisser son pantalon le long de ses hanches. Dessous ? Un boxer à vous mettre le feu entre les jambes. Rouge. Rouge et tendu comme s'il allait se déchirer.

Certes, j'ai déjà vu tout à l'heure son impressionnante bite de près, mais il y a quelque chose dans la manière dont elle remplit son caleçon qui me met en émoi. On devine tout ce qu'il y a sous l'étoffe...

Noah glisse les pouces dans la ceinture, sans me quitter du regard, et l'enlève. C'est seulement quand il ramasse son caleçon et me tourne le dos que je me permets de le regarder plus en détail. Il s'avance à l'autre bout de la chambre vers des portes qui doivent être celles d'un dressing et je laisse mon regard glisser sur ses épaules carrées, le long de son dos musclé jusqu'à...

— Vous êtes en train de m'examiner, n'est-ce pas ? demande-t-il sans se retourner.

Je me détourne précipitamment avant qu'il ait le temps de me prendre sur le fait.

— Euh, non, pas du tout, dis-je d'une voix étranglée qui me force à tousser pour m'éclaircir la voix.

— Mais bien sûr, dit-il en refermant les portes du dressing.

Il revient à sa veste et en sort un paquet de cigarettes et un briquet, puis il gagne d'un pas nonchalant le canapé près de la fenêtre et s'y installe, totalement nu. Ne sachant pas trop ce que je dois faire, je le regarde allumer une cigarette et poser le paquet et le briquet sur la table voisine.

Je suis hypnotisée par ses lèvres qui aspirent sensuellement la fumée. De l'autre main, il empoigne sa bite et commence à se caresser tout en s'humectant les lèvres. Son regard glisse sur moi.

— Venez là, ordonne-t-il avec un geste du menton. (J'hésite en voyant sa bite durcir. Sans la moindre honte, il continue de se caresser tout en parlant.) C'est l'heure de votre première leçon. Je vais vous apprendre à faire une fellation, comme il faut. (J'avoue que je déglutis, mal à l'aise. Comme je n'ai pas tellement d'alternative, je m'approche, m'agenouille entre ses jambes écartées et attends ses instructions.) Vous ne comprenez pas. Je veux que vous soyez assise sur le canapé. (Il écrase sa cigarette dans le cendrier avant de se lever et de me faire asseoir sur la banquette. Je ne bouge pas et il se poste devant moi.) Je vais vous baiser la bouche, Delaine. À ma connaissance, c'est la manière la plus simple de vous montrer. Une fois que vous aurez vu ce que j'aime, ce sera plus facile pour vous la fois suivante. J'espère que vous apprenez vite.

Il empoigne sa bite d'une main et pose l'autre sur l'arrière de ma nuque, me guidant jusqu'à ce que son gland touche mes lèvres.

— Embrassez-la. Et n'ayez pas peur de mettre la langue.

J'ouvre la bouche et enroule ma langue autour de son gland avant de refermer les lèvres dessus.

— Bon sang, que c'est bon, gémit-il. Continuez. Aspirez un peu, à présent.

J'aplatis la langue et engloutis le gland tout entier en l'aspirant comme une sucette. J'en suis capable, et puis écouter ses instructions me donne en quelque sorte envie de bien faire.

— Mettez votre main à la base de ma bite, et serrez juste un petit peu.

J'obéis et je le sens durcir encore dans ma bouche. Il pousse ma tête en avant pour que je l'engloutisse encore un peu plus, tout en allant et venant en cadence avec ses hanches.

— Oh, mon Dieu, oui... Juste comme ça.

Il grogne et s'enfonce complètement jusqu'à ce qu'il touche le fond de ma gorge. Ne voulant pas que se reproduise l'incident du Foreplay, je lève la main pour qu'il n'aille pas plus loin.

Il enlace ses doigts dans mes cheveux et imprime à ma tête un lent mouvement de va-et-vient. Une fois que ma bouche s'est habituée à sa présence, il accélère. Il n'y a pas un bruit dans la chambre à part mes bruits de bouche humide et les sourds gémissements rauques qui lui échappent pendant qu'il me regarde le sucer.

Il pose un pied sur le canapé tandis que ses hanches oscillent. La cadence s'accélère et il commence à grogner à chaque nouveau mouvement. Je mouille atrocement et je suis horrifiée à l'idée de salir son canapé. Je gémis, excitée de savoir qu'il apprécie, et ce doit être une bonne chose, car il gémit à son tour et s'enfonce encore plus fort.

— Bon sang! Je savais quand j'ai vu votre petite bouche que vous seriez douée, dit-il dans un souffle, tout en continuant ses va-et-vient.

J'ai envie qu'il me touche tellement il est sexy. Plus il gémit, et gronde, même, plus je prends de l'assurance. Ses couilles balancent devant moi et, prise d'une envie de les toucher, je les prends délicatement dans mon autre main.

— Delaine! Vous allez me faire jouir!

J'ai vraiment envie qu'il jouisse, mais je ne sais pas du tout ce que je suis censée faire pour cela.

— Oh... bon Dieu! grogne-t-il en continuant de plus belle.

Ses longs doigts empoignent mes cheveux et poussent ma tête d'avant en arrière en cadence. Il me tient si fermement que cela devrait me faire mal, mais en réalité, cela ne fait que m'exciter davantage.

— Voyons si vous pouvez avaler.

Sa voix est rauque et, avant que j'aie le temps de comprendre ce qu'il veut dire, il s'enfonce profondément dans ma bouche jusqu'à toucher de nouveau le fond de ma gorge. Un grondement sourd lui échappe et un liquide épais et brûlant jaillit dans ma gorge.

Je manque d'avoir la nausée, mais je surmonte le réflexe et commence à avaler chaque giclée. Ce serait mentir de dire que c'est meilleur que du chocolat ou un smoothie ou une ânerie de ce genre, mais ce n'est pas épouvantable non plus. Très épais, très chaud et très salé. Le sens commun me souffle que je devrais être totalement déstabilisée mais, quand je vois la réaction que j'ai suscitée chez lui – ce parfait inconnu qui a payé deux millions de dollars pour que je sois son esclave sexuelle et qu'il fasse de moi ce qui lui plaît quand il le veut –, c'est tolérable.

Il sort sa bite de ma bouche et me sourit.

— C'était une magnifique fellation.

J'essuie ma bouche d'un revers de main et m'efforce de prendre un air dégoûté, car il n'est pas question qu'il voie que j'y ai pris un certain plaisir. Mais il se contente de rire.

— Vous pouvez aller dans la salle de bains.

Il recule et me prend la main pour me faire lever et me conduire vers une porte. Nous entrons dans la pièce voisine et il me tend un flacon de bain de bouche. J'en verse un peu dans le gobelet et me rince la bouche pendant qu'il prend une serviette, la mouille et s'essuie. Même quand il ne bande pas, il est impressionnant.

— Tenez, dit-il en me donnant une brosse à dents neuve dans son étui.

Nous nous brossons les dents en silence chacun devant notre lavabo. Il me sourit dans le miroir et je suis sûre qu'il apprécie de voir mes seins s'agiter à chacun de mes mouvements. Comme je ne supporte plus son petit air satisfait, je détourne les yeux et jette un regard circulaire sur la pièce. C'est une salle de bains classique, bien que digne d'un monarque.

La pièce maîtresse est la baignoire. C'est un jacuzzi assez grand pour accueillir quatre personnes, avec un robinet en bronze. Deux marches permettent d'y accéder et à mi-hauteur, à l'intérieur, un banc en fait le tour. Je me dis qu'on pourrait organiser une fête dans ce bassin. Puis je me demande s'il ne l'a pas déjà fait. Je ne sais pas pourquoi, mais cela me donne envie de le frapper.

Qu'est-ce qui me prend ? Je suis là, toute nue, à me brosser les dents à côté d'un type dont je viens de faire la connaissance et dont je ne sais toujours rien, qui vient de me baiser royalement la bouche et j'ai envie de le frapper parce qu'il a peut-être organisé une partie fine dans sa gigantesque baignoire... Mon comportement n'est plus logique.

— Allons nous coucher, dit-il quand nous avons terminé.

Je lui lance un regard assassin, mais je le suis quand même.

— Euh, excusez-moi, dis-je en m'immobilisant tandis qu'il continue vers le lit. Je suis toujours nue. Où sont mes affaires ?

— Je dors nu, et à partir de maintenant, vous en ferez autant, dit-il en se couchant.

Je pousse un soupir exaspéré et vais me coucher de l'autre côté du lit en m'assurant de me tenir le plus loin possible sans en tomber.

— Venez ici, Delaine.

Il n'est pas sérieux, là. Ça ne lui suffit pas de dormir nu ? Ça ne lui suffit pas que je dorme nue ? Ça ne lui suffit pas que nous nous soyons brossés les dents nus après qu'il m'a baisé la bouche et forcée à imaginer des partouzes dans sa baignoire ?

— J'ai dit : « Venez ici. » (Il tend le bras et l'enroule autour de ma taille pour m'attirer contre lui.) Voilà, c'est mieux, commente-t-il en fourrant son visage dans mon cou. Vous feriez bien de dormir. Vous allez en avoir besoin.

Comment puis-je dormir avec une bite de cette taille collée contre mon cul ?

3

Lalali-lalala

Noah

Je me réveille le lendemain matin, encore tout engourdi de sommeil, le sexe dur. Ma main est refermée sur une courbe indéniablement féminine que j'explore pour en vérifier la réalité. Je déteste les seins refaits, et même si j'ai deviné ceux de Delaine à travers la bande de tissu que le club lui a fait revêtir — et si je les ai revus quand je lui ai demandé de se déshabiller hier soir — on ne peut jamais être sûr de rien tant qu'on n'a pas procédé à un réel examen mécanique. L'industrie de la chirurgie plastique progresse à grands pas, mais elle ne pourra jamais égaler la sensation d'un vrai sein parfait.

Et sans conteste, ceux-là sont vrais et véritablement parfaits.

Je frôle son téton du pouce, ravi de le sentir tressaillir à mon contact. Delaine a peut-être une fâcheuse tendance à s'emporter, mais je soupçonne qu'une fois qu'elle aura fait l'expérience de mes talents, elle conviendra que c'est elle qui aurait dû me payer.

À regret, je me lève et le murmure de protestation de Delaine ne m'échappe pas. Pourtant elle dort toujours profondément et ne se rend pas compte de ce qu'elle fait. Si elle était réveillée, je suis sûr qu'elle serait soulagée.

Cela devrait me donner l'impression de n'être qu'un con : moi, un parfait inconnu, je l'oblige à faire des choses dont elle n'a pas vraiment envie... bon, elle a accepté le deal. Par ailleurs, certains signes laissent entendre qu'elle aime peut-être être forcée pour libérer l'énergie sexuelle que je pressens chez elle. J'ai vu son regard quand elle m'a pris dans sa bouche hier soir. Elle adorait ça, et c'est tant mieux, car j'ai fermement l'intention de recommencer encore pas mal de fois.

Je gagne la salle de bains d'un pas lourd et fais couler un bain brûlant dans mon immense jacuzzi. Ce sera la première fois que je l'utilise depuis le jour où je suis rentré et où je *les* ai trouvés dedans.

Je suis le principal actionnaire de la société de mon père, Scarlet Lotus. C'est ma mère Elizabeth, qui, ayant été bouddhiste, a baptisé l'entreprise «Lotus écarlate». Car le lotus est une fleur dont la graine germe dans la vase au fond de l'eau et monte péniblement vers la surface pour s'épanouir. Le rouge de la fleur symbolise l'amour, la passion, la compassion et les affaires du cœur. Mon père, Noah Sr., a trouvé que le nom convenait bien à l'entreprise. En effet, Scarlet Lotus est un endroit où des gens apportent leurs projets, des idées originales, et les regardent grandir et s'épanouir ; des idées qui leur sont chères et leur tiennent à cœur, mais qu'ils n'ont pas les moyens de financer. Pour une part de leur chiffre d'affaires, Scarlet Lotus les aide à y parvenir. Comme ma mère tenait particulièrement à ce que l'entreprise contribue à la communauté, les œuvres caritatives qu'elle y a organisées y ont autant de place que son métier de base, le développement des idées.

Mes parents sont morts dans un accident de voiture il y a presque six ans, en me laissant tout : l'argent, la maison et toutes les parts de l'entreprise que détenait mon père.

Mais rien de tout cela ne pourra jamais les remplacer.

Mon père avait un associé, Harrison Stone. Il a pris sa retraite il y a trois ans et a fait don de toutes ses parts à son fils unique, David. Lui et moi sommes amis depuis l'enfance. Avec la réussite de nos parents, c'était pratiquement impossible de savoir, quand quelqu'un se rapprochait de vous, s'il vous appréciait sincèrement ou s'il en voulait simplement à votre argent. David et moi avons appris à nos dépens que nous ne pouvions compter que l'un sur l'autre. Nous avions constamment des ennuis, ne cessant de nous lancer de ridicules défis. Évidemment, nos parents passaient toujours derrière nous : pas question que les héritiers de Scarlet Lotus fassent la une de la presse à scandale. L'entreprise en aurait souffert.

Et puis un jour, nous la dirigerions et personne de sensé ne serait venu confier de précieuses idées à deux hommes qui ont la réputation de tout mettre en péril.

Je n'ai jamais imaginé que je sortirais à peine de l'université quand mon tour viendrait, à vingt-deux ans. David accompagnait déjà son père à l'époque et apprenait le métier. Ensemble, nous étions invincibles et on ne parlait plus que de nous dans le monde des affaires. Quand nous nous sommes associés, à l'exemple de nos pères, nous savions déjà que nous formions une bonne équipe.

Sauf que la réalité nous a rattrapés.

Il se trouve que David n'a jamais été d'accord avec les sommes que l'entreprise «gaspillait» en œuvres charitables. Il s'est révélé un salaud cupide pour qui se remplir les poches était beaucoup plus important qu'aider ceux qui ont eu moins de chance. Mais c'était la passion de ma mère, et du coup celle de mon père, et je refusais de céder. Sans compter que j'étais heureux de pouvoir rendre quelque chose à la communauté.

Ainsi, il y a un an, je suis allé à New York voir une agence spécialisée dans les programmes de lutte contre la déscolarisation. À mon retour, j'ai trouvé David dans le jacuzzi avec Julie, ma petite amie depuis deux ans.

Pour être précis, il était en train de la baiser en levrette pendant qu'elle hurlait des propos incohérents. J'étais amoureux de Julie, et ça, David le savait.

Il savait aussi que je comptais la demander en mariage à la suite de ce déplacement, et il avait tout tenté pour m'en dissuader. David était un connard sexiste. Il pensait sincèrement que la seule utilité d'une femme est de satisfaire ses propres désirs sexuels. « Elles sont bonnes à rester à poil et à genoux ou sur le dos vingt-quatre heures sur vingt-quatre et sept jours sur sept, et il faut veiller à ce qu'elles sachent quelle est leur place, disait-il. Il y a trop de chattes dans le monde pour se limiter à une seule bonne femme. »

Il m'avait dit que les hommes comme nous ne pouvaient faire confiance à aucune d'entre elles, parce qu'elles ne sont qu'une bande de salopes intéressées : elles veulent soit un gros compte en banque, soit une grosse bite. Pour lui, j'étais stupide d'être tombé amoureux et cela me rendait faible et vulnérable.

Il avait raison. J'ai été brisé quand je l'ai découvert avec Julie ; de son côté, il est reparti avec le nez cassé, ainsi qu'une rotule et trois côtes.

Il avait couché avec elle uniquement pour prouver qu'il avait raison. Et même si c'en était fini de notre amitié, notre partenariat continuait. Encore que j'aie essayé de racheter ses parts. Mais il a refusé de vendre. Et il n'était pas question que je renonce à l'entreprise que mes parents avaient eu tant de mal à construire. J'ai donc serré les dents et je suis allé travailler tous les jours la tête haute comme si de rien n'était.

J'ai retenu néanmoins la leçon et refusé de laisser aucune femme être assez proche de moi pour me faire souffrir de nouveau. Mais j'étais seul. Et le sexe me manquait aussi.

Certes, j'ai eu quelques aventures avec plusieurs femmes, mais j'ai toujours mis fin à la relation dès qu'elles devenaient dangereusement trop proches. Le sexe a été une excellente thérapie pour servir de soupape à mes frustrations, mais les femmes n'avaient pas l'air prêtes à ne se résoudre qu'à cela. Certaines d'entre elles disaient qu'elles comprenaient très bien mon point de vue, mais comme toutes finissaient par s'accrocher et espérer que j'éprouve des sentiments que je refusais, il fallait qu'elles partent.

J'aurais pu collectionner les aventures d'un soir, mais c'était comme jouer à la roulette russe avec ma bite, même avec un préservatif, et je tenais à ma vie.

Ce que je voulais, c'était la même femme dans mon lit chaque nuit et chaque matin, quelqu'un qui m'accueille quand je rentre d'une longue et harassante journée, et ait envie de me faire plaisir. Quelqu'un qui assouvisse chacun de mes besoins, sans qu'il y ait d'attaches. Oui, je sais que c'est le fantasme irréalisable de tous les hommes, mais j'avais assez d'argent pour le mettre en œuvre. C'est donc ce que j'ai fait.

Et c'est ce qui m'a amené à Delaine.

Dans mon monde, les hommes parlent beaucoup entre eux. On dit que les femmes sont bavardes, pourtant les hommes n'ont rien à leur envier. La différence, c'est que nous sommes plus discrets.

Un après-midi que j'étais allé faire une partie de golf avec deux autres hommes d'affaires, j'ai entendu parler de la vente aux enchères. Je me suis un peu renseigné sur l'endroit, j'ai discuté avec le gérant, et mon intérêt a été piqué. J'avais cependant une inquiétude : je ne voulais pas acheter quelqu'un contre sa volonté. Scott m'a assuré qu'il n'y aurait au «menu» que des femmes venues là volontairement, et que, ce soir-là en particulier, je pourrais trouver une fille vierge. C'était une condition nécessaire pour moi. Je redoutais les maladies et je ne voulais pas dépenser une fortune démente pour une femme et découvrir ensuite qu'elle était enceinte d'un autre.

Cela ne m'intéressait absolument pas.

Pendant que j'étais assis dans cette cabine, plongée dans l'obscurité car je ne voulais pas qu'on me reconnaisse, j'ai laissé passer toutes les filles sans miser sur une seule. Du moins jusqu'à ce qu'*elle* monte sur l'estrade. Delaine Talbot.

J'avais lu son dossier et le contrat qu'elle proposait et cela m'intriguait. Naturellement, je m'étais demandé ce qui pouvait pousser une jolie femme comme elle à faire quelque chose d'aussi insensé, mais j'ai réprimé ma curiosité car, comme je l'ai dit, il n'est pas question qu'il y ait le moindre attachement. Son contrat proposait deux années, et cela m'allait parfaitement. Deux ans à prendre mon pied de toutes les manières que mon esprit pourrait inventer, c'était amplement suffisant pour me calmer ou trouver quelqu'un d'autre. Et une fois qu'elle ne serait plus là, je pourrais toujours invoquer cette bonne vieille excuse qui consiste à prétendre que nous étions trop différents.

Dès que je l'ai vue, j'ai su qu'il me la fallait.

Non seulement le contrat était idéal, mais elle faisait un spécimen parfait. Elle était aussi belle que le disait son dossier, pas trop voluptueuse ou l'air trop artificiel. J'ai hésité à la fin de l'enchère, n'étant pas très sûr d'avoir envie de suivre, mais elle m'a lancé ce regard, comme si elle me suppliait muettement de lui éviter de tomber sur le gros lard d'à côté.

Peut-être que j'ai eu de la peine pour elle, ce qui aurait dû me mettre la puce à l'oreille. C'était sans doute le premier signe qui aurait dû me faire comprendre que ce n'était pas une bonne idée. Mais j'ai renchéri et remporté la vente.

Un deuxième signe est pourtant apparu quand elle s'est mise à genoux pour me sucer et qu'elle a mis les dents. Ça m'a fait un mal de chien et j'ai failli l'assommer instinctivement. Soyons parfaitement clair : jamais je n'ai levé la main sur une femme et je ne le ferai jamais. Même quand j'ai surpris Julie avec David, je n'ai pas empoigné cette salope par le chignon pour la chasser de chez moi, et elle ne l'aurait pourtant pas volé.

Le troisième signe, c'est quand elle m'a annoncé qu'elle n'avait jamais taillé une putain de pipe de sa vie. Non, sérieux ? Je savais qu'elle était vierge, mais d'après mon expérience, la plupart des filles vierges ont au moins fait d'autres trucs sans faire sauter la capsule, si j'ose dire.

Et le pire signe de tous? Sa putain de grande gueule.

C'est un contrat. Un accord professionnel totalement tordu et semblable à aucun autre, mais ça reste quand même un accord professionnel. J'ai pleinement l'intention de respecter ma part de ce contrat et je tiens à ce qu'elle en fasse autant.

Mais pour être honnête, son attitude rebelle m'a en quelque sorte excité. Je ne pense pas que j'aurais autant bandé avec quelqu'un qui se serait soumis avec complaisance à mes moindres désirs. C'est du feu et de la glace qui courent dans ses veines, elle ne va pas me faciliter la tâche.

Et c'est précisément ce qui rend tout cela encore plus excitant pour moi.

D'ordinaire, pour moi, les affaires, c'est toujours sérieux. Et puis j'aime le sexe et elle s'est montrée très prometteuse quand je lui ai baisé la bouche, elle s'est soumise et elle m'a même caressé les couilles sans que je le lui demande. Lui apprendre à faire les choses comme je les aime et voir sa sexualité s'épanouir va être merveilleux. Et je serai au premier rang.

Je ferme le robinet une fois la baignoire remplie et je retourne dans la chambre. J'écarte le drap et passe la main sur la chair laiteuse de son cul. Dans les faits, il est à moi, à présent. Elle remue un peu et ses paupières tressaillent.

— Delaine, c'est l'heure de se lever, dis-je doucement.

— Mmm? murmure-t-elle sans essayer d'ouvrir les yeux.

Je me baisse vers son oreille.

— Bougez votre cul, sinon je vais y fourrer ma bite, dis-je avec plus de fermeté tout en passant le bout de l'index sur son anus et en appuyant un peu pour bien me faire comprendre.

Elle sort du lit d'un bond, déconcertée, puis elle se ressaisit et elle me voit. Je discerne littéralement le moment où elle comprend où elle est et se rappelle pourquoi. Elle a les cheveux tout ébouriffés et emmêlés, et le contour de ses yeux est barbouillé d'un reste de maquillage.

— C'est l'heure de mon bain, lui dis-je.

— Et alors? Quel est le rapport avec moi? rétorque-t-elle en se laissant retomber sur le lit et en se couvrant du drap.

Et devinez quel effet a immédiatement sur moi cette insolence? Exactement. Une bite en titane.

Je soulève sa petite personne et la couche sur mon épaule puis je la transporte jusqu'à la salle de bains. Elle proteste en se débattant et en me donnant des claques sur les fesses, sans se douter qu'elle m'excite encore plus. Je la laisse choir dans la baignoire où elle atterrit dans une gerbe d'éclaboussures qui lui trempent les cheveux et j'éclate de rire. On dirait une chatte mouillée.

— Pourquoi avez-vous fait ça? piaille-t-elle en repoussant les cheveux collés sur son visage.

— Parce que vous allez me faire prendre mon bain et que je ne veux entendre aucun commentaire, réponds-je en entrant à mon tour dans la baignoire.

Elle essaie de s'écarter, mais je la saisis par les bras et la force à s'asseoir à califourchon sur ma cuisse. Ma bite est coincée entre nous deux et elle pousse un cri en se rendant compte qu'elle me fait déjà bander.

— Voilà, dis-je en me redressant pour qu'elle la sente dans toute son ampleur. C'est nettement plus agréable. Vous n'êtes pas d'accord ?

— Je vous déteste vraiment, fulmine-t-elle.

— Je m'en fiche complètement, répliqué-je. À présent, lavez-moi les cheveux et essayez de le faire avec un peu de sensualité.

Je l'énerve, je le sais, mais encore une fois, je m'en moque. Elle pousse un soupir exaspéré, mais elle prend tout de même le flacon de shampooing. Je ferme les yeux et me contente de savourer la sensation de sa petite chatte brûlante au-dessus de ma bite dure tandis qu'elle me masse le cuir chevelu du bout des doigts. Elle en profite pour me griffer un peu, probablement pour me dissuader de lui demander de recommencer, mais cela a l'effet opposé. J'adore quand c'est brutal, et ce qu'elle fait là, pour moi, ce ne sont que des caresses.

Avec un murmure appréciateur, je donne un coup de hanches et je la sens qui en fait autant – non, ce n'est pas mon imagination. Sa respiration se fait plus haletante et je vois qu'elle s'efforce de garder contenance sans montrer qu'elle est excitée. Puis elle se penche en avant et me rince les cheveux avec le pommeau de douche, le bout de ses tétons me frôlant les lèvres. J'entrouvre les yeux et, voyant sa généreuse poitrine juste devant mon visage, je donne un coup de langue sur un téton.

— Oh, mon Dieu ! s'écrie-t-elle en reculant aussitôt.

— Allons, allons. Ramenez-moi ces jolis petits nichons par ici, Delaine. Ce n'est pas terminé. J'ai encore de la mousse dans les cheveux.

Elle me fusille du regard, mais elle se rassoit sur ma cuisse. Avec un soupir, elle se penche de nouveau en avant, arrondissant le dos pour éloigner ses seins de mon visage, mais d'une main sur les reins, je la pousse et attrape son téton entre mes lèvres.

De nouveau, elle pousse un cri qui me fait sourire tandis que je la titille de la langue. De l'autre main, je caresse son autre sein en laissant mon pouce frotter le téton durci tout en poussant mes hanches contre elle. Elle se laisse un peu aller et s'appuie sur moi, tandis que je suçote son téton puis le mordille.

Elle a terminé de me rincer les cheveux. Je m'en rends compte, car elle tient mollement la douchette, mais elle se cambre et colle sa poitrine contre ma bouche. Avec un gémissement, je libère le téton afin de consacrer mon attention à l'autre. Ma langue titille la pointe durcie comme un serpent, puis je l'aspire brusquement.

Je la soulève par les hanches et la repositionne pour que le bout de ma bite soit juste devant son sexe. Quand je pousse un peu en avant, elle se raidit et pose ses mains sur mes épaules pour me repousser.

— Allons, je ne vais pas le faire, la rassuré-je. Je veux simplement que vous me sentiez à cet endroit.

Je m'avance un peu pour appuyer davantage, puis j'étouffe un gémissement quand mon gland manque de la pénétrer.

— J'ai vraiment hâte de vous baiser, murmuré-je contre sa peau.

Je la fais changer de position pour qu'elle s'asseye près de moi, sinon je risque de la baiser sur-le-champ alors que je veux prolonger ces préliminaires et m'amuser encore un peu.

Je me penche pour couvrir son cou de baisers avides, une main sur sa nuque et l'autre sur l'intérieur de sa cuisse.

— Avez-vous déjà eu un orgasme, Delaine ? (Je frôle du bout des doigts les plis tendres entre ses cuisses, et je l'entends déglutir avant de répondre non d'une voix étranglée.) Mmm, murmuré-je à son oreille. Je vais être le premier pour tout. Vous n'imaginez pas à quel point je trouve cela sexy.

Mes doigts s'insinuent dans sa chair et je la caresse, en évitant le point le plus sensible. Elle se renverse contre la paroi de la baignoire en m'offrant sa gorge. J'enlève la main et lui caresse l'intérieur de la cuisse, puis je lui soulève le genou pour placer sa jambe par-dessus la mienne avant de revenir lentement le long de sa cuisse.

— Je vais vous faire jouir rien qu'en vous touchant, Delaine, lui chuchoté-je à l'oreille.

Le haut de ses seins émerge de l'eau, révélant ses tétons parfaits qui frémissent à chaque souffle. Je frôle la naissance de son clitoris, puis je répète la manœuvre en insistant un peu. Elle reste immobile, à l'exception de ses seins qui se soulèvent, et je titille des lèvres le point sensible sous l'oreille.

— Vous avez le droit d'apprécier ce que je vous fais. Je ne vois pas pourquoi je serais le seul à tirer plaisir de notre petit arrangement. (J'enfonce un doigt en elle et elle se referme sur lui.) Bon sang! m'exclamé-je. Vous êtes serrée. Je crois que la simple perspective de fourrer ma bite dans cette petite chatte serrée suffirait à me faire jouir à en perdre la raison.

Je commence un va-et-vient avec le doigt pendant que mon pouce contourne légèrement son clitoris.

— Vous aimeriez voir cela, Delaine? demandé-je d'une voix rauque de désir. Vous voudriez me voir jouir à en perdre la raison à la simple idée de vous baiser?

Elle ne répond pas, mais son regard lourd et ses hanches qui commencent à avancer à la rencontre de mon doigt m'en disent bien assez. J'enfonce un deuxième doigt et elle gémit en inclinant la tête pour me faire face.

Et c'est alors qu'elle m'embrasse.

Elle prend ma lèvre entre les siennes avant d'enfoncer sa langue dans ma bouche et de taquiner la mienne. Je me dérobe, car j'aime avoir le contrôle de la situation, mais je laisse mes lèvres au-dessus des siennes.

— Caressez-vous les seins, chuchoté-je. Aidez-moi à vous faire du bien.

Je n'ai pas vraiment besoin d'aide, mais je veux qu'elle s'ouvre un peu et explore elle-même sa sexualité. En outre, il se trouve que voir une femme se caresser est follement sexy. Je la regarde refermer la main sur son sein et saisir son téton entre le pouce et l'index.

— Voilà, c'est parfait, grogné-je tout en accélérant le va-et-vient de mes doigts.

Je les sors et caresse ses grandes lèvres jusqu'à ce que je puisse manipuler son clitoris, que je caresse délicatement, puis je les replonge dans sa chatte et les recourbe pour atteindre son point sensible.

— Encore, gémit-elle contre mes lèvres avant de s'en emparer dans un autre baiser passionné.

Apparemment, c'est une petite chatte ardente que j'ai entre les mains. Et le jeu de mots est intentionnel.

Je me tourne vers elle, romps notre baiser et baisse la tête juste assez pour plonger la bouche dans l'eau et suçoter son téton pendant qu'elle continue de titiller l'autre. Je sens sa chatte qui se resserre sur ma main et je comprends qu'elle va bientôt jouir. Mes doigts s'activent de plus belle et s'incurvent pour atteindre son point G. Je la regarde à la dérobée et je vois qu'elle m'observe. La bouche entrouverte, elle se cambre et un long gémissement lui échappe. Sa chatte se referme à nouveau sur mes doigts et elle essaie de serrer les cuisses, mais du genou, je l'en empêche.

— Ce sont mes doigts qui vous font jouir, Delaine. Mes doigts. Et cette sensation que vous éprouvez en ce moment sera beaucoup plus intense quand ce sera ma bite, soufflé-je avant de refermer mes lèvres sur les siennes.

Elle réagit immédiatement, dévorant avidement ma bouche jusqu'à ce que son orgasme retombe.

Je retire mes doigts et me lève aussitôt pour sortir de la baignoire, la bite toujours aussi dure et dégoulinante d'eau.

— Terminez votre bain, lui dis-je nonchalamment en m'enveloppant dans une serviette. Je dois aller travailler. Faites comme chez vous. Je tiens à ce que vous m'attendiez près de la porte quand je rentrerai à 18 heures, ce soir. Est-ce clair ?

Elle retrouve son expression agacée, n'appréciant manifestement pas mon changement d'attitude, mais elle acquiesce tout de même. Je lui ai peut-être accordé le moment le plus intime de sa vie, pourtant nous ne devons pas oublier l'un et l'autre que ce n'est qu'un accord professionnel.

— Certainement, patron, dit-elle insolemment en mimant un salut.

— Dites donc, vous savez, ce petit aperçu du septième ciel que je viens de vous accorder ? Eh bien, si vous avez envie d'en voir un peu plus, au lieu que je me serve de votre corps pour mon seul plaisir, je vous suggère de surveiller votre grande gueule, l'avertis-je en posant un doigt sur sa lèvre. Évidemment, j'aurais toujours la possibilité d'y glisser simplement un truc pour vous faire taire. (Je sais que cela l'énerve, et voulant l'agacer davantage, je me penche sur la baignoire et demande :) Et mon petit baiser d'adieu, femme? (Elle se redresse à contre-cœur et je lui embrasse le bout du nez au lieu de la bouche.) Soyez sage aujourd'hui, conclus-je avec un sourire narquois avant de filer nonchalamment dans la chambre, parfaitement conscient qu'elle mate de nouveau mon cul.

Je m'arrête sur le seuil, me retourne et je lui fais un petit clin d'œil par-dessus mon épaule. Comme je m'en doutais, elle était bouche bée. Son regard délaisse enfin mon cul; elle me regarde, s'empare du loofah et le jette sur moi. Je l'esquive et il atterrit par terre avec un bruit mou.

— Je vous déteste! me crie-t-elle.

— Peut-être, mais manifestement, vous adorez mon cul, répliqué-je en gloussant.

Cela va vraiment être un plaisir de la baiser dans tous les sens.

4
Elle et son corps

Noah

Je ne peux m'empêcher d'avoir un sourire satisfait tout en roulant vers le bureau. Savoir que Delaine va attendre à la maison mon retour rend clairement cette journée un peu plus supportable. Ou insupportable, si je ne finis que par ne penser qu'aux petites cochonneries que j'ai envie de lui faire, et à celles qu'elle me fera un jour. Cette simple idée suffit à m'obliger à rajuster cette inconfortable érection qui a apparemment décidé de ne plus me quitter.

Mais je suis avant tout un homme d'affaires et le travail passe avant le plaisir. Dès la seconde où Samuel m'ouvre la portière et où je descends devant la porte tambour en verre de ma deuxième maison, mon sourire s'envole. C'est un Crawford de marbre qui pénètre dans l'immeuble. Je suis connu comme inflexible au bureau. Les employés qui sont là depuis l'époque de mon père ont été surpris de voir son tapageur de fils se transformer en un implacable négociateur. Mais le monde du business est impitoyable et pour ne pas se laisser dévorer, il ne faut jamais baisser sa garde. Faute de quoi, on finit par vous couper les couilles au premier signe de faiblesse.

Mason, le seul à qui je fais confiance ici, m'accueille dès que je franchis le seuil.

Mason Hunt est mon bras droit, mon assistant personnel, et probablement celui qui s'approche le plus d'un ami. Son épouse Polly et lui s'occupent de presque tout ce qui concerne ma vie. Mason au bureau, et Polly à la maison. C'est elle qui la tient, qui fait les courses et veille à préserver les apparences. Elle est tout aussi douée pour cela que Mason. À eux deux, ils fonctionnent comme une machine bien huilée.

Je me pique de penser que j'ai joué un rôle dans leur rencontre. Après tout, à s'occuper de moi au quotidien, leurs chemins devaient forcément être amenés à se croiser régulièrement. Ils se complètent très bien. Mason est un type cool et calme : grand, du Sud, toujours en santiags. Polly est une petite chose hyperactive qui s'agite en permanence : fine, très sociable et ne portant apparemment jamais deux fois la même tenue. Non que je l'aie réellement remarqué, mais j'ai noté cela un jour que j'écoutais d'une oreille distraite l'un de ses interminables monologues auxquels j'essaie de ne pas prêter attention.

Polly étant le yin et Mason le yang, il était inévitable qu'ils finissent ensemble.

— Hunt, le salué-je d'un sourire alors que nous marchons vers mon ascenseur privé.

Mason glisse la clé dans la serrure et ouvre les portes pour me céder le passage. Je pose mon attaché-case et m'assois sur la banquette en velours rouge du fond. Le plafond et les parois sont en miroir pour donner une impression d'espace. J'aime l'ampleur.

— Alors, comment ça s'est passé ? demande-t-il en appuyant sur le bouton du quarantième étage et en s'asseyant à l'autre bout de la banquette.

Je suis célibataire depuis un moment et Polly a essayé sans relâche de me faire rencontrer des femmes qu'elle estime faites pour moi. Pour qu'elle cesse, je lui ai finalement dit que je voyais en secret quelqu'un que j'avais rencontré durant l'un de mes déplacements à Los Angeles. Elle y a cru et a arrêté de jouer les entremetteuses, mais elle a commencé à me harceler pour connaître l'identité de la mystérieuse inconnue. Généralement, mon fameux regard suffit pour que les gens se calment, mais pas Polly. Je ne lui fais absolument pas peur. Je lui ai donc annoncé que j'allais demander à ma mystérieuse femme de venir habiter chez moi. Au cas où j'aurais trouvé quelque chose qui me plaise hier soir et dont j'aurais fait l'acquisition – et cela a finalement été le cas.

— Elle a accepté, réponds-je. Je lui ai dit de laisser ses affaires et elle a pris l'avion hier soir. Elle est à la maison, à présent.

— Quoi ? C'est génial ! s'enthousiasme-t-il en m'assenant une claque sur l'épaule.
— Oui, je suis tout excité, dis-je en souriant.
Et c'était littéral. Ma bite durcissait toute seule comme pour prouver mes dires.

Nous passons le reste de la montée à converser poliment. Mason n'est pas du genre à se mêler de ma vie personnelle, sauf quand Polly menace de le priver de sexe s'il ne parvient pas à m'extorquer une information. Je lui donne un os à ronger de temps en temps pour éviter qu'il rentre bredouille, mais il n'a jamais insisté. Aujourd'hui ne fait pas exception. Il sait qu'elle est là, mais je ne lui ai pas encore dit comment elle s'appelle.

Mason me rappelle que Polly va passer chez moi après le déjeuner pour s'occuper des courses et vérifier que les employés de ménage font leur travail. Tout à coup, je m'inquiète. Je n'ai pas discuté avec Delaine de la version que nous allions raconter à mes connaissances, ni même de savoir si elle souhaitait dévoiler sa véritable identité, d'ailleurs.

Je sors de l'ascenseur et salue deux employés en allant rejoindre l'antichambre de mon bureau sur le coin ouest, derrière des portes vitrées gardées par le bureau de Mason. Tous les autres bureaux sont vitrés du sol au plafond, avec moquette rouge, murs blancs et touches de vert dans la décoration – pour rappeler les couleurs du lotus.

Je pousse la lourde porte en bois de mon bureau et la referme avant de courir décrocher mon téléphone pour appeler mon domicile. Il faut que je parle à dents. Mais j'ai appris dès mon plus jeune âge qu'on n'arrange rien ainsi, et de toute façon, je suis pressé. Je compte donc lentement jusqu'à dix et me force à repartir de mon côté. Je m'occuperai de lui plus tard s'il le faut.

J'arrive dans le hall et je suis soulagé d'y trouver Samuel qui m'attend. La circulation à Chicago est parfois pénible à l'heure de pointe, mais Dieu sait comment, Samuel réussit toujours à déjouer les embouteillages, et au volant d'une limousine, qui plus est.

Lanie

Oh… mon… Dieu !

Jamais, et je dis bien jamais, je n'ai éprouvé un plaisir aussi insensé de ma vie.

Les choses coquines que cet homme fait avec ses doigts et le regard séducteur qu'il me lance sous ces longs cils m'hypnotisent et contraignent mon corps à obéir au moindre de ses ordres. Les cochonneries que prononce sa bouche coupable me donnent autant envie de le gifler que de m'asseoir sur son visage, et ne me lancez surtout pas sur le sujet de ce qu'il a fait subir à mes tétons. Pour le coup, on peut dire que cet homme est doué pour les langues.

C'est le mal incarné, le fils immortel de Satan, et moi je suis damnée. Je sens littéralement que le peu de religion qui subsiste dans ce corps qui me trahit a été aspiré de mon âme et que je suis une pécheresse impénitente. Je vais finir en enfer et j'espère vraiment que ses doigts m'accueilleront dès l'entrée.

Je suis là, plongée dans une béatitude post-orgasmique, et ma peau se fripe dans l'eau qui refroidit. Il fait des allers-retours entre chambre et salle de bains pour se préparer à partir au bureau. Je le regarde se brosser les dents en sous-vêtements, puis retourner dans la chambre, dont il revient avec un pantalon noir taille basse qui accentue le sublime V de son torse. La ceinture n'est pas bouclée, il n'a toujours pas mis de chemise et il est pieds nus. Je suis fascinée par le mouvement des muscles de son dos pendant que, face au miroir, il ne fait rien de plus qu'étaler du gel dans sa paume pour s'en mettre dans les cheveux. Il me jette un coup d'œil et me fait son demi-sourire narquois et un clin d'œil, tout en se mettant du déodorant d'une manière qui rend le geste obscène. Et me donne grave envie de fourrer mon museau dans ses aisselles.

Il exsude une telle assurance que j'ai envie de le lécher de la tête aux pieds et peut-être même lui sucer les orteils.

Alors que je suis soulagée de le voir partir, la petite insolente qui sommeille en moi a envie de le supplier de revenir dans cette fichue baignoire et de me faire une nouvelle démonstration du tour de magie qu'il vient d'exécuter avec ses doigts fabuleux. C'est seulement quand je l'entends crier qu'il s'en va et que la porte se ferme sur lui que je me force enfin à sortir de ce bassin plein d'obscénités.

Mes bagages sont posés dans la chambre et j'en déduis que Noah les a fait monter. Une fois habillée, me sentant de nouveau décente, je décide de quitter la chambre et de me mettre en quête de quelque chose à grignoter. Je n'ai pas mangé hier soir, car j'avais peur de vomir au beau milieu des enchères, tellement j'étais sur les nerfs.

Il règne un silence irréel dans la maison, mais elle est étrangement chaleureuse, et douillette malgré sa taille. Je descends lentement le couloir vers l'escalier tout en admirant les lieux. L'endroit est décoré avec goût de grands tableaux qui ont l'air de coûter plus que ce que gagnait mon père en un an à la seule usine de Hillsboro. Le sol est recouvert d'une épaisse moquette rouge, mais les murs sont blancs. La plupart des portes des autres pièces sont closes, cependant je ne perds pas mon temps à les ouvrir, car j'ai faim et que je sais que j'en verrai un jour ou l'autre l'intérieur au cours des deux années à venir.

Une fois en bas de l'escalier, je m'aventure vers le fond de la maison et je traverse une immense salle à manger de réception, où trône une table pouvant accueillir au moins cinquante personnes. OK, j'exagère peut-être un peu, mais je jure qu'elle ressemble beaucoup à la longue table d'*Indiana Jones et le Temple Maudit*, celle où des cervelles de singes congelées sont servies aux convives. J'aperçois une porte à l'autre bout de la salle et je me promets que si je découvre en l'ouvrant un antique tunnel rempli de toutes sortes d'insectes et de pièges, je fiche le camp d'ici. Dieu merci, c'est seulement la cuisine. Un terme qui paraît d'ailleurs bien mesquin pour l'espèce de laboratoire de restaurant dans lequel je viens de pénétrer. Tout est en acier et clinique comme un bloc opératoire. Cependant, comme un rapide regard m'assure qu'il n'y a ni cervelles de singes ni ces coupes en bronze dans lesquelles elles étaient servies, tout va bien.

Je finis par tomber sur un garde-manger aussi grand que la maison de mes parents. J'ai trouvé le filon. Apparemment, Mr. Crawford a un faible pour les sucreries. Je m'empare d'une boîte de céréales au chocolat — j'adore ça — et d'un flacon de sauce chocolat avant de retourner d'un pas guilleret dans la cuisine.

Je me rappelle avoir vu des bols quelque part durant mes recherches, mais remettre la main dessus va être un sacré jeu de Memory. Après avoir ouvert plusieurs placards, je les retrouve et pousse un cri de joie en brandissant triomphalement le poing.

Le réfrigérateur est facile à trouver et — vous l'aurez deviné — gigantesque. Imaginez donc ma déception quand j'ouvre l'une des portes et découvre que ce n'est pas une chambre froide.

Je prends néanmoins le lait et retourne à mon butin, puis je remplis mon bol de céréales en me pourléchant les babines tandis que le lait vire au brun. Je veille à ne pas trop en mettre pour ne pas salir partout, même s'il y a sûrement quelque part un bouton pour appeler une équipe de lutins prêts à tout nettoyer avant de retourner se tapir dans leur caverne secrète.

Oui, j'ai beaucoup d'imagination, mais ce serait tout à fait envisageable dans un endroit aussi immense que celui-ci !

Sachant précisément où sont rangés les verres depuis ma quête de bol, j'en prends un et y verse une quantité déraisonnable de sirop de chocolat. J'entends d'ici les murmures réprobateurs de mon dentiste.

Je dois reprendre ma quête pour trouver l'argenterie, même si une simple cuiller en plastique me suffirait. Bravo ! Au premier tiroir ouvert, je tombe juste, et tant mieux, parce que je déteste les céréales trop molles. Lait remis au réfrigérateur, boîte de céréales et flacon de sirop rangés, je suis prête.

Et c'est à cet instant-là que le téléphone sonne.

Je balaie la cuisine du regard et finis par le repérer sur le mur, à côté de la cuisinière, mais il n'est pas question que je réponde. Je ne sais absolument pas qui cela peut être et comme je ne suis pas chez moi, ce n'est pas à moi de décrocher. Et puis comment irais-je expliquer qui je suis et pourquoi je réponds sur la ligne de Mr. Crawford ?

Eh bien… je suis la petite pucelle que Mr. Crawford a achetée pour deux briques hier soir pour pouvoir faire ses petites cochonneries avec moi. D'ailleurs, il m'a baisé la bouche hier soir, mais c'était juste après que je lui ai presque mordu la bite et avant qu'il doigte ma chatte à en tourner de l'œil ce matin. Il n'est pas là, mais je peux prendre un message pour lui, si vous voulez…

Oui, pas question que cette conversation ait lieu. J'ignore donc la sonnerie insistante et pioche dans mon bol.

Si irritant soit-il, le téléphone me rappelle tout de même que je suis censée appeler Dez et lui donner de mes nouvelles. J'ai planqué mon mobile dans mes affaires, espérant que celui qui m'achèterait n'irait pas me le piquer et ne m'interdirait pas d'avoir des contacts avec le monde extérieur. Comme Noah n'a rien dit de tel, j'imagine que c'est permis.

Encore que je me contrefiche de ce qu'il pourrait dire de toute façon. Je lui ai vendu mon corps, pas mon humanité.

Une fois mon petit déjeuner englouti, je rince le tout avant de le placer dans le lave-vaisselle. Je n'ai pas la moindre idée de ce que je suis censée faire du reste de ma journée. Je me dis que je vais remonter pour appeler Dez, mais je viens d'engloutir une tonne de céréales au chocolat… Je décide donc de me mettre en quête d'une télévision et de zapper un peu.

Après avoir rôdé pendant une éternité, en regrettant de ne pas avoir laissé une piste de morceaux de pain derrière moi, je trouve enfin ce qui semble être la salle de jeu. Une sorte de cour de récré pour hommes remplie de testostérone. Consoles de jeux vidéo, table d'air-hockey, énorme chaîne hifi et piste de danse, sièges de cinéma et canapé en cuir, table de poker, bar, et la plus grande télévision que j'aie jamais vue de ma vie. Un écran géant. Sérieusement, elle occupe tout un mur.

— Oui, eh bien, comme c'est la première fois que je me permets ce genre de transaction, j'ai oublié de voir quelques détails avec vous, et Polly va venir aujourd'hui, explique-t-il en déboutonnant sa veste pour poser les mains sur ses hanches.

Cela me donne envie de lui mordre le ventre. Manifestement, ma libido a pris le contrôle de mon cerveau. Cette traîtresse.

— Et s'il vous plaît, poursuit-il, follement sexy avec sa cravate en soie rouge, ne jouez pas avec quelque chose quand vous ne savez pas comment ça marche. Vous ne voulez pas qu'il arrive un autre accident, n'est-ce pas ?

Tout en disant cela, il se caresse gravement à travers son pantalon. J'ai envie de l'attraper par sa cravate sexy et de l'étrangler.

— Ça va, c'était hier, maugrée-je. Il va falloir vous remettre. Et puis je me suis bien occupée de vous hier soir.

Sérieusement, je n'ai pas dit ça ? Et aussitôt, voilà que je repense à lui en train de jouir dans ma bouche. *Bon Dieu, Lanie ! Ressaisis-toi. Tu le détestes, n'oublie pas.*

Lui. Pas la SuperBite ou ces longs doigts orgasmiques avec lesquels il est en train de pianoter sur ses hanches.

— Allez vous faire foutre ! Je vous déteste, ajouté-je parce que je préfère qu'il ne sache pas ce que je pense vraiment.

C'est sûrement à cause du chocolat et du sucre que je ne suis plus capable de réfléchir normalement.

— Me faire foutre ? Oh, mais très certainement, répond-il en s'avançant vers moi. Par vous, et plein de fois. Mais pas pour l'instant. Nous avons des choses à faire. Allez !

— Où ça ?

Il me saisit le poignet et me fait lever de mon fauteuil peloteur avant de m'entraîner hors de la pièce.

— Je vous emmène à votre rendez-vous.

— Quel rendez-vous ? Je n'en ai pas, protesté-je en essayant de me libérer.

— Maintenant, si. Ce serait tout à fait irresponsable de ma part de ne pas vous faire examiner par un médecin avant que je ravage votre délicieuse petite chatte, n'est-ce pas ?

Je m'immobilise et le force à s'arrêter aussi.

— Vous emmenez votre petite chatte chez le véto ? demandé-je, insultée.

— Je ne vous connais pas assez bien pour me fier à tout ce que vous prétendez être. (Il m'attire sans ménagement contre sa poitrine et m'empoigne les fesses.) J'ai acheté une vierge, et j'ai l'intention de vérifier que j'ai bien eu ce que j'ai payé. De plus, il vous faut un moyen de contraception, parce que, lorsque je vais enfin entrer dans cette petite mine d'or que vous avez entre les jambes, je tiens à ne perdre aucune sensation. (Je reste bouche bée.) Fermez la bouche, chaton. Sauf si vous espérez que je vais y fourrer quelque chose, dit-il en me relevant le menton du bout des doigts avant de reculer avec son petit sourire narquois.

Deux minutes plus tard, je suis assise dans la limousine en face de Noah et en route pour aller chez le médecin.

Noah allume une cigarette et souffle la fumée par la vitre à peine entrouverte. Normalement, je m'insurgerais contre ce manque d'égards pour mes poumons, mais quand je vois la manière dont ses lèvres s'ourlent sur le filtre… ça me donne des idées très, très coquines.

— Vous pouvez m'embrasser, vous savez, dit-il en prenant une bouffée de sa cigarette. Je suis là pour votre plaisir autant que vous pour le mien.

Je croise les jambes, essayant de retrouver la sensation de frottement dont j'ai brusquement envie, et les bras d'un air de défi sans prononcer un mot. C'est vrai, après tout, qu'est-ce que vous voulez que je réponde à ça ?

— Ceci, continue-t-il en caressant longuement sa bite au travers de son pantalon, est également là pour votre plaisir. Vous ne devriez pas être aussi timide pour demander ce que vous désirez, Delaine. Ni pour le prendre, d'ailleurs, car moi, je ne vais pas m'en priver.

Je tourne la tête et regarde par la vitre, en tentant d'ignorer ce qui palpite entre mes cuisses. Et qui salive devant l'image que ses paroles viennent de m'évoquer. Du coin de l'œil, je le vois jeter son mégot par la fenêtre.

— Tenez, je vais vous montrer, dit-il.

Sans attendre, il me rejoint à quatre pattes et m'écarte sans ménagement les jambes avant de fourrer sa tête entre mes cuisses. Puis il empoigne mes fesses à deux mains et m'attire vers lui pour avoir un meilleur angle d'attaque. J'étouffe un cri de surprise en sentant la chaleur de son haleine à travers l'épaisseur de mon jean pendant qu'il fait des va-et-vient avec sa bouche. Je regarde le mouvement de sa tête, stupéfaite, puis il lève les yeux vers moi. Ses lèvres se retroussent sur un sourire sardonique juste avant qu'il plonge sur l'endroit où se trouve mon clitoris.

— Oh, mon Dieu ! gémis-je en me cramponnant à ses cheveux pour lui enfoncer la tête encore plus profond entre mes cuisses.

Sa bouche appuie de plus belle sur ma chatte.

— Mmm, j'adore les femmes qui savent ce qu'elles veulent, Delaine.

Sa manière de ronronner mon prénom me fait frissonner partout, menaçant de finir dans une éruption encore jamais vue. Mais il me force à lâcher ses cheveux avant de se redresser et de déposer un petit baiser sur mon clitoris.

— C'était... prometteur, soupire-t-il. J'ai hâte de voir votre réaction quand nous ne serons plus embarrassés par des vêtements, mais malheureusement, cela devra attendre un peu.

Je reste là, haletante, absolument incapable de me maîtriser, mais Noah se rassoit sur sa banquette et rajuste ses vêtements comme s'il était absolument imperméable à ce qu'il vient de faire. Il se recoiffe d'une main négligente et je pousse un cri intérieurement, tellement j'ai envie d'effacer cet air narquois.

La portière s'ouvre et Samuel nous accueille avec un sourire. Noah descend et me tend la main. J'accepte, mais seulement parce que je veux lui broyer les doigts. Ce que je ne me prive pas de faire, pourtant il reste de marbre.

Dans ma fureur, je remarque à peine que nous entrons dans une sorte de clinique et que Noah me conduit jusqu'à un bureau. La réceptionniste l'accueille très courtoisement, mais elle le déshabille du regard, oubliant manifestement ma présence. Je sais que je n'ai aucun droit sur lui, mais elle n'en sait rien et la voir flirter ainsi me met en rage.

Cela ne lui ferait sûrement ni chaud ni froid, à cette imprudente, si je me vantais d'avoir eu à l'instant sa tête entre mes cuisses. Avant que la garce en moi puisse lui arracher ses faux cils, nous sommes conduits dans une salle où une infirmière procède à un examen sommaire, puis me demande de me déshabiller en me donnant une chemise de nuit en papier. Elle me tend aussi un formulaire à remplir, mais c'est Noah qui le lui prend.

— C'est mon oncle Daniel qui tient cette clinique, dit-il une fois l'infirmière partie. Comme il n'est pas gynécologue et que je ne voulais pas que vous vous sentiez mal à l'aise en sa présence, j'ai fait en sorte que ce soit un de ses confrères, Everett, qui vous examine.

— OK, opiné-je, furieuse de ce qui va arriver.

— Avez-vous des problèmes de santé dont il faut l'informer ? (Je secoue la tête et il me donne le formulaire à signer. Quand je le lui rends, il me fait signe de me déshabiller et tourne le dos tout en continuant de parler.) J'ai dit à mes amis et à ma famille que nous nous sommes connus il y a quelque temps lors d'un de mes voyages à Los Angeles. Tout le monde croit que nous nous voyons en secret depuis sept mois et que je vous ai enfin convaincue de venir habiter à Oak Brook avec moi. Comme je n'ai dit à personne qui vous étiez, c'est à vous de décider si vous désirez utiliser votre nom ou autre chose.

— Eh bien, puisque vous avez déjà mis mon vrai nom sur le formulaire, on n'a qu'à continuer. (J'enlève mon pantalon et le plie soigneusement avant de prendre la chemise de nuit en papier bleu. Je l'entends étouffer un juron. Apparemment, il n'avait pas réfléchi en remplissant les papiers.) D'ailleurs, si nous utilisons un autre nom, je vais probablement tout faire dérailler. Et merci, au fait.

— Pour quoi ?

— Pour avoir inventé une histoire vaguement décente pour que je n'aie pas l'air d'une putain.

Il se retourne et me rejoint en deux enjambées. Il est tellement près que je sens la chaleur qu'il irradie. Il me relève le menton du bout du doigt et plonge son regard dans le mien.

— J'aurais du mal à qualifier une pucelle de putain.

Je n'ai pas le temps de répondre, car on frappe discrètement à la porte.

— Entrez ! répond-il en reculant.

— Noah, mon cher garçon ! dit un homme jovial en blouse blanche en entrant et en l'étreignant. Quel plaisir de te voir. Comment vas-tu ?

— Je survis, répond Noah avec un sourire sincère.

Le médecin se tourne vers moi avec un air désolé.

— Pardonnez-moi, mais n'ayant pas eu le dossier, je ne connais pas votre nom.

— Delaine. Delaine Talbot.

J'éprouve soudain une grande fascination pour les dalles blanches à mes pieds.

— Eh bien, c'est un plaisir de faire votre connaissance, miss Talbot. (Il me serre la main, puis il me fait signe de m'asseoir sur la table d'examen et prend place sur un petit tabouret à roulettes devant moi.) Alors, que puis-je pour vous ?

— Delaine a simplement besoin d'un examen de routine et elle aimerait que vous lui proposiez quelques moyens de contraception, répond Noah pour moi.

— Je vois. Eh bien, la forme la moins invasive et celle que vous risquez le moins d'oublier est une piqûre. Est-ce que cela vous conviendrait ? demande-t-il avec un sourire poli. (J'ai lu une brochure sur le sujet lors de ma dernière consultation, mais là, à brûle-pourpoint, je ne sais pas trop.) Chaque piqûre vous protège pour trois mois, explique-t-il, et l'un des avantages pour la plupart de mes patientes, c'est qu'elle a normalement pour effet d'alléger ou de supprimer entièrement vos règles. C'est une forme de contraception assez appréciée ces derniers temps.

— D'accord. Ça a l'air bien, opiné-je.
— Eh bien, allons-y, si vous le voulez bien.

Il a un sourire sincère et réconfortant, même s'il s'apprête à examiner mon intimité.

Je m'allonge sur la table et Noah vient se placer à côté de ma tête pendant que je mets les pieds dans les étriers. Ce n'est pas la première fois qu'on me fait un frottis, mais se retrouver exposée devant un parfait inconnu est toujours troublant. C'est vrai : étant donné que les gynécos voient défiler des femmes toute la journée, vous vous demandez toujours si vous êtes différente des autres ou si vous avez une quelconque difformité dont vous n'avez pas conscience. Avant que j'aie pu finir de ressasser toute seule, il recule et me tapote la jambe pour m'indiquer qu'il en a terminé.

— Vous aurez quelques crampes ces prochains jours. Vous pouvez toujours prendre un peu d'Ibuprofène en cas de douleur. Et vous aurez peut-être de légers saignements, étant donné votre situation particulière, mais au final, tout devrait bien se passer, dit-il en enlevant ses gants et en les jetant. Revenez me voir si jamais vous éprouvez quoi que ce soit d'inhabituel. (L'infirmière revient et me désinfecte le bras à l'alcool avant de me faire la piqûre.) Je vous laisse vous rhabiller et vous n'aurez plus qu'à partir, dit-il en s'apprêtant à quitter la pièce. Noah, c'était un plaisir de te revoir.

— Vous également, Everett, et merci, ajoute Noah en se tournant vers moi. Je vais aller régler et nous nous retrouverons dehors.

Il part avec le médecin et son infirmière et je saute de la table en le regrettant aussitôt, car je commence déjà à avoir un petit peu mal. Je m'habille rapidement, pour pouvoir ficher le camp d'ici, et quand j'ouvre la porte, Noah m'attend devant.

— Ça va ? demande-t-il en me voyant une main sur le ventre.

— J'ai quelques crampes, mais si je peux rentrer et m'allonger, je pense que ça ira.

— OK, acquiesce-t-il avant de sortir son mobile et de répondre. Bonjour à vous aussi, Polly, dit-il. Il faut que vous terminiez ce que vous êtes en train de faire à la maison en ce moment. Je suis en route et mon invitée et moi avons besoin de tranquillité. Oui, Polly, c'est elle. (Il lève les yeux au ciel, mais il me prend le coude et me conduit jusqu'à la limousine qui attend.) Elle n'est pas en état de recevoir des visiteurs. D'ici quelques jours, peut-être. Appelez Mason et dites-lui que je serai rentré au bureau dans une heure. Merci, Polly. (Sur ce, il raccroche et s'assoit à côté de moi en passant un bras par-dessus mon épaule.) Polly s'occupe de toutes mes affaires personnelles, y compris la maison. Elle est pleine de bonnes intentions, mais elle est parfois difficile à supporter, explique-t-il. Ce sera elle la plus compliquée à duper, alors faites attention en sa présence. C'est une petite fouineuse.

J'acquiesce. Il passe la main sur ma nuque et attire ma tête contre sa poitrine. C'est un geste un peu trop intime si l'on considère que nous ne nous connaissons que depuis la veille au soir, mais étant donné ce que nous avons fait entre-temps, je suppose que c'est acceptable.

J'écoute les battements sourds de son cœur pendant que nous roulons en silence. Et pour la première fois, je remarque vraiment son odeur. Je reconnais le parfum du savon et du déodorant qu'il a utilisés ce matin, mais je perçois également une autre odeur qui est plus caractéristique et l'évoque davantage.

Il me caresse les cheveux et je ferme les yeux, savourant ce moment tendre. Le geste est tellement apaisant que, si je n'avais pas aussi mal, je m'endormirais.

Cela prend fin trop vite : nous sommes arrivés. Noah descend et me tend la main, ne laissant pas le temps à Samuel de faire son travail. Je sors courbée en deux parce que je commence à avoir vraiment des crampes.

— Bon sang, ça va ? s'inquiète-t-il.

— Je vais bien. C'est juste une crampe un peu violente.

J'essaie de ne pas laisser la tension percer dans ma voix. Pas question qu'il pense que je suis une petite chose douillette.

Sans crier gare, il me soulève dans ses bras et me transporte comme une jeune mariée par les doubles portes que Samuel a déjà ouvertes. Je le supplie de me laisser marcher, mais il ne veut rien entendre. Il me porte dans les escaliers jusqu'à sa chambre. Il me pose le temps de défaire le lit pour que je me glisse sous les couvertures, puis il disparaît.

— Tenez, prenez ceci, dit-il en revenant avec deux cachets et un verre d'eau.

J'avale le tout et Noah me reprend le verre qu'il pose sur la table de chevet.

— Vous tiendrez le coup si je retourne à mon bureau? demande-t-il avec inquiétude.

— Ça ira. J'ai juste besoin de faire un petit somme, dis-je en étouffant un bâillement. Allez-y. Je me détendrai mieux si vous n'êtes pas là, de toute façon.

— Comme c'est vexant, ironise-t-il en portant la main à son cœur comme s'il avait été blessé. Ravi de voir que vous n'avez pas perdu votre arrogance. Je suis sûr qu'en un rien de temps vous serez suffisamment en forme pour essayer à nouveau de me mordre la bite. (Il se baisse, me dépose un petit baiser sur les lèvres et se redresse.) Avez-vous un mobile?

— Oui, il est là-bas dans mon sac. Pourquoi? Vous n'allez quand même pas me le prendre? demandé-je, paniquée à cette idée.

— Sauf si vous me donnez une raison de le faire, dit-il en allant attraper mon sac.

Il me le tend et j'en déduis qu'il veut que je le sorte. Je prends donc mon téléphone, le lui donne, et il compose un numéro avant de me le rendre. Son propre mobile se met à sonner, il le sort de sa poche et le coupe.

— Je viens de mettre mon numéro de mobile en mémoire dans votre téléphone et à présent j'ai aussi le vôtre. Veillez à le garder sur vous en permanence. Non seulement pour votre sécurité, mais aussi parce que je ne serai pas du tout content si vous me faites attendre lorsque j'ai besoin de vous. Et appelez-moi si vous avez besoin de moi pour quoi que ce soit. Je ne plaisante pas.

Même s'il s'efforce d'avoir l'air sévère, je perçois la sincérité dans son expression. Je lève les yeux au ciel et opine, sarcastique, parce que j'adore tout simplement l'énerver, puis je lui tourne le dos en marmonnant.

— Fichez le camp. Vous voir me fait mal entre les cuisses.

C'est vrai, mais seulement parce qu'il a une belle gueule et que j'ai envie de m'asseoir dessus et que je ne peux pas. Et voici le plus curieux : non seulement je n'ai jamais taillé de pipe, mais on ne m'a jamais fait de cunnilingus non plus. Et voilà que tout d'un coup, je ne peux plus m'empêcher de m'imaginer en train de m'asseoir sur sa bouche.

Je vous assure, c'est parce qu'il a une sacrée belle gueule.

— Dans ce cas c'est parfait, dit-il comme s'il n'en croyait pas un mot. Je vous retrouve ce soir.

J'entends la porte se refermer doucement et je me réfugie dans son oreiller pour respirer encore son parfum. Tout en étant ravie qu'on n'attende rien de ma personne jusqu'à la fin de la journée, je dois avouer qu'une partie de moi que je commence à bien identifier est tout à fait désolée que je n'aie pas le droit à une autre partie avec le Roi du Doigtage. Et c'est sur cette déprimante pensée que je me laisse doucement aller au sommeil.

5

Dessert à la vanille

Lanie

— Delaine, chantonne une voix rauque dans mon oreille alors que j'essaie de m'extirper des brumes du sommeil. (Je sens vaguement une grande main chaude qui me caresse l'intérieur de la cuisse et je gémis involontairement.) Vous devriez faire attention aux bruits que vous faites quand vous dormez. Ce genre de gémissement pourrait me faire perdre le peu de sang-froid qui me reste.

Une haleine brûlante me frôle la nuque, puis un frisson des plus divins court le long de mon échine quand je sens sa langue s'enrouler autour du lobe de mon oreille et ses lèvres l'emprisonner. Sa main commence à pétrir ma cuisse tout en remontant petit à petit, me forçant à me contorsionner pour tenter de trouver la position la plus confortable.

— Bon sang! jure-t-il en se retirant bien trop vite. (J'ouvre brusquement les yeux et pousse un cri en prenant conscience de la réaction que sa main et ses paroles ont éveillée en moi. Noah passe une main dans ses cheveux, mal à l'aise et manifestement troublé.) Le dîner est prêt. Vous devriez vous lever et essayer de manger quelque chose.

Vraiment? Ai-je perdu toute une journée?

Je me cache sous les couvertures, car le voir ainsi haletant et plein de désir me donne envie. Et ce n'est pas le moment de perdre les pédales.

— Je n'ai pas faim, marmonné-je dans l'oreiller.

— Peu importe, vous devez manger. Maintenant, soit vous vous levez comme une grande et vous venez me retrouver dans la salle à manger, soit je vous jette sur mon épaule et vous descends pour vous nourrir de force. Qu'est-ce que vous préférez? (Je grogne de dépit et donne un coup de poing dans l'oreiller, mais je ne me lève pas.) Comme vous voudrez, dit-il en arrachant les couvertures et en tendant la main vers moi.

— Attendez! (Je me redresse en vitesse et ramène mes genoux sous mon menton) Zut, vous êtes un vrai homme des cavernes! Laissez-moi un peu d'intimité le temps de me ressaisir et je vous retrouve en bas. OK?

— Très bien, dit-il en reculant. Mais ne me faites pas trop attendre. Je déteste dîner seul.

J'acquiesce et le regarde sortir. Mes yeux se posent immédiatement sur ses fesses. Mon Dieu, je suis vraiment folle de son cul.

À peine est-il sorti que j'attrape mon mobile sur la table de chevet et que j'appelle ma meilleure copine.

— Eh bien, il était temps! Qu'est-ce que tu fichais? braille Dez par-dessus la musique qui pulse en arrière-fond. (Apparemment, elle est au travail.) Tout va bien?

— Bon, j'ai un peu mal, mais à part ça, ça va.

Sauf que j'ai une horrible envie de faire pipi. Je me laisse donc rouler hors du lit et me dirige vers la salle de bains.

— Wow! dit-elle en riant. Il te l'a déjà carrément mise?

— En fait, mon hymen est encore intact, mais je ne sais pas combien de temps ça va encore durer. (Je m'interromps en m'apercevant dans le miroir.) Oh, mon Dieu, je ne ressemble à rien.

— Tu ne ressembles jamais à rien. Allez, les détails. Qui t'a achetée? Il est sexy?

— Euh, Noah Crawford. Oui, il est sexy à mort. En fait, je crois que sexy n'est même pas le mot qui convient. Il est beau à crever.

Je l'admets parce que, même si je ne peux pas mentir à ma meilleure amie, ce serait un blasphème de nier à quel point Noah Crawford est beau gosse. Hors catégorie, tout simplement.

— Beau à ce point? Tu n'as pas peur qu'il soit gay? Oups, pardon, rit-elle.

— Non, il n'est pas gay. Enfin, je ne crois pas, dis-je en essayant de me recoiffer un peu. Vu comme il a fourré sa tête entre mes cuisses, j'en déduis qu'il est branché filles.

Dez étouffe un cri, manifestement tout excitée par la nouvelle.

— Il a fait ça? Oh, mon Dieu! Ça t'a plu? Ça t'a plu, avoue! Ne me dis pas que c'est pas ce qui se fait de m...

— Dez! Concentre-toi! m'exclamé-je. Dans la mesure où j'avais encore mon jean sur moi, je n'en sais rien du tout et je n'ai pas beaucoup de temps pour te parler. Utilisons-le pour les questions importantes, OK? Comment vont mes parents? L'argent a été viré sur le compte?

— L'argent est là et, zut... tu as été achetée deux millions? On aurait pu croire que ces pervers voudraient une femme expérimentée qui sache leur faire plaisir, mais non, c'est la petite miss innocence qu'il leur faut. Je n'arrive pas à comprendre leur logique.

— Dez, dis-je en essayant de la ramener au sujet qui m'intéresse. Comment va ma mère?

— Je suis passée la voir en début de journée. Toujours pareil, ma chérie. Pas de changement. (Elle prend un ton plus solennel.) Mais maintenant, nous avons l'argent pour l'opération, grâce à ton courageux effort. Je t'admire vraiment, Lanie, soupire-t-elle. Sacrifier ce que tu as de plus précieux comme ça? C'est vraiment de l'héroïsme. Et je ne plaisante pas.

— Eh bien, du moment que c'est pour aider ma mère, ça en vaut la peine, non?

— Mmm. Et il n'y a pas de honte à se faire plaisir pendant qu'on y est.

Je souris.

— Oui, on peut voir ça comme ça. Écoute, il faut que j'y aille. Dis à mes parents que je suis débordée de travail à cause des cours, mais que je les appellerai dès que je le pourrai, OK ? Bisous.

— Pas de problème, ma chérie. Bisous aussi, dit-elle, un peu sentimentale. (Enfin, autant qu'elle puisse l'être.) Amuse-toi bien, petite cochonne !

Je raccroche et décide de prendre une rapide douche. Ceci fait, je retourne dans la chambre m'habiller, mais je ne trouve mes affaires nulle part. Je vais même jusqu'à chercher dans l'immense penderie de Noah : rien. Je prends donc l'une de ses chemises, qui est heureusement assez longue pour couvrir ma nudité. Oui, je sais que cela va sûrement l'énerver, étant donné qu'il est tellement maniaque et obsessionnel avec ses fringues, mais il n'espère quand même pas que je vais me balader nue tout le temps.

Je me brosse les dents et me regarde dans le miroir, satisfaite à l'idée de le faire bondir et s'indigner de la façon dont j'utilise ses affaires. Puis je dévale l'escalier avant qu'il ne soit à bout de patience. Encore une fois, je m'en contrefous ; j'ai surtout hâte de le voir se mettre hors de lui.

Il est assis en bout de table quand j'entre dans la salle à manger, pardon, la salle de réception. Comme un couvert est dressé à sa droite, sans doute pour moi, je m'assieds. Noah me toise longuement, constatant que je suis fort peu vêtue, et je le vois qui déglutit péniblement.

— J'espère que ça ne vous ennuie pas. Je n'ai vraiment pas eu le choix, toutes mes affaires ont disparu. Qu'est-ce que vous en avez fait, d'ailleurs ?

— Comme j'avais prévu de vous emmener faire du shopping cet après-midi, j'ai demandé au personnel de se débarrasser de vos affaires, répond-il en prenant sa serviette. Je ne pensais pas que vous dormiriez toute la journée. Toutes mes excuses.

— Mais enfin, vous ne pouvez pas jeter toutes mes affaires comme ça ! m'exclamé-je.

— Je n'ai pas tout jeté. Juste les vêtements, dit-il avec désinvolture. Ils n'étaient pas en accord avec mon style de vie.

— Monsieur est élitiste ! Excusez-moi de n'être pas venue avec tout le nécessaire qui convient à votre style de vie, votre Altesse.

— Ne vous excusez pas, répond-il sans rire. Nous nous en occuperons demain. Cependant, je dois avouer que vous avez une allure délicieuse avec cette chemise.

D'après la manière dont il me regarde, on croirait un affamé devant un buffet avec service à volonté. C'est à un tel point que lorsqu'il se passe la langue sur les lèvres, je me force à détourner le regard, soudain très intéressée par ce qui est posé sur la table. Les trois plats sont déjà servis : salade, steak succulent et pomme de terre au four, ainsi qu'une tranche de marbré au chocolat avec de la glace à la vanille.

— C'est vous qui avez fait tout ça ? demandé-je en dépliant ma serviette.

— Je suis multimillionnaire, je n'ai pas besoin de faire la cuisine, répond-il en prenant sa fourchette et en s'attaquant à sa salade. Je paie des gens qui le font pour moi.

— Je vois. Un peu comme vous payez pour baiser ? rétorqué-je avant de boire une gorgée d'eau. (Noah manque de s'étrangler avec sa salade et je me félicite intérieurement.) Pourquoi, d'ailleurs ? ajouté-je, alors que je me fiche totalement de sa réponse.

— Le sujet n'est pas à l'ordre du jour, élude-t-il en buvant une gorgée de vin. Comment vous sentez-vous ? Des saignements ou des crampes ?

Jusqu'à ce qu'il en parle, j'avais oublié ma petite excursion chez le gynéco.

— Eh bien, c'est une question intime, mais si vous tenez à le savoir…

— J'y tiens et rien de ce qui concerne votre corps ne sera intime pendant les deux années à venir. Plus vite vous vous serez habituée à cette idée, mieux ce sera. Alors, que disiez-vous ?

Je serre les dents en me retenant de lui rétorquer d'aller se faire foutre, même si l'image est assez excitante. Le temps de compter jusqu'à dix, et je suis assez calmée pour répondre à sa question.

— Les crampes ont diminué et je n'ai eu aucun saignement. Ça veut dire que vous allez me sauter maintenant ?

— Oui. Que diriez-vous de le faire sur-le-champ sur cette table ? s'amuse-t-il en faisant mine d'en éprouver la solidité, avec un sourire pour que je comprenne bien qu'il plaisante. Je pense que je peux vous laisser la soirée pour récupérer. Je sais que vous me haïssez et que vous devez penser des choses affreuses sur mon compte, mais je ne suis pas un monstre. Je suis capable de témoigner un peu de compassion de temps en temps, vous savez.

Ma libido, qui chaussait déjà ses talons pour se lancer dans une lap-dance, est plus que déçue d'en être privée.

— Avez-vous appelé quelqu'un pour dire que tout va bien ? demande-t-il, tout en coupant son steak.

Je ne suis pas tout à fait sûre de la réaction que je suis censée avoir. Si je lui avoue la vérité, elle risque de le fâcher au point qu'il me prive de mon téléphone. Mais il n'a fixé aucune règle exigeant d'éviter tout contact avec la famille ou les amis, et il sait que j'ai mon mobile. Je déteste mentir, car un mensonge conduit toujours à un autre, et ainsi de suite jusqu'à ce qu'on se retrouve emprisonné dans une toile sans plus aucune possibilité de s'en échapper. Et puis j'ai très envie de voir sa jolie petite gueule piquer une colère. Alors je lui dis finalement la vérité.

— J'ai appelé ma meilleure amie, Dez, juste avant de descendre dîner.

— Et vos parents ? demande-t-il, apparemment pas du tout fâché par mon aveu.

Je suis déçue, ce n'est rien de le dire…

— Ils croient que je suis à l'université. Il faudra que je les appelle tôt ou tard, mais ils ne peuvent pas savoir où je suis ni ce que je fais. Ça les tuerait.

Noah opine et croise les mains sous son menton.

— C'est compréhensible. Mais je veux que vous vous sentiez libre de rester en contact avec qui vous voulez. Du moment que vous respectez votre engagement et que vous n'essayez pas de rompre notre accord, vous aurez pratiquement toutes les libertés que vous aviez jusqu'à notre rencontre.

— Pratiquement?

— Toutes sauf celle de votre corps, évidemment. Lui, il m'appartient, clarifie-t-il.

— Alors je peux quitter la maison quand je veux? demandé-je, pour voir jusqu'où je peux aller.

— J'attends que vous soyez là quand j'y suis, sauf si je vous ai autorisée préalablement à sortir. Je précise préalablement parce que je veux savoir en permanence où vous êtes. Sans compter qu'il y aura des occasions où j'éprouverai le besoin de rentrer ici durant la journée pour me soulager de mon stress, ajoute-t-il avec un petit sourire.

Précisons: ce n'est pas n'importe quel petit sourire. Je mouille tellement que j'ai peur pour le coûteux tissu qui revêt la chaise sur laquelle je suis assise. Mes tétons sont dressés et j'arrondis les épaules en espérant qu'il ne le remarquera pas. Mais ce n'est pas tout. Oh, non, je ne sais pas ce qui me prend, mais je me conduis comme une petite chatte en chaleur...

— Et vous sentez-vous stressé en ce moment ? m'enquiers-je, d'une voix sensuelle.

Ne me demandez pas d'où cela sort. Je ne reconnais même pas ma propre voix. Apparemment, j'ai baissé ma garde assez longtemps pour que ma libido prenne les commandes du centre de contrôle de la parole et s'exprime à ma place. Oui, c'est ma version de l'histoire, et je m'y tiens.

Noah glousse et passe la langue sur ses lèvres, ce qui m'énerve, parce que j'aimerais justement le faire pour lui.

— Voyons. J'ai une femme incroyablement sexy chez moi, que j'ai payée une fortune pour pouvoir l'utiliser quand bon me semble, mais je ne peux pas parce que je lui ai fait subir un examen un peu douloureux. Alors oui, je crois qu'on peut dire que je suis un tantinet stressé.

Ma libido a trouvé le centre de contrôle moteur et le réquisitionne. J'ai perdu toute maîtrise de mes fonctions corporelles. Je pose ma serviette à côté de mon assiette et recule ma chaise. Noah ne me quitte pas des yeux. Alors que je me dirige vers lui, il se renverse sur sa chaise et incline la tête, haussant des sourcils interrogateurs, attendant de voir quelles sont mes intentions. Je me glisse entre lui et la table et me mets à genoux.

— Qu'est-ce que vous faites, Delaine ? demande-t-il d'une voix sourde.

— Gestion du stress, dis-je narquoisement en débouclant sa ceinture avec une assurance incroyable.

— Je croyais vous avoir dit que vous aviez la soirée pour vous, répond-il en reculant sa chaise pour me laisser un peu plus de place.

— En effet.

Je baisse la fermeture éclair de sa braguette et en écarte les pans tout en couvrant de baisers la bosse qui gonfle son caleçon. Noah se passe une main dans les cheveux et me soulève le menton pour plonger son regard dans le mien.

— Si vous continuez, je ne vais pas être en mesure de vous arrêter.

— Alors ne le faites pas, dis-je en baissant la tête pour poursuivre ma manœuvre.

Il recule encore sa chaise pour se dérober.

— Pas avant que j'aie mangé mon dessert.

Sans crier gare, il me soulève et m'assoit sur le bord de la table en repoussant les assiettes. Les mains sur mes genoux, il écarte mes jambes et se rapproche. Puis il soulève lentement mes cuisses en faisant remonter la chemise.

Il révèle ma nudité et j'étouffe un cri en entendant le grognement animal qui monte dans sa poitrine.

Il s'humecte les lèvres tout en me lorgnant la chatte, puis il lève les yeux vers moi.

— Je suis sûr que vous ne verrez pas d'inconvénient à ce que je lui fasse un petit baiser pour atténuer la douleur.

Et sans attendre ma réponse, il m'écarte encore un peu plus les jambes et commence à me suçoter l'intérieur de la cuisse.

— Noah ? demandé-je d'une voix tremblante.

— Mmm ? fait-il tout en continuant de remonter le long de ma cuisse.

— Vous pensez vraiment que la table de la salle à manger est le meilleur endroit pour faire ça ? C'est vrai, ce n'est pas très hygiénique.

— Je mange tous mes repas à cette table, marmonne-t-il contre ma peau.

Devant un tel argument, je ne vais pas débattre, même si j'en ai envie. Et puis, peu importe, car entretemps, il est arrivé à mon sexe et son nez effleure mon clitoris. Je sens sa langue courir le long de mes grandes lèvres et je l'empoigne par les cheveux.

— Vous sentez bon, Delaine. Et vous avez encore meilleur goût.

Il gémit contre ma chatte, puis sa main passe sous ma cuisse pour la soulever et la poser sur son épaule. Je vois sa langue continuer de me lécher, puis il capture mon clitoris entre ses lèvres et le suçote chastement avant de lui donner un coup de langue. Il relève la tête et me fait un clin d'œil tout en agitant de plus belle sa langue de reptile et un plaisir jusque-là inconnu me traverse. Je renverse la tête en arrière.

— Regardez-moi, ordonne-t-il d'une voix rauque. Je veux que vous me regardiez pendant que je vous dévore.

— Oh, mon Dieu, gémis-je en obéissant.

D'abord un doigt, puis un deuxième, disparaissent en moi, puis il leur imprime un va-et-vient pendant que de l'autre main, il écarte mes lèvres et engloutit mon clitoris dans sa bouche. Puis il enfonce ses doigts entièrement et les recourbe, et je ne peux retenir le râle qui monte dans ma gorge.

— Mmm, vous aimez ça, n'est-ce pas ?

Du plat de la langue, il me lèche lentement de bas en haut jusqu'au clitoris qu'il suce de plus belle.

— C'est... oh, mon Dieu, c'est incroyable, gémis-je entre deux halètements.

Pantelante, j'agrippe ses cheveux pour le coller contre moi tout en redressant les hanches vers son visage. Il grogne de satisfaction, approuvant apparemment que je lui montre ce qui me plaît le plus. Ses doigts quittent mon sexe et je geins en protestation, mais quand il me montre à nouveau sa main, je vois qu'il tient une cuillerée de glace à la vanille. Avec un sourire diabolique, il en laisse couler un peu sur mon clitoris. La sensation glacée sur mon bouton brûlant m'arrache un cri et je manque de perdre le peu de contrôle qui me reste. Noah observe ma réaction en se mordant la lèvre, puis il se jette en avant pour me dévorer la chatte et en lécher jusqu'à la dernière goutte de crème glacée à la vanille.

Au creux de mon ventre se noue un ressort que je reconnais pour l'avoir senti le matin dans la baignoire. Chacun de mes muscles se crispe et mes cuisses l'emprisonnent involontairement dans leur étau. C'est comme si ma chatte s'était transformée en une dionée refusant de laisser s'échapper l'appétissante bouche de Noah Crawford.

Il suçote de plus belle mon clitoris en faisant des va-et-vient avec la tête, ce qui me rend littéralement folle, et c'est alors qu'il enfouit son visage encore plus entre mes jambes et se met à lécher, sucer, gémir et grogner. Ses doigts s'agitent, je n'en peux plus. Le sentir, le voir, l'entendre, c'est plus que je ne peux supporter. Une overdose des sens. Tout mon corps se tend tandis que le ressort se détend enfin et je ferme les yeux. Des taches bleues et noires clignotent sous mes paupières et je me mords la lèvre tout en gémissant. Vague après vague, l'orgasme déferle en moi tandis que Noah continue de me lécher. Quand l'intense plaisir finit par décroître et que mon corps se détend, il s'arrête et lève les yeux vers moi en se léchant les lèvres.

— Voilà. Alors, ça va mieux ? dit-il avec un sourire sexy.

— Mmm, parviens-je à peine à répondre en opinant comme une demeurée.

Il se redresse sur sa chaise. Je suis si mortifiée que je rougis. C'est vrai, enfin, mouiller à ce point, ça n'est pas normal, tout de même ?

— De la chatte à la glace à la vanille, mon dessert préféré, commente-t-il en s'essuyant les lèvres.

Je rabaisse la chemise pour me couvrir et dissimuler ma gêne, et je réponds la première sottise qui me vient d'un ton lourd de sous-entendus :

— Quand vous aurez ma fleur, ce sera la cerise sur le gâteau.

Noah laisse échapper un grand rire et se rassoit en se frottant le visage. Ce visage qui était encore enfoui entre mes cuisses il n'y a pas cinq minutes. Je suis descendue en espérant le mettre en rogne, mais comme ça, c'est nettement mieux.

— Vous voilà bien empressée, fait-il. Eh bien… (Il hausse les épaules et se frappe les cuisses avant de se lever et de glisser les pouces dans la ceinture de son caleçon.) Si c'est vraiment ce que vous voulez…

Je retombe brutalement sur terre et instinctivement, je serre les cuisses.

— Non! m'écrié-je, plus fort que nécessaire. J'ai encore… mal.

C'est un mensonge éhonté. Je le sais. Ma libido le sait. Et surtout, lui le sait.

— C'est vrai? Eh bien, je peux toujours forcer, dit-il avec cette voix rauque qui me liquéfie littéralement.

Il s'avance et me lève le menton pour me faire un délicat baiser, puis un autre, et un dernier plus profond. Ses mains courent sur mes épaules, le long de mes bras et sur ma taille pendant que j'essaie d'empêcher mes cuisses de s'ouvrir pour l'inviter.

Noah se dégage et laisse une suite de baisers le long de ma mâchoire jusqu'à cet endroit sensible sous l'oreille.

— Bientôt, chuchote-t-il en prenant mon visage entre ses mains et en me mordillant la lèvre. Il faut que je travaille ce soir si je veux être en mesure de vous emmener faire du shopping demain. Vous pouvez faire ce qui vous plaît pendant ce temps.

Et sur ce, il s'en va en me laissant assise sur la table, abasourdie, muette, dans un brouillard post-orgasmique, et uniquement vêtue de sa chemise.

Noah

Il fallait que je m'en aille.

Sa saveur et son odeur étaient partout et elle était là avec ma foutue chemise... Être sexy comme elle, ça devrait être interdit. Et pour couronner le tout, elle me proposait de la dépuceler sur-le-champ.

C'est vrai, j'ai sérieusement besoin de sexe et entrer ma bite dans la chatte ruisselante de Delaine serait parfait.

Mais elle a forcément encore mal et la baiser impitoyablement ne va pas arranger les choses. Ce qui veut dire que je vais devoir attendre plus longtemps pour recommencer. Et une fois que je l'aurai possédée, je sens bien que jamais je ne pourrai plus me retenir de la reprendre, encore et encore, dans toutes les pièces de la maison. Et ma maison, tout comme ma bite, est démesurée.

Sang-froid. Il faut que je me contrôle et que j'aie un peu plus de patience. Tout vient à point à qui sait attendre, n'est-ce pas ?

Je m'assois à mon bureau et porte à mes narines les doigts que j'ai glissés dans sa petite chatte bien serrée, pour respirer de nouveau son parfum. Oui, c'est un geste masochiste, pire que toute autre torture imaginable – à part être forcé de voir quelqu'un d'autre la sauter devant moi –, mais je ne peux pas résister à l'attrait de l'odeur de Delaine.

Je me rends soudain compte que je bande sans arrêt depuis qu'elle est entrée dans la salle à manger seulement vêtue de ma fichue chemise. Je gémis à cause de la douleur que m'inflige en cet instant ma bite dure comme du granit, coincée qu'elle est dans une position très inconfortable. Je passe une main dans mon caleçon et frémis en la sortant.

Je ne peux pas rester comme ça. Jamais je ne vais pouvoir travailler avec ce truc sous le nez, surtout que j'ai encore le goût et l'odeur de Delaine sur les doigts et la langue.

Je sors le flacon de lotion du tiroir de mon bureau. J'en verse une généreuse giclée dans ma paume et passe la main le long de ma tige. Je ferme les yeux en imaginant ma chatte à deux millions, toujours vêtue de ma chemise, à genoux devant moi à la table. Mon pouce passe sur le gland et je laisse échapper un sifflement en imaginant que c'est sa langue qui me caresse et lèche la première goutte. Elle ferme les yeux et gémit en me savourant.

Elle passe sa langue sur sa lèvre, impatiente d'en reprendre encore, puis sa petite bouche avide dévore ma bite et l'engloutit. Je sens l'arrière de sa gorge se serrer sur le bout de ma bite à chacun des va-et-vient de sa tête gémissante. Ma main mime les mouvements imaginaires de Delaine. De plus en plus vite, de plus en plus fort, je m'astique en me rappelant le soir où j'ai baisé sa délicieuse petite bouche boudeuse.

Elle lève les yeux vers moi et je serre la base de ma bite pour m'enfoncer plus loin entre ses lèvres. Ma main libre se crispe sur le rebord de mon bureau, si fort que le bois grince. Mais ses yeux – bleus et pétillants de vie, ardents et avides – ne quittent jamais les miens. Elle me suce à fond, de plus en plus vite. Puis elle laisse échapper ma bite avec un claquement de langue, rejette ses cheveux en arrière et me lèche du bas jusqu'en haut avant de m'engloutir le plus qu'elle peut dans un gémissement satisfait.

Je lui empoigne la nuque et la retiens pendant que les vagues brûlantes de l'orgasme déferlent en moi et qu'en quelques dernières secousses, je lui gicle dans la gorge. Une fois que je me suis complètement vidé, j'ouvre les yeux. Elle n'est pas là et c'est ma main qui est couverte de mon sperme.

Avec un soupir, je prends une lingette dans mon tiroir et essuie tout ça.

Cela fait, j'allume mon ordinateur. Je me branche sur les caméras de surveillance et repère Delaine dans la cuisine. Je lui ai dit qu'elle pouvait s'occuper comme elle le voulait, et c'est tout ce qu'elle a trouvé ? Elle fait la vaisselle à la main tout en dansant sur une musique clairement imaginaire. Il va falloir que je pense à lui acheter un iPod lors de notre expédition shopping. Elle ondule des hanches et secoue la tête, faisant voler sa chevelure. Des bulles de savon flottent dans l'air tandis qu'elle tourne en riant. Je ne peux m'empêcher de sourire quand une mèche de cheveux lui atterrit dans la bouche et qu'elle la rejette d'un souffle qui éparpille les bulles.

Je quitte le programme, conscient que si je me laisse distraire à l'observer, je ne pourrai pas revoir mes dossiers et les faire envoyer aux membres du directoire demain matin par ma secrétaire.

Quelques heures plus tard, je vois double alors que je n'ai même pas fini de travailler. J'éteins l'ordinateur et la lampe de bureau avant d'aller me coucher.

Quand j'arrive dans la chambre, Delaine est déjà profondément endormie avec un air angélique. Sauf que je sais qu'elle est le diable fait femme. Je prends une rapide douche et me glisse sous les draps, ravi de constater qu'elle est nue, comme exigé. Je me blottis donc contre son dos en l'entourant d'un bras. Elle bouge un peu dans son sommeil et murmure quelque chose d'incompréhensible avant de se rendormir.

Il me vient à l'esprit que j'ai peut-être eu les yeux plus gros que le ventre en la choisissant et que cela n'ira jamais. Demain, je vais réaffirmer ma position et lui rappeler, à elle comme à moi-même, la raison de sa présence ici.

Demain…

★ ★ ★

Je me réveille le lendemain matin, la bite toujours dans la même position périlleuse entre ses cuisses laiteuses, comme chaque matin depuis son arrivée. Aujourd'hui sera différent, cependant. Elle est là pour une bonne raison, et même si je ne suis pas un salaud fini, j'ai des besoins.

Mon bras gauche l'enlace à la taille, ma main reposant sur son sein sublime. Du pouce, j'effleure le bout de son téton et... rien. Eh bien, ça, c'est intolérable. Je recommence en le pinçant délicatement entre pouce et index.

Ça y est, il durcit!

Elle remue un peu dans son sommeil, et j'espère que c'est parce que je lui fais des choses agréables et pas parce qu'elle peut entendre mes pensées incohérentes. Ses contorsions attirent l'attention de ma trique en acier et la douce sensation que cela me procure d'aller et venir entre ses cuisses chaudes.

Il suffirait d'un tout petit rien de lubrifiant pour que je puisse jouir sans même la glisser dans sa petite chatte. Elle n'est pas encore prête pour cela, même si je meurs d'envie de m'y enfoncer profondément.

J'embrasse son épaule et remonte doucement le long de son cou. Pendant ce temps, je continue mes lents va-et-vient tout en titillant son téton entre mes doigts. Delaine laisse échapper un petit gémissement et pose sa main sur la mienne. Je me fige une seconde, inquiet qu'elle proteste contre ce que je fais, puis je me rends compte que je me contrefous qu'elle ait ou non envie que je continue.

À ma grande surprise, elle n'essaie pas d'enlever ma main. Au contraire, elle se met à la masser, m'encourageant à pétrir son sein avec encore plus d'insistance. Ce simple geste donne un nouvel élan à mes hanches et je la sens se raidir quand sa main se glisse soudainement entre ses cuisses et qu'elle rencontre ma bite.

— Pas encore, chuchoté-je dans son cou avant de le couvrir de baisers.

Elle tressaille, ce qui me fait bander de plus belle. Il m'en faut davantage. Je laisse glisser ma main sur son ventre et entre ses cuisses, écartant ses grandes lèvres pour laisser son écume ruisseler sur ma bite. Je fais quelques va-et-vient et je ne peux réprimer le gémissement que cela me procure.

— C'est... tellement... bon... simplement... comme... ça... dis-je en ponctuant chaque mot d'un coup de reins.

Delaine se cambre et change l'angle contre lequel je me frotte, mais je sais que ce n'est pas ce qu'il lui faut. Je lui prends la main et la guide plus bas pour qu'elle puisse nous sentir bouger à l'unisson. Elle se cambre de plus belle lorsque je presse nos deux mains sous ma bite et, comme mes doigts sont plus longs, j'appuie du pouce mon gland contre son clitoris.

— Oooh, souffle-t-elle en glissant le dos le long de ma verge pour recommencer.

— Encore, murmuré-je dans son épaule.

Je recule et donne un nouveau coup de reins, mon gland si proche d'elle qu'il appuie par inadvertance contre son sexe. L'extrémité y pénètre légèrement avant que je recule et m'élance à nouveau. Mais ce qui me surprend le plus, c'est qu'elle a réagi sans même se raidir quand j'ai frôlé sa chatte. Sa main me retient contre elle pendant que je continue mes va-et-vient de plus en plus pressants entre ses grandes lèvres. Comme il n'est plus nécessaire que je la maintienne en place, je l'empoigne par la hanche. Elle est brûlante et ruisselante. Ma bite nage dans son écume et je n'en suis pas rassasié. Je donne des coups de reins de plus en plus violents et rapides, son pouce humide appuyant sur la fente de mon gland et titillant le frein. Elle me rend dingue.

Comme il faut que je ralentisse, je lui assène des coups plus longs en faisant exprès de laisser mon gland appuyer au bord de sa fente. Elle pousse de son côté et je force juste le bout du gland à l'intérieur. Elle se fige immédiatement tout entière et retient son souffle.

— Détendez-vous, ma chérie, lui chuchoté-je à l'oreille.

Je suis haletant et j'enfouis ma tête dans son cou pour essayer de me ressaisir alors que le bout de ma bite l'a à peine pénétrée. Bon sang, elle sent trop bon.

— J'ai tellement envie de vous, haleté-je sans bouger de peur de ne plus me retenir de la prendre. Mais pourquoi vous êtes bonne comme ça ?

Ma bite palpite douloureusement, tellement j'ai envie de défoncer sa petite chatte serrée. Une petite voix en moi me hurle de la ramoner impitoyablement.

Peut-être que je peux essayer d'aller un petit peu plus loin.

— Ne bougez pas, chaton, murmuré-je contre sa nuque.

Je m'enfonce délicatement, sentant la paroi de sa chatte se resserrer sur mon gland entier. Un infime mouvement, c'est tout ce que je peux faire.

— Ne... bougez... pas..., la supplié-je presque.

Je ferme les yeux et lutte contre l'envie de donner à ma bite exactement ce qu'elle demande. Un petit geignement s'échappe de sa gorge et je sens sa main se glisser entre ses cuisses pour me caresser.

— Merde !

Je me retire brusquement et saute hors du lit.

— Quoi ? Qu'y a-t-il ? demande-t-elle en se redressant, désarçonnée.

— Putain, mais vous ne pouvez pas faire des trucs pareils, Delaine ! Il me faut toute ma maîtrise pour ne pas vous baiser à fond, et vous, voilà que vous m'encouragez ! Mais qu'est-ce qui vous a pris ?

Elle baisse la tête et ses cheveux qui retombent devant elle me dissimulent son visage. Elle dodeline d'avant en arrière, le front sur les genoux et marmonne :

— Je ne sais pas. J'ai cru que ça vous plairait. C'était tellement bon de vous sentir.

Voyez-vous ça : elle en avait envie aussi.

Un grand sourire se peint sur mon visage et je retourne vers le lit, la bite toujours en l'air et prête à lui donner ce que nous désirons tous les deux. Et c'est là que mon foutu mobile se met à sonner. C'est tout juste si je ne le balance pas par la fenêtre.

En grognant et à grandes enjambées, je vais le prendre sur la table de chevet.

— Crawford! aboyé-je.

— Bonjour, Mr. Crawford. J'espère ne pas vous avoir réveillé, dit la secrétaire de David de sa voix nasillarde.

— Que voulez-vous, Mandy?

— Mr. Stone m'a demandé de vous appeler. Il a convoqué une réunion extraordinaire du directoire en vue de la crise.

— Quelle crise?

— Vous n'avez pas vu les informations? La bourse dégringole à cause de la marée noire. Les affaires de Scarlet Lotus en ont pris un sacré coup.

— Bordel de… commencé-je en m'essuyant le visage. Très bien. J'arrive immédiatement. Dites à Mason de m'attendre en bas avec les dernières informations. (Je raccroche sans rien ajouter d'autre et me tourne vers Delaine.) Je suis désolé, mais je ne pourrai pas vous emmener faire du shopping aujourd'hui.

— Qu'est-ce que je vais faire sans vêtements? Porter encore des trucs à vous? demande-t-elle avec insolence en relevant enfin la tête.

— J'ai beau aimer vous voir porter mes vêtements, je n'ai rien d'assez petit pour vous. (Une idée me vient alors.) Je vais demander à Polly de vous accompagner. Elle s'y connaît en mode. (Je prends mon portefeuille dans le tiroir de la table de chevet et en sors ma carte gold.) Tenez. Ne vous souciez pas de ce que vous dépensez, Polly n'aura pas ces scrupules. Je l'appellerai et lui ferai savoir ce dont vous avez besoin, mais vous pouvez acheter tout ce qui vous plaira.

— Et je fais comment ? insiste-t-elle en se regardant. Je ne vais pas sortir toute nue.

— Je dirai à Polly de vous apporter quelque chose à vous mettre.

J'appelle ma gouvernante en allant à la salle de bains et lui expose ce qu'elle doit absolument acheter pour la garde-robe de Delaine, me réservant bien entendu l'achat de la lingerie. Nous allons devoir assister à des soirées, et je tiens à ce qu'elle ait tout le nécessaire pour être vêtue en conséquence. Évidemment, Polly n'est que trop heureuse d'emmener Delaine faire des ravages dans les magasins à mes frais. Je lui recommande de ne pas être trop directive avec Delaine et de la laisser choisir quelques vêtements qui lui plaisent. Je lui donne également pour consigne explicite de ne pas lui poser de questions personnelles. Si Delaine a envie de lui dire quelque chose, qu'elle le fasse volontairement.

Une fois que je suis habillé, je donne à Delaine mes dernières instructions :

— Ne lui parlez pas de notre arrangement, même si elle essaie de vous tirer les vers du nez. Dites-lui ce que vous voulez de votre vie privée, mais la version officielle est que nous nous sommes connus à Los

Angeles. Je devrais être rentré à 18 heures. Soyez là pour m'attendre.

Et sur ce, je la soulève du lit, lui plaque un baiser sur les lèvres et la laisse retomber sur le matelas avec un grand soupir.

— J'avais hâte de vous voir essayer de la lingerie devant moi aujourd'hui. Mais ce sera pour une autre fois.

Je lui fais un clin d'œil et lui donne une petite claque sur les fesses avant de prendre mon attaché-case et ma veste et de l'abandonner.

Je m'en veux de devoir la laisser affronter seule Polly lors de leur première rencontre, mais je n'ai pas le choix. Peut-être qu'elle sera assez forte pour résister ou suffisamment habile pour lui échapper et la garder à distance pour l'instant. Et puis j'espère vraiment que cette équipée shopping va faire oublier à Polly toutes ses questions.

Je ne peux qu'espérer…

6
Dangereux duo

Lanie

— Bonjour? Il y a quelqu'un? demande une voix musicale depuis l'entrée. Delaine? C'est moi, Polly, votre *personal shopper*. Je suis venue vous emmener dans ce que je considère comme le paradis.

Je dévale l'escalier avec la chemise que je portais la veille au dîner. Et si gênée que je sois de rencontrer une inconnue, seulement vêtue de la chemise d'un homme, je n'ai pas vraiment d'autre choix.

Elle me salue chaleureusement, pleine d'entrain et tout sourire. Elle a des cheveux blond platine bouclés et elle est si incroyablement jolie qu'elle me rappelle une capitaine de pom-pom girls dans un film pour ados des années quatre-vingts. Sa bonne humeur est tellement contagieuse que je lui en voudrais presque.

— Bonjour, dis-je gauchement. Lanie Talbot.

— Polly Hunt, sourit-elle. Je suis tellement contente de faire enfin votre connaissance.

Je tends aimablement la main, mais elle lève les yeux au ciel en riant.

— Oh, je vous en prie ! dit-elle en balayant d'un geste mon salut un peu guindé. On va faire du shopping en tête à tête toute la journée. Chez moi, c'est un peu comme dormir ensemble, glousse-t-elle en me serrant rapidement dans ses bras. Je vous ai apporté cela aussi, au fait, ajoute-t-elle en me tendant un sac rose.

— Des vêtements ? m'assuré-je.

— Oui, madame. Dites-moi, qu'est-ce que sont devenus tous les vôtres, d'ailleurs ?

— Ne m'en parlez pas, esquivé-je, ne sachant pas du tout quoi répondre. Ma décision de venir habiter avec Noah a été prise à la dernière minute et je n'ai pas eu le temps de prendre grand-chose. Et comme le peu que j'avais n'était pas digne de ce qui se porte par ici, j'ai tout jeté.

Voilà. Ça fait quand même la fille qui sait ce que c'est que la mode. Polly hausse un sourcil parfaitement épilé et je vois les rouages qui tournent sous son crâne tandis qu'elle me dévisage d'un air dubitatif.

— Et vous étiez toute nue quand vous les avez jetés ?

— Euh, non, dis-je en riant. Bien sûr que non, enfin. Mes autres vêtements sont justes partis à la machine. Tout était sale.

— Mmm-mmm, fait-elle. Eh bien, allez vous changer, comme ça, nous pourrons partir.

Rouler dans le petit bolide rouge de Polly me fiche une trouille bleue. Faire plusieurs choses en même temps est peut-être un don, cependant je ne pense pas qu'il faille l'utiliser au volant. Elle dépasse allégrement la vitesse autorisée tout en envoyant des textos et en s'agitant au rythme de la musique. De temps en temps, elle klaxonne et insulte des personnes âgées, car à son avis, elles ne devraient pas avoir le permis, puisque « quelqu'un qui porte des couches ne doit pas être au volant d'une voiture ». Je suis plutôt d'accord, mais je pense aussi que le genre enragée de la route hyperactive dopée à la caféine ne devrait pas conduire non plus, pour le coup.

Elle se gare d'un coup de volant à une place que vient de libérer une autre voiture. Quand je dis « vient de libérer », l'autre voiture est à peine sortie de son emplacement que sans même faire de créneau, Polly se gare en marche avant en montant sur le trottoir, forçant des piétons à déguerpir in extremis.

Je parviens à arracher ma main cramponnée au tableau de bord, où je suis sûre que j'aurai laissé une marque, et je descends. J'embrasserais presque le sol si ce n'était pas ridicule. Sans compter que les rues et les trottoirs sont de véritables cultures de ce qui se fait de plus mortel comme souches de microbes.

Polly chausse ses lunettes de soleil, balance son sac à main en bandoulière et annonce :

— Allons-y, *chica*.

Jamais je ne pourrais porter comme elle des talons de huit centimètres et une jupe qui a l'air plus taillée pour une fillette que pour une femme adulte, mais elle s'en sort haut la main. Vraiment, elle est trop jolie, avec un petit côté suivez-moi-jeune-homme.

Nous entrons dans la première boutique, où les vendeuses la reconnaissent immédiatement et l'appellent par son prénom.

— Ce sont des amies à vous ? demandé-je.

— Professionnellement, pas socialement, dit-elle à mi-voix. Disons que je suis une habituée, ici. Et je laisse de gros pourboires. Mesdames, poursuit-elle en se tournant vers elles et en leur tendant la carte de crédit de Noah. Si vous voulez bien être assez aimables pour habiller mon amie avec ce que vous avez de mieux.

On m'entraîne dans un salon d'essayage et j'ai à peine le temps de me déshabiller qu'on me balance des vêtements par-dessus la porte. Je gémis intérieurement, car je ne suis pas du tout une adepte du shopping, mais je dois avouer que sous cette avalanche, je me sens un peu comme Julia Roberts dans *Pretty Woman*.

Polly attend devant la porte et acclame ce qu'elle approuve ou grimace devant ce qui lui déplaît. Je me trouve bien à l'abri dans ma petite cabine, isolée du reste du monde, mais Polly ne s'en laisse pas compter. Elle pousse la porte et entre comme si de rien n'était. Je sais bien que nous sommes toutes faites pareil, pourtant j'aurais préféré un peu d'intimité, tout de même.

Je commence à apprendre rapidement que, dans le monde de Noah, mon corps est en accès libre pour tout le monde. Je renonce donc à me formaliser et je laisse la chemise ouverte comme si j'étais une double page centrale offerte aux yeux de tous dans un magazine porno.

— Alors, soupire-t-elle en s'asseyant sur le banc et en me contemplant. Racontez-moi comment vous vous êtes rencontrés, Noah et vous.

— Euh, comme tout le monde, je pense, dis-je en essayant de comprendre comment enfiler la robe qu'elle me tend.

— Personne ne se rencontre comme tout le monde. Chacun a son histoire. Donnez-moi des détails, voyons.

Je suis tout étourdie, car sa curiosité va me permettre de jouer un peu avec Noah. Puisqu'il m'a permis de lui dire ce que je veux, je me lance.

— Il me tuerait sûrement s'il savait que je vous racontais, alors il va falloir me jurer de ne pas le répéter.

— Parole de femme, dit-elle.

Je suis conquise par la formule.

— On s'est rencontrés à la sortie d'un spectacle de travestis, expliqué-je à voix basse. Il était tellement mignon que j'ai cru que c'était un des artistes.

— Noah Crawford à un spectacle de travestis! répète Polly avant de glousser quand je lui pose la main sur la bouche pour la faire taire.

— Il m'a dit qu'il ne connaissait pas le quartier, qu'il voulait prendre un verre et qu'il était entré par erreur, continué-je de broder. Il était dehors en train de fumer une cigarette quand je suis sortie, et je me suis toujours demandé si c'était parce qu'il venait de tirer un coup. (Polly et moi éclatons de rire et je savoure cette complicité.) Bon, j'ai dû lui jeter un regard du genre « mais oui, c'est ça », parce qu'il s'est mis à mater mes seins, dis-je en rehaussant ma poitrine. Juste pour me le prouver, sûrement.

— Vous avez une belle poitrine, c'est logique, aussi.

— Quoi qu'il en soit, il m'a invitée à prendre un verre, et comme j'étais trop attendrie de le voir essayer de me prouver qu'il était un vrai homme, je me suis laissé faire. Et je n'ai pas réussi à me débarrasser de lui depuis, conclus-je en riant.

— Eh bien, je suis heureuse d'apprendre qu'il a enfin décidé de se poser, surtout après ce qui s'est passé avec Julie, dit-elle en ajustant ma robe.

Je crois que c'était un prétexte pour tâter mes seins. Cela ne me choque pas du tout, si c'est bien le cas, mais ce qu'elle vient de dire pique ma curiosité.

— Julie ? Qui est-ce ? demandé-je, ravie d'avoir un aperçu du passé de Noah.

Pas parce que cela m'intéresse, mais parce que des munitions seront toujours bienvenues si j'en ai besoin plus tard.

— Personne. Ne vous inquiétez pas. Je n'aurais pas dû en parler, élude-t-elle aussitôt. Dites donc, vous êtes une vraie bombe, avec cette robe.

Bravo pour le changement de sujet, petite sournoise. Il va falloir que je t'aie à l'œil, toi.

★ ★ ★

Vous n'imaginez pas le temps que nous avons passé à faire du shopping. Je laisse Polly choisir la majorité des tenues, et toutes les chaussures. Je n'ai rien contre avoir de l'allure, et à vrai dire, j'adore toutes les ravissantes chaussures qu'elle choisit, même si je sais que ce sont des accessoires dangereux pour quelqu'un comme moi. Elle refuse que j'achète le moindre sous-vêtement, car Noah veut s'en occuper lui-même. Mais enfin, je ne peux même pas avoir des petites culottes en coton blanc toutes simples ?

Polly décide finalement de faire une pause pour un déjeuner tardif.

— Alors, parlez-moi un peu de vous, dit-elle en piochant dans sa salade.

— Que voulez-vous savoir ?

— Je ne sais pas. Les généralités, je suppose. Qui sont vos parents. Ce que vous faites. Ce genre de choses. N'oubliez pas que Noah a même gardé le secret sur votre nom, ajoute-t-elle en levant les yeux au ciel, manifestement agacée qu'il ait refusé de lui donner le moindre détail.

— C'est parce que je suis un témoin sous protection du FBI, dis-je nonchalamment avant de mordre dans mon sandwich.

— Vous êtes quoi ? demande-t-elle en lâchant sa fourchette.

— Oui, dis-je en m'efforçant de garder mon sérieux.

Mais je ne réussis pas bien longtemps à me retenir, tellement son expression est impayable. J'éclate de rire.

— Petite menteuse ! rit-elle à son tour. Vous avez bien failli m'avoir. Allons, dites-moi la vérité.

— D'accord. La vérité, c'est que je viens de Graceland et que je suis la fille d'Elvis Presley.

— Elvis et Graceland ? répète-t-elle en haussant un sourcil. Vous n'êtes pas un peu jeune pour être sa fille ?

— Si, si. Vous n'êtes pas au courant ? Il n'est pas mort. Il habite avec Tupac et Biggie, ils fument de la ganja toute la journée.

Elle soupire en levant les yeux au ciel.

— Et si je dis Michael Jackson et le ranch de Neverland ? demandé-je. Je suis assez blanche pour que ce soit crédible, non ?

— D'accord, petite futée, dit-elle. J'ai compris. Il est clair que vous ne voulez rien dévoiler de votre vie. Mais pourquoi, Lanie ? Qu'est-ce que vous cachez ?

— Oh, non, pas de ça, dis-je en pointant un index accusateur. Noah m'a déjà prévenue que vous étiez sournoise. N'essayez pas de jouer la superdétective avec moi. C'est juste que je ne suis pas très intéressante. Je viens d'une petite ville et j'ai emménagé à

Los Angeles parce que je rêvais de devenir célèbre dans le cinéma porno. Mais ça n'a pas marché.

Elle manque de s'étrangler en buvant et je ne peux m'empêcher de rire en voyant son expression.

— Je plaisante... en ce qui concerne la petite ville, gloussé-je.

Elle s'agace de nouveau, puis elle finit par abandonner le sujet quand je lui demande de me parler un peu d'elle. Apparemment, elle n'a pas le moindre secret. Elle me parle même de la position que son mari et elle ont essayé la veille et me conseille d'en faire autant avec Noah. Mais ce qu'elle ne sait pas, et ne doit surtout pas savoir, c'est que je suis vierge et que ce n'est pas à moi de décider de ce que Noah désire me faire. Moi-même je ne saurais pas quoi faire.

Le déjeuner achevé, la carte de crédit de Noah ayant beaucoup chauffé, le coffre de la voiture est presque trop plein pour pouvoir être fermé. Quand nous retournons à la maison, je n'ai toujours pas laissé filer la moindre information et je suis très fière de moi. J'ignore si Polly a gobé tout ce que je lui ai raconté, à part le passage du spectacle de travestis. Franchement, elle n'est pas aussi coriace que Noah voulait me le faire croire.

Nous prenons l'allée circulaire et Polly se gare juste devant l'entrée. Elle ne descend pas. Elle se tourne vers moi et baisse ses lunettes pour me lorgner par-dessus la monture.

— Je vous aime bien, Lanie. C'est sincère, et je peux déjà vous dire que nous allons être de grandes amies, commence-t-elle. Mais clarifions un point. Il faut que vous compreniez que Noah est plus qu'un simple employeur pour moi et mon mari. C'est notre ami, et Dieu sait qu'il n'en a pas beaucoup. Il a déjà souffert et il n'est pas question que cela recommence et que je reste sans rien faire. Alors du moment que vous êtes gentille avec lui, je n'irai pas fouiner dans votre vie privée.

Je pose la main sur son épaule et la regarde droit dans les yeux.

— Vous mentez horriblement mal, Polly, mais je vais essayer de ne pas vous en tenir rigueur.

Elle ouvre la bouche, l'air vexé, mais elle sait que je l'ai percée à jour. Au même instant, Samuel arrive pour nous aider à décharger mes sacs. Je fais un clin d'œil à Polly et descends alors qu'elle est toujours bouche bée.

Je trouve cela charmant qu'elle tienne tant à protéger Noah. Si seulement elle connaissait la vérité sur notre relation, elle ne s'empresserait pas de me faire le coup du « si vous lui faites du mal, je vais vous botter les fesses ». Elle ne m'a pas directement menacée, mais elle m'a clairement avertie.

— Ce n'est pas terminé, Lanie ! crie-t-elle par-dessus son épaule alors que Samuel et moi rentrons dans la maison.

— À demain, Polly ! réponds-je avec un petit rire avant de disparaître dans la maison.

Je monte dans la chambre de Noah et commence à m'occuper de mes achats. Je ne sais pas où ranger mes affaires, mais quelque chose me dit que la majeure partie de ce que Polly a choisi n'est pas censé rester emballé et finir rangé dans un tiroir. Je vais donc voir son dressing et je ne suis pas surprise de constater que tout est méticuleusement ordonné. Rangées rectilignes de chaussures, impeccablement cirées, chemises classées par couleurs, comme les costumes, tous dans des housses transparentes. Mais le plus surprenant est que tout est espacé de manière à ne pas se toucher.

Noah est vraiment un supermaniaque.

Dans ces conditions, que vous voulez que je fasse ? Avec un petit sourire, je pousse tous ses vêtements d'un côté et accroche les miens de l'autre. Si ça ne lui plaît pas, il peut toujours me donner une chambre rien qu'à moi.

★ ★ ★

À six heures moins le quart, tout est rangé et j'attends près de l'entrée, comme il me l'a demandé. Un peu ridicule, si vous voulez mon avis. Me demander de faire le pied de grue comme une épouse modèle en attendant qu'il franchisse la porte... Il serait sûrement ravi que je lui prenne son attaché-case, que je lui tende son pull et que je l'embrasse sur la joue avant de l'accompagner au salon où l'attendent son fauteuil préféré, ses pantoufles et sa pipe. Pas question.

Le déclic de la clenche me tire de ma rêverie et je cesse de me ronger les cuticules pour me plaquer un sourire artificiel sur les lèvres. Noah a l'air épuisé, mais il sourit immédiatement en me voyant.

— Bonsoir, mon chéri, comment s'est passée votre journée ? demandé-je d'un ton sarcastique.

Il éclate de rire et pose son attaché-case sur la table.

— C'était merdique, répond-il en se passant une main dans les cheveux.

— Oh, pauvre chéri, roucoulé-je avec une petite moue moqueuse. Rester assis toute la journée dans un confortable bureau climatisé entouré de larbins prêts à exécuter le moindre de vos désirs, ce doit être horriblement éprouvant.

— Vous savez que je préfère votre bouche quand elle a quelque chose dedans ? dit-il en débouclant sa ceinture. Allez, venez ici me consoler un peu de ma journée, ajoute-t-il en sortant sa bite. (Je demeure à peu près aussi bouche bée que Polly tout à l'heure dans la voiture.) Oui, ouverte comme ça, mais avec ma bite dedans.

— Là, tout de suite ? Dans l'entrée ? Mais tous les domestiques ne sont pas encore partis. Et si quelqu'un nous voit ? me hâté-je de demander.

Je panique peut-être, mais je suis déjà à genoux.

— Eh bien, ce n'en est que plus excitant, non ?

Il me saisit et m'attire contre lui. Je sens contre mon ventre le mouvement de sa main alors qu'il s'astique. Son haleine brûlante me caresse le visage et ses lèvres sont à quelques centimètres des miennes.

— Je parie que ça vous excite, n'est-ce pas, Delaine ? La peur qu'un inconnu vous surprenne alors que vous êtes à genoux avec ma bite dans votre bouche ? (Le bout de sa langue frôle ma lèvre.) Je vais vous faire connaître des choses que vous n'auriez jamais imaginées possibles. Des choses interdites que vous allez adorer, je vous le garantis.

Je me rappelle brusquement que je n'ai toujours pas de petite culotte en sentant un liquide qui ruisselle le long de mes cuisses. Ce mec est d'une éloquence !

Ensorcelée, je tombe à genoux devant lui et saisis sa bite des deux mains. Il gémit en me voyant me lécher les lèvres et déposer un baiser sensuel sur son gland, recueillant la petite goutte qui perle au bout. Je fais tout un cinéma en l'avalant, comme si j'en savourais l'arôme. Cela me vaut un autre gémissement.

— Vous aimez cela, Noah ? demandé-je d'une voix sourde et sensuelle.

Il me caresse la joue du dos de la main, puis enroule mes cheveux entre ses doigts. D'un geste vif, il attire ma tête en avant et enfourne sa bite dans ma bouche.

— Bon sang, j'adore !

Je m'active sur lui, je le suce, le lèche et l'engloutis presque en entier, exactement comme il aimait que je le fasse la première nuit passée ici. Je l'empoigne par les hanches et accélère le mouvement. Il renverse la tête en arrière et s'agrippe à mes cheveux.

— C'est trop. Et ça va trop vite, grogne-t-il en essayant de se dégager.

Mais je ne l'entends pas de cette oreille. J'empoigne à nouveau sa bite et le tire vers moi. S'il veut reculer, il va falloir qu'il l'abandonne, sa bite, et je suis certaine qu'il préfère la garder. Je la sens qui palpite dans ma bouche et je détends la gorge, pour l'enfoncer le plus loin que je peux, tout en essayant de retenir mon réflexe de nausée.

Il grogne et je sens son sperme brûlant gicler dans ma gorge. Il est agité de soubresauts et je lève les yeux vers lui : son visage est tordu par une grimace comme de douleur, mais il ne faut pas se fier aux apparences. Ça me fait du mal de l'admettre, mais il a la tête de quelqu'un qui jouit comme jamais.

Quand il relâche son emprise sur mes cheveux et commence à se détendre, je recule lentement en léchant tout le long de sa bite.

— Vous avez fait attention. C'est bien. (Il me tapote gentiment la tête avant de remonter son pantalon. Quel arrogant salopard !) Je ne sais pas ce que vous en pensez, continue-t-il, mais ça m'a donné faim. Dînons, dit-il en frappant dans ses mains.

Noah

Toute la journée, j'ai essayé de dissimuler mon implacable érection sous mon pantalon hors de prix. Bon Dieu, on pourrait croire que lorsqu'on paie quelque chose une fortune, il est livré avec un gadget qui permet à un mec de s'en sortir en pareille situation. Eh bien non.

Je n'arrête pas d'imaginer Delaine toute nue, essayant des tenues différentes et des talons aiguilles… toute… la… foutue… journée. Sans compter que David Stone n'est pas vraiment la personne avec qui j'ai le plus envie de passer mon temps. Ce connard s'est emballé et s'est comporté comme si la moindre petite chute de la bourse était la fin du monde. Scarlet Lotus est une entreprise résistante qui a toujours tenu le choc. Cette petite crise ne fera pas exception.

Je suis donc ravi de pouvoir rentrer, et encore plus de constater que Delaine m'attend près de la porte. À vrai dire, je n'aurais jamais cru qu'elle suivrait mes instructions et qu'elle serait là. Et il a évidemment fallu qu'elle fasse l'insolente, ce qui m'a fait encore plus bander.

Pas très malin de sa part. Je lui ai donc cloué le bec à ma façon et je me félicite d'avoir réagi aussi promptement.

Et ça a été incroyable. Quand j'ai essayé de me retirer, elle m'a empoigné et forcé à continuer. Qu'est-ce que ça veut dire, bon sang ? Ma poupée à deux millions de dollars apprend à se soumettre, et je crois que ça me met la larme à l'œil.

Mais elle ne sort pas un mot durant tout le dîner. Elle refuse de répondre même aux questions directes, et cela me met en rogne, pourtant je laisse passer. Car j'ai en tête une punition de mon cru. Impatient d'y arriver, je lui demande avec insistance de me rejoindre au lit juste après un dîner vite expédié. Quand je sors de la salle de bains, je la trouve nue qui m'attend sous les draps. Exactement comme elle doit être. C'est pour cela que je l'ai payée.

— Vous êtes fâchée contre moi ? demandé-je en traversant la pièce d'un pas alerte, vêtu seulement d'un sourire narquois.

Elle ne répond pas. En fait, elle roule sur le côté et me tourne le dos. Pas question qu'elle m'ignore. Pas chez moi, et surtout pas dans *mon* lit.

Je me glisse à côté d'elle et la retourne sur le dos.

— Ne m'ignorez pas, Delaine. Je déteste qu'on fasse comme si je n'existais pas. Surtout si j'ai payé des millions pour être couvert d'égards.

Elle me jette un bref coup d'œil.

— Je ne suis pas votre salope.

— Vous êtes tout ce qu'il me plaira que vous soyez, lui rappelé-je.

Avant qu'elle ait le temps de répondre, je lui cloue le bec avec un baiser. Ses lèvres résistent et elle demeure inerte. Elle a décidé de me la jouer cadavre. Cela m'arrache un sourire, car c'est un plan ingénieux, mais je suis sûr qu'elle a dû oublier combien son corps est traître quand il est à la merci de mes mains habiles.

Sa sanction : l'amener juste au bord de l'extase sans jamais la laisser y basculer.

Je la retourne avec un sourire sardonique, prêt à jouer son petit jeu. Puis, sans la quitter des yeux, je passe ma main entre ses cuisses et les écarte avant de couvrir prestement sa chatte de ma main. Elle se retient de pousser un cri. Le regard toujours rivé sur elle, je glisse mes doigts entre ses grandes lèvres que je sens devenir de plus en plus humides.

— Votre corps vous trahit, Delaine, dis-je à mi-voix.

J'introduis un doigt en elle et commence un lent va-et-vient. Sa respiration commence à s'accélérer, elle ouvre la bouche, mais elle se retient toujours. Je sors mon doigt et caresse son clitoris, sentant les muscles de ses cuisses tressaillir malgré ses efforts. J'introduis deux doigts et les recourbe pour titiller habilement son point G. Je sais l'effet que je lui fais. Elle aussi. Mais elle refuse de le laisser voir.

Je ressors mes doigts et les porte à ma bouche. Ils sont luisants d'écume et je sens son parfum flotter entre nos visages. Elle n'a toujours pas détourné le regard et je sais qu'elle aussi peut constater combien elle mouille.

— Vous essayez de faire comme si de rien n'était, mais vous savez aussi bien que moi ce qu'il en est. Et voici… la preuve.

Je fourre mes doigts dans ma bouche et referme les lèvres dessus pour la déguster. Elle est si délicieuse que je dois fermer les yeux pour la savourer. Quand je les rouvre, ses yeux bleus sont plus sombres et elle a rougi.

Elle m'empoigne par les oreilles et m'attire à elle, écrasant sa bouche sur la mienne dans un baiser avide. À voir la facilité avec laquelle je l'ai fait craquer, j'ai envie de rire à gorge déployée, mais elle m'embrasse avec une telle passion, ses seins frôlent ma poitrine à chaque souffle et elle se contorsionne pour emprisonner mes jambes dans les siennes.

Bref, je suis pris au piège de mon petit stratagème et je ne peux plus jouer avec elle. J'ai envie d'elle. J'ai une putain d'envie d'elle.

Sans interrompre le baiser, je la fais rouler sur le dos. Ses lèvres s'ouvrent à moi avec empressement et je la remercie en l'embrassant goulûment. Je suis à peine installé entre ses cuisses qu'elle soulève les hanches et se presse contre ma bite tout en gémissant.

— Doucement, ma chérie, dis-je en reprenant mon souffle et en essayant de ralentir ses mouvements désordonnés. Ne vous inquiétez pas, je vais vous faire du bien.

Je l'embrasse doucement tout en commençant à appuyer des hanches sur sa chatte. Elle se cambre et je passe le bras sous elle pour l'étreindre. Puis je glisse le long de sa mâchoire jusqu'à son cou, jusqu'au creux de l'épaule, sans cesser de me frotter contre elle.

Elle ruisselle. Ses mains courent sur mes flancs et elle m'empoigne les fesses pour me serrer encore plus fort contre elle. Je sens son haleine brûlante sur mon oreille et ses petits miaulements désespérés font vibrer ma bite. Elle enfouit son visage dans mon cou. Mon Dieu, cela devient insoutenable. Il faut qu'elle jouisse, et maintenant.

Je me soulève et me détache d'elle, tout en gardant le contact avec les hanches et en poursuivant mes va-et-vient entre ses grandes lèvres ruisselantes. Elle se mord tellement la lèvre que je me dis qu'elle va saigner. L'air concentré, elle accompagne mes coups de boutoir. Elle y est presque.

Je m'appuie sur un coude et soulève d'une main sa cuisse pour la passer par-dessus ma hanche. Je continue mes va-et-vient, tout en longueur et en puissance, et je sens son clitoris frotter sur le bout de mon gland.

— Allons, chaton. Dites quelque chose. C'est bon, hein ? Putain, ce que c'est bon. Vous n'avez pas envie de vous laisser aller ? Lâchez-vous, chérie. Lâchez-vous.

— Oooh ! Je vais... gémit-elle à pleine gorge en roulant les yeux.

Je sens son corps se raidir entre mes bras, et je sais qu'elle éprouve le bienheureux orgasme que je lui offre. Sans hésiter, je me place devant son sexe et enfonce ma bite en elle, prenant sa virginité d'un coup, bref et rapide. Elle se cambre brutalement. Sa bouche reste ouverte, clouée de stupeur, et son regard plonge dans le mien.

J'avais espéré que la dépuceler au milieu de l'orgasme serait plus facile pour elle, mais rien ne m'indique que c'est le cas. N'oublions pas que j'ai des miroirs. Je sais que ma bite est énorme.

— Respirez, chaton, chuchoté-je. Essayez de vous détendre. Vous n'aurez pas mal bien longtemps.

Je ne sais pas qui j'essaie de convaincre, elle ou moi, mais je ne bouge pas non plus. Même si le moindre instinct en moi me supplie de la pilonner à nouveau sans relâche, je n'en fais rien. Si je ne peux pas me maîtriser et lui permettre de s'habituer à mes dimensions, je vais finir par lui faire mal. Et je ne pourrai pas recommencer avant longtemps. Sans compter que je me considérerai comme un crétin.

Delaine expire lentement et commence à se détendre pour retomber doucement sur le lit. Je m'enfonce encore un peu plus dans sa petite chatte serrée. Elle ferme les yeux en crispant les paupières et en se mordant à nouveau les lèvres, et je sais que je ne devrais pas me soucier de lui faire mal ou pas, mais je suis un homme, et la plupart d'entre nous veulent que la femme qu'ils baisent apprécie au moins. Cependant, c'est sa première fois et étant donné les dimensions de mon engin, il y a peu de chance qu'elle y prenne plaisir.

Je ressors presque entièrement et rentre à nouveau lentement. Je suis obligé de m'interrompre à nouveau. Mes jambes tremblent sous l'effort, de la sueur ruisselle entre nos deux corps et je retiens mon souffle. Je commence à me dire que je risque d'imploser.

— Putain, vous êtes trop bonne. Tellement serrée, gémis-je.

— Alors qu'est-ce que vous attendez? me défie-t-elle. (C'est la phrase la plus longue qu'elle prononce depuis qu'elle m'a accueilli à mon retour.) Baise-moi et arrête de faire le délicat. Sauf, évidemment, si tu as peur de jouir trop vite. Bon sang, on croirait que c'est toi le puceau.

On aurait pu croire que ce genre de commentaire me ferait débander. Mais ce n'est pas le cas. Si tant est que c'est possible, il me fait même bander plus encore. C'est l'insolence de son défi qui m'excite. Ne suis-je donc qu'un sale pervers ? Mais je m'en fous, parce qu'elle alimente mon brûlant désir pour elle.

— Oh, vous n'auriez vraiment pas dû dire ça, répliqué-je en sortant complètement avant de replonger d'un seul coup.

Elle laisse échapper un sifflement entre ses dents et ferme les yeux. Je fais quelques va-et-vient rapides, pour ne pas lui faire mal, mais sans me soucier que cela lui plaise ou non. Elle est à moi, pour mon bon plaisir, et je vais m'assurer qu'elle sait que je ne l'ai pas oublié.

— Cette chatte est à moi, Delaine. Mes doigts ont été les premiers à la toucher, ma bouche la première à la goûter, et ma bite sera éternellement la première à l'avoir baisée. Et pour le reste de votre vie, le souvenir de ma bite restera tout au fond de vous, gravé dans votre mémoire. Aucun autre homme ne pourra jamais s'y comparer. J'ai officiellement marqué mon territoire. C'est *ma* chatte. Vous comprenez ? Dites-le.

— La dernière fois que j'ai regardé, elle était fixée à mon corps, murmure-t-elle en haletant.

— Mauvaise réponse.

Avec un sourire sardonique, je m'enfonce en elle, pas assez fort pour lui faire mal, mais assez pour attirer son attention.

— Mon Dieu ! hoquète-t-elle.

— Vous savez bien que ce n'est pas mon nom. Recommencez.

Je continue de la ramoner et je sens la pression monter rapidement en moi. Mes couilles me font mal, elles me supplient de les libérer, mais je ne peux pas encore céder.

Ses ongles s'enfoncent dans mon dos et ses hanches montent à ma rencontre. Les dents serrées et les cuisses emprisonnant mes hanches, elle accueille chacun de mes coups de boutoir. Je dois reconnaître que je suis impressionné. Je sais qu'elle n'est pas à l'aise, peut-être même qu'elle a mal, mais elle ne cède pas.

— Dites-le ! grogné-je en ponctuant chaque syllabe d'un coup de reins.

Elle retient son souffle, mais elle soutient mon regard. Encore un coup et je l'entends geindre :

— Elle est à vous. Ma chatte est à vous, Noah Crawford !

C'est tout ce que j'ai besoin d'entendre. D'un dernier profond coup de reins, je jouis en grognant. Je retombe sur elle de tout mon poids et l'embrasse en gémissant dans sa bouche, pendant que mes hanches sont secouées de derniers soubresauts, jusqu'à ce que je n'aie plus rien à lâcher. Elle me rend mon baiser, avide de le dominer, d'essayer de prouver quelque chose qui n'est pas nécessaire, même si cela me chagrine de devoir l'admettre. Elle arrive à m'encaisser. Elle m'a rendu la monnaie de ma pièce. Et si elle y arrive alors que c'est sa toute première fois, je suis dans un sale pétrin.

Lanie

Ça fait tout de même mal ! Vraiment.
Ce n'était pas trop pénible quand il a commencé. La sensation était probablement atténuée par le fait que j'étais en plein orgasme et que je n'imaginais pas un instant qu'il allait le faire. Pourtant je suis soulagée que ce soit réglé.

Quand il s'est arrêté, c'était frustrant et énervant. Plus il prend son temps, plus cela va être pénible. Du moins, c'est ce que je me dis. Parce qu'une fois qu'il a continué, cette sensation d'être complètement remplie est peut-être ce que j'ai éprouvé de plus fort dans ma vie. Sentir cette force brute entre mes cuisses et encaisser comme un bon soldat m'a donné l'impression d'être surhumaine.

Et c'est là qu'il faut que j'ouvre ma fichue grande gueule et que je le défie. Je crois que je suis une idiote qui aime bien se faire taper sur les doigts. Une jeune femme un peu tordue qui refuse d'avouer la défaite, même si je me suis bien fait baiser, pour le coup. Comme un bleu qui se précipite au beau milieu d'un bain de sang en s'imaginant pouvoir régler ça tout seul.

Noah se laisse rouler sur le dos et m'attire dans ses bras sur sa poitrine.

— Ça va, chaton ? demande-t-il doucement.

J'opine, ne sachant pas trop quoi dire. Je ne veux pas avouer que j'ai eu mal, mais je ne veux pas avouer non plus que ça m'a excitée. Ni qu'il y a certains moments qui m'ont énormément plu. Alors je reste coite.

— Ce sera plus agréable plus tard, me dit-il en caressant doucement mon bras.

Je passe ma jambe par-dessus la sienne et me blottis contre lui. Comme la petite idiote hypocrite que je suis apparemment. J'entends son cœur qui bat la chamade et ma tête se soulève avec sa poitrine. Un léger voile de sueur luit sur sa peau et sans réfléchir, je le goûte dans un baiser. Puis un autre, et encore un autre, jusqu'à ce que je finisse avec son téton dans la bouche.

— Il vaut mieux que vous évitiez, Delaine, dit-il en haletant. Je suis assez rapide à récupérer et je suis sûr que vous n'êtes pas prête pour remettre le couvert.

Ses doigts errent paresseusement le long de mon dos et de mes fesses avant de remonter jusqu'à ma nuque. Sa respiration et son cœur se calment.

— J'ai envie d'une cigarette.

Il soupire et se dégage. Je m'écarte pour qu'il puisse s'asseoir sur le bord du lit. Il prend une cigarette et son briquet sur la table de chevet, l'allume, puis souffle la fumée en se tournant vers moi.

— Vous vous sentirez mieux si vous prenez un bain chaud. Je vais aller vous le faire couler, dit-il en se levant pour gagner la salle de bains.

Il y a sur son visage quelque chose que je n'arrive pas à déchiffrer. Est-ce qu'il regrette ce qu'il vient de faire ? Je me dis que c'est impossible, mais je l'ai vu dans le même état d'esprit, après la visite chez le gynéco. Et c'est alors que je comprends : peut-être qu'il ne regrette pas de m'avoir pris ma virginité, mais il est évident qu'il se sent responsable de mon inconfort et qu'il essaie de s'occuper de moi.

Mais enfin, pourquoi faut-il que ce salaud se mette à me faire des gentillesses comme ça ? Je ne sais pas ce qu'il en est pour vous, mesdames, mais j'ai énormément de mal à détester quelqu'un qui est aussi attentionné avec moi.

7
Baby a fait une très grosse bêtise

Lanie

Je me réveille le lendemain matin, allongée sur le dos, ce qui n'est pas ma position habituelle pour dormir. Il y a quelque chose de lourd et chaud sur mon ventre et j'entrouvre un œil pour voir ce dont il s'agit. Des cheveux noirs ébouriffés me chatouillent à chaque mouvement de sa tête lorsque je respire. Il est sur le flanc, le visage assez loin vers le bas de mon corps pour que son haleine brûlante se répande sur la chair sensible de mon bas-ventre. Je ferme les yeux et déglutis difficilement, craignant que cette sensation ne mette mon bas-ventre en émoi.

Il bouge un peu et cela attire mon attention sur la chaleur de sa main entre mes cuisses, dangereusement proche de mon sexe. La double sensation de son haleine et de sa main m'arrache un gémissement que j'étouffe en portant la main à ma bouche. Espérons qu'il n'a rien entendu.

Noah marmonne quelque chose et enfouit son visage dans mon ventre. Le mouvement rapproche en fait sa tête de ma chatte et je regarde le tout en haussant un sourcil en me demandant comment cela a pu arriver si vite.

Il referme la main sur ma cuisse et la remonte assez pour que ses doigts touchent ma fente, et instinctivement, je hausse les hanches vers lui. Ce n'est pas intentionnel. Ça s'est trouvé comme ça, disons que c'est un réflexe.

Il marmonne dans son sommeil. Au moins, je suis à peu près sûre qu'il dort toujours.

Bon sang, ajouté à sa présence tout près de ma féminité, ce bruit m'excite follement. Je commence à faire mentalement quelques calculs en me demandant si je pourrais me masturber avec lui pendant qu'il dort sans qu'il s'en rende compte. Mais évidemment, il faut qu'il ait le sommeil profond. Et en plus, je ne suis pas une experte en la matière.

Et puis je me rappelle brusquement ce qu'il m'a dit dans la limousine : « Je suis là pour votre plaisir autant que vous pour le mien. »

Je décide donc de vérifier si c'est vrai, si c'est un homme de parole, tout ça. C'est purement pour des raisons expérimentales, pas la peine de me réprimander. Je passe une main dans ses cheveux, tandis que l'autre descend le long de son bras jusqu'à la main qui est entre mes cuisses. Noah bouge un peu, se blottit contre mon ventre. Ne voyant pas son visage, je ne peux lire dans ses yeux et je ne sais donc pas s'il dort toujours. Mais je continue quand même.

J'enlace mes doigts aux siens et attire sa main sur ma chatte. Son contact me fait frissonner et je mouille immédiatement. Le poids de sa paume qui repose sur mon clitoris m'arrache un petit gémissement. Je m'empare de ses doigts et les fais bouger à ma guise entre mes grandes lèvres. Il me semble entendre Noah étouffer un souffle, mais en toute franchise, avec toutes les sensations que j'éprouve en même temps, je ne peux pas jurer que je ne l'ai pas imaginé.

Je fais descendre un peu son majeur et lui fais décrire des cercles autour de mon sexe avant de l'y enfoncer avec le mien. Je fais des va-et-vient avec ce long doigt, mais ce n'est pas pareil que lorsqu'il contrôlait lui-même le mouvement et me caressait comme *il* voulait le faire, comme seul lui en est capable. Frustrée, je ressors son doigt et le fais passer sur mes lèvres ruisselantes avant de caresser mon clitoris.

Nos deux doigts trempés glissent sans peine sur ma chatte tandis que je me mets dans tous mes états. Je le sens qui tressaille, il est clairement réveillé et désire bouger par lui-même. Pourtant il ne fait rien. Il me laisse diriger et je ne sais pas trop ce dont j'ai envie à ce stade. À part jouir.

J'enfonce donc deux de ses doigts en moi et les ressors, espérant l'inciter à prendre la relève.

Comme cela ne donne rien, je soulève sa main et la porte à sa bouche, la laissant traîner sur ses lèvres, pour l'exciter : je le supplie presque d'en vouloir davantage.

Je sens ses lèvres frôler mes doigts quand il glisse les siens dans sa bouche. Il pousse un grognement appréciateur, si émouvant que mon excitation redouble et me fait palpiter. Je commence à enlever ma main, mais sa poigne implacable la tient comme dans un étau. Avec une calme détermination, il porte mes doigts trempés à sa bouche en gémissant et les suce avidement. Après m'avoir entièrement léché un doigt, il passe au suivant avec une application qui fait vibrer mon clitoris.

— Il y en a encore plus, chuchoté-je d'une voix lourde de sous-entendus en le saisissant par les cheveux pour le pousser.

— C'est une invitation ? demande-t-il d'une voix rauque et ensommeillée.

— Je vous offre ce que nous voulons tous les deux, dis-je en haussant les hanches d'une manière éloquente, en espérant lui donner envie de réagir.

Avant même que j'aie le temps de me rallonger, Noah s'est retourné et est à présent entre mes cuisses, frôlant du nez mon clitoris gonflé tandis que ses lèvres sont dangereusement suspendues au-dessus de l'endroit où je les attends.

— Vous me rendez complètement dingue, Delaine, grogne-t-il. Vous ne devriez pas vous offrir aussi ouvertement à quelqu'un qui est censé vous dégoûter. Ça ne tient pas debout.

— Le corps a ses raisons, soupiré-je. Je crois vous avoir entendu dire que vous aimiez les femmes qui savent ce qu'elles veulent ? Eh bien, pour le moment, ce que je veux, c'est votre bouche sur ma chatte.

Ne me demandez pas où ni comment une fille sans expérience et tout juste dépucelée comme moi a trouvé le culot de sortir une phrase pareille. C'est tout autant un mystère pour moi, mais cela m'a paru naturel. Et je hausse les hanches vers son visage pour appuyer mes paroles. Il pousse un grondement en découvrant ses dents parfaites. Puis il ferme les yeux et respire un bon coup.

— Non.
— Non ? répété-je, déroutée.

J'en demeure bouche bée. Il ouvre les yeux et je suis surprise par l'intensité de cet acier gris qui a remplacé leur couleur noisette habituelle.

— Si nous faisons ça, je vais avoir envie de vous baiser. À fond, gronde-t-il en haletant. Je ne serai pas délicat, et vous pouvez me croire, votre chatte ne pourra pas supporter le genre de coups que je lui mettrai. Alors il vaut peut-être mieux que vous cessiez d'essayer de me séduire.

— Alors, là, Noah, m'indigné-je, je ne vois pas la différence entre maintenant et hier soir quand vous m'avez utilisée comme assiette à dessert. Vous avez bien réussi à vous maîtriser et ne pas me sauter, hier.

— Je ne vous avais pas encore prise. Je ne vous avais pas encore sentie vous crisper sur ma bite. Bon Dieu, c'était tellement bon, dit-il en fermant les yeux et en revivant cet instant. Mais je ne peux pas, murmure-t-il d'une voix rauque en secouant imperceptiblement la tête.

Et, alors que ces paroles implacables résonnent encore dans mes oreilles, il se lève et passe les mains dans ses cheveux ébouriffés. Et le geste est tellement sexy que je crève d'envie de les caresser à mon tour. Toujours aussi chavirée, je m'aperçois que sa bite est toujours dressée et dure. Rien que de la voir, j'ai envie de le supplier. Enfin, presque.

— Vous ne pouvez pas faire des trucs comme ça, Delaine. Je pourrais vous plaquer sur le premier meuble venu dans la maison et vous baiser à fond quand ça me chante. N'oubliez jamais ça. (Il se passe les mains sur le visage, puis il les pose sur ses hanches.) Très bien, écoutez. Je vais aller dans le jacuzzi pour essayer de me calmer. Je vous conseille de vous lever et de vous habiller avant que je revienne.

— Alors vous allez me laisser dans cet état? demandé-je, incrédule, en désignant mon entrejambe.

Ses yeux sont attirés vers ma chatte comme par un aimant.

— Putain, gronde-t-il. Oui, je vais vous laisser dans cet état.

Il ouvre la porte et disparaît en me faisant presque une grimace narquoise avec son splendide cul.

Je retombe sur le lit et empoigne son oreiller pour m'en couvrir le visage et étouffer mon cri de dépit. Je n'arrive absolument pas à comprendre ce salaud.

Il m'a achetée exactement pour faire ça, m'a dit de ne pas avoir peur de prendre ce que je désire, mais quand je ravale ma foutue fierté et tente d'appliquer ses principes, il me dit que je ne peux pas agir ainsi et s'enfuit comme une fillette.

S'est-il passé quelque chose pendant la nuit et les rôles ont-ils été renversés ? Peut-être que je suis tombée dans un univers parallèle ? Et pourquoi est-ce que j'ai soudain à ce point envie de lui ? Eh bien, je connais la réponse à cette dernière question : ma libido a pris le contrôle de ma vie.

Ma chatte continue de palpiter de désir et je pousse un gémissement.

Je saute du lit, toujours nue, et lui cours après. Et bon Dieu, j'espère que je ne vais pas me perdre dans cette immense baraque en essayant de trouver le jacuzzi. Et puis si j'étais raisonnable, je préférerais que les domestiques ne me voient pas ainsi, mais comme j'ai perdu la raison, je m'en fiche.

Impossible de savoir où je vais, mais je ne me perds pas.

Il est dehors. Le soleil du petit matin vient d'apparaître sur l'horizon et le ciel est baigné de riches nuances d'orange et de rose. Le jardin est immense et je remarque une assez grande piscine, mais j'ai l'esprit ailleurs et je ne fais guère attention aux autres détails. Noah me tourne le dos et ses larges épaules sont déployées, ses bras étalés sur le rebord du bassin d'où s'échappent d'épaisses volutes de vapeur. La tête en arrière, les yeux clos, il inspire lentement par le nez et expire par la bouche.

Je m'avance vers lui en prenant bien garde de ne pas trahir ma présence. Il ne bronche pas quand je me glisse discrètement dans l'eau et m'approche doucement de lui. Son cou musclé s'étire lascivement et des gouttelettes scintillent sur sa poitrine sculptée. Il est magnifique : c'est un spécimen parfait de prédateur, capable d'attirer sa proie rien que par son allure.

Je pourrais rester comme cela à le mater, ou saisir l'occasion et le toucher, l'amener à me toucher. Mais puisque je le déteste, vous devinez sûrement ce que je fais. Avant qu'il puisse prendre conscience de mes intentions et me retenir, je pose les mains sur ses hanches et l'enfourche en fourrant mon visage entre son cou et son épaule.

Vous ne vous attendiez pas à cela ? Vous aimeriez bien savoir si vous en seriez capable aussi ?

— Delaine, qu'est-ce que vous faites ? demande-t-il en me prenant par les épaules et en essayant de me repousser malgré mes résistances.

— Je prends ce que je désire, Noah. Vous n'avez pas le droit de revenir sur votre promesse, dis-je en me collant sur sa bite toujours dure.

— Arrêtez! ordonne-t-il en me repoussant.

Prise de court, je perds l'équilibre, et je tombe lourdement dans l'eau avec une gerbe d'éclaboussures. Je pousse un soupir agacé et croise les bras en lui jetant un regard furibard. Ça suffit, maintenant. Ma chatte et moi sommes super excitées, chaudes comme la braise et carrément furieuses.

— C'est quoi, votre problème, Crawford ? crié-je en frappant l'eau à deux mains et en l'éclaboussant.

Il essuie calmement les gouttes sur son visage, mais sa poitrine qui se soulève trahit son agitation.

— J'essaie de ne pas vous faire souffrir davantage que je ne l'ai déjà fait, dit-il, les dents serrées. C'est un exploit que j'y arrive avec ce que vous faites en ce moment.

Je me précipite sur lui et l'enfourche à nouveau, puis j'empoigne sa bite et la place à l'entrée de mon sexe, prête à faire tout le travail moi-même. Il essaie de me repousser, mais je suis très insistante quand je me suis mis quelque chose en tête. Et en cet instant, j'ai besoin de me prouver quelque chose. Noah m'a plantée alors que je m'offrais à lui sans scrupules, et cela ne m'a pas plu. Je déteste être rejetée.

— Très bien ! Vous la voulez ? Alors la voilà, lâche-t-il brusquement en me prenant par les hanches et en m'empalant sans ménagement.

— Putain ! nous exclamons-nous à l'unisson.

Je retiens mon souffle en enfouissant mon visage dans le creux de son cou et en enfonçant mes doigts dans ses épaules. Je m'efforce de ne pas bouger, parce que cela risque de me faire encore plus mal.

— Tu vois ? chuchote son haleine brûlante à mon oreille. Je te l'avais dit, mais tu ne peux pas t'empêcher de me tenir tête. (Il caresse mon dos d'une main apaisante.) À partir de maintenant, voudras-tu bien me laisser décider quand tu seras prête ? J'ai peut-être un peu plus d'expérience que toi dans ce domaine. (J'acquiesce, retenant toujours mon souffle et incapable de parler. Noah me soulève lentement pour me dégager et me reposer sur ses genoux. Il écarte mes cheveux de mon visage et me caresse la joue.) Je te promets que nous aurons beaucoup d'autres occasions de baiser durant les deux années qui viennent et j'apprécie cet empressement à nous faire plaisir à tous les deux. C'est à cause de cela que j'ai eu beaucoup de mal à m'occuper de toi dans la chambre tout à l'heure.

Normalement, m'entendre dire que je suis juste accro à sa personne et à sa bite m'aurait fait répondre une vacherie. Mais franchement, là, je n'en ai pas le courage. J'ai vraiment mal et je me sens vaincue. Et puis il a raison : je suis accro. À sa bite, mais pas à lui.

Je ne suis pas idiote, je sais que ce n'est pas normal que j'éprouve cela pour quelqu'un que je suis censée détester. Je continue de le haïr, pourtant quelque chose de totalement tordu est en train de se produire dans mon cerveau et dans mon corps. C'est peut-être un genre de syndrome de Stockholm. Sauf que je ne suis pas vraiment son otage ni forcée de faire quoi que ce soit contre ma volonté. J'ai signé un contrat, et c'est même moi qui en ai décidé les termes.

Il relève mon menton et me dépose un petit baiser sur les lèvres.

— Je suis désolé de vous avoir fait mal, dit-il, le front contre le mien. Il n'était censé être question que de plaisir, pas de douleur.

— Le vôtre, pas le mien, lui rappelé-je.

Il ferme les yeux et se redresse en soupirant.

— Au début? Oui. Je veux que vous vous sentiez bien, Delaine, ajoute-t-il en me caressant la poitrine.

Oui, moi aussi. Qu'est-ce qu'il s'imagine que j'essayais de faire depuis le début de la matinée?

Je me soulève de ses cuisses et me retourne vers lui. Mes doigts tremblent, je cède à l'envie de lui toucher les cheveux. Il me prend par les hanches et m'attire contre lui en refermant les lèvres sur ma poitrine. Mais il m'en faut plus. Alors je pose un pied sur la banquette à côté de lui et le repousse jusqu'à ce qu'il lâche mon téton et se rassoie. Puis je pose l'autre pied de l'autre côté et me hisse debout et ruisselante. Mon sexe est directement devant lui, lèvres tendues comme pour mendier un baiser.

Noah me retient en posant les mains derrière mes cuisses, puis il lève vers moi des yeux où scintille une question.

— Faites-moi du bien, Noah, dis-je avec un demi-sourire en le prenant par les cheveux et en lui poussant la tête en avant.

Il me sourit, son regard s'éclaire et il secoue la tête.

— Mais d'où sortez-vous donc, Delaine?

Et sans attendre ma réponse, sa bouche est déjà sur moi, dévorant de baisers mes grandes lèvres qu'il aspire, tandis que sa langue fait son petit truc magique. Je renverse la tête en arrière en gémissant bruyamment, pour qu'il comprenne tout le bien qu'il me fait. Ses doigts s'agrippent fermement à mes cuisses et les miens le poussent de plus belle contre moi. Puis sa langue si douée s'insinue en moi et je relâche un peu mon étreinte afin de lui donner toute liberté de la faire aller et venir.

— Mon Dieu, c'est moi qui devrais vous payer, gémis-je. (Sa langue tourbillonne autour de mon clitoris, puis il frôle des dents cette petite bille de nerfs avant de l'aspirer entre ses lèvres.) Oui, là, gémis-je en collant ma chatte contre son visage.

Il continue de téter mon clitoris tout en frétillant de la langue. Cette sensation sublime s'accumule en moi et mes jambes commencent à trembler. Noah referme les mains sur mes fesses et me soutient. Il manœuvre jusqu'à ce que ses doigts frôlent mon sexe, sans y pénétrer. Puis il glisse vers mes fesses et glisse un doigt à l'intérieur de mon cul.

— Oooh! hurlé-je en plein orgasme.

Mes entrailles explosent et tout mon corps est secoué de convulsions. J'aurais peur que mes genoux se dérobent et me fassent basculer en arrière si je n'étais pas en train de succomber aux sensations qui irradient dans toutes les molécules de mon être.

— C'est ça, chaton, dit-il d'une voix rauque de désir. Jouissez pour moi, jouissez pour moi seulement.

Je me cramponne tellement à sa tête en lui collant la bouche sur ma chatte que je me demande comment il arrive à articuler. Déjà que je ne sais même pas comment il fait pour respirer. Il aspire de nouveau mon clitoris et bouge lentement son doigt dans mon cul, soulevant une nouvelle vague d'orgasme qui déferle en moi. À présent, je vois des étoiles et je ne sais plus si je vais pouvoir tenir encore longtemps, mais il n'est pas question que je lui demande d'arrêter.

Cependant, je lâche un peu ses cheveux pour lui donner une certaine liberté de mouvement. Apparemment, il pense que cela veut dire qu'il a la permission de s'arrêter, car c'est ce qu'il fait. Je note mentalement que la prochaine fois que Noah Crawford aura la tête fourrée dans ma chatte, il ne faudra pas que je lui lâche l'arrière de la tête.

— Descendez, ma chérie, me dit-il en m'aidant à plier les genoux.

Je me rassois sur ses cuisses et m'empare immédiatement de sa bouche, désireuse de témoigner ma reconnaissance pour ce qu'il vient de me faire.

— C'était... trop... bon, parviens-je à articuler entre mes baisers.

— Ah oui ? fait-il avec un petit sourire supérieur.

— Oui, dis-je en plaquant ma chatte en feu sur sa bite dressée. À moi de vous faire du bien, maintenant.

— Delaine... m'avertit-il.

— Je sais, je sais, mais je ne crois pas que j'aurai mal. Sinon, on arrête, d'accord ?

Je veux faire cela pour lui, sans compter que j'ai une envie folle de lui, même s'il vient de me faire jouir. Je ne sais pas l'expliquer. Je sais seulement que j'ai vraiment envie de lui faire du bien et que j'estime que le sucer à fond ne sera pas à la hauteur après ce qu'il vient de me faire. J'ai envie de lui. Envie de sa bite tout au fond de moi.

— S'il vous plaît ? supplié-je pitoyablement.

— J'ai une horrible... envie de baiser, dit-il en m'attirant contre lui. Mais on ne devrait pas. Pas tout de suite. (Il se détourne de moi et reprend son ton autoritaire et détaché habituel.) Nous allons aller faire du shopping, aujourd'hui. Montez vous habiller dans la chambre. Je prendrai une autre salle de bains.

— Alors ça y est, on est reparti sur le mode « je vous ai achetée et vous allez faire ce que je vous dis » ? demandé-je, de nouveau vexée par son rejet.

— Nous n'en sommes jamais sortis. J'ai dit que je voulais vous faire du bien, mais ça ne change rien. Je voulais juste que vous sachiez que je ne suis pas un salaud fini, ajoute-t-il en refusant toujours de croiser mon regard.

— Ouais, eh bien, moi, je ne suis pas d'accord, me contenté-je de répondre.

S'il tient à jouer le rôle du patron tyrannique, je peux très bien prendre celui de l'employée mécontente.

Je me lève et sors du jacuzzi. Comme dans ma précipitation à le retrouver, je n'ai pas pensé à prendre une serviette, en voyant la sienne posée sur le dossier d'une chaise longue voisine, je m'en empare. Je l'entends murmurer un juron, mais je ne pense pas que ce soit à cause de cette foutue serviette. Quand bien même, je ne me retourne même pas pendant que je m'en enveloppe tout en rentrant dans la maison.

Évidemment, il a raison. Pas à propos du fait qu'il n'est pas un salaud fini, mais parce que rien ne change. J'ai été idiote et naïve d'avoir cru qu'il avait un cœur sous prétexte qu'il a eu des paroles aimables durant son bref moment d'abandon. Après tout, un prince charmant qui achète une putain pour satisfaire ses égoïstes désirs, ça n'existe pas. Même s'il tient à ce que j'éprouve aussi du plaisir. Ça aussi, c'est uniquement quelque chose dont il tire satisfaction, savoir qu'il est doué et qu'il peut contrôler totalement mon corps alors que je ne suis plus capable de me maîtriser moi-même.

De retour dans la chambre, je saute sous la douche et laisse l'eau laver mes larmes de dépit. Mais qu'est-ce que je dois faire ? Je me jette à son cou, je m'offre carrément à ce type qui est censé me dégoûter. Et pourquoi ? Parce qu'il lèche comme personne ? C'est moi qui suis dégoûtante. C'est lui qui est censé être le prédateur et moi la proie. Et pourtant, voilà que je me conduis comme une nymphomane déchaînée.

Et où est-ce que j'ai la tête, à me laisser aller comme ça et jouir alors que ma mère, l'unique raison pour laquelle je fais cela, est alitée et probablement à l'agonie ? Je n'ai même pas appelé pour prendre de ses nouvelles, bon Dieu ! Je ne sais pas si on lui a trouvé un donneur, si elle a été opérée, si elle est encore en vie. Je sais que Dez m'aurait appelée s'il y avait quoi que ce soit de grave mais, officiellement, pour mes parents, je poursuis mes études à New York, et je ne suis pas à deux pas de chez eux à Chicago en train de me faire sauter. Ils doivent être morts d'inquiétude que je n'aie pas appelé.

Je coupe l'eau et sors de la douche. Je réprime un rire en entendant Noah marmonner un chapelet de jurons depuis son dressing. Apparemment, il n'apprécie pas mon rangement. Quelques minutes plus tard, je l'entends claquer la porte.

— Je suis dans la voiture. Vous avez intérêt à ne pas me faire attendre.

Et sur ce, une autre porte claque.

Toujours enveloppée de ma serviette, je prends mon mobile et m'assois au bord du lit. Deux sonneries plus tard, la voix de mon père répond.

— Lanie, ma chérie. Quelque chose ne va pas ?

Sa voix lasse m'arrache un pincement de culpabilité.

— Tout va bien. J'ai tout de même le droit de prendre des nouvelles de mes parents ? demandé-je en feignant d'être agacée pour dissimuler la tristesse dans ma voix.

— Mais oui, bien sûr. Comment se passe la vie à New York ?

— Très bien. Les cours sont intenses et l'un de mes profs est un vrai salaud, réponds-je, mentant à peine.

Bon, d'accord, je mens beaucoup, mais dans les faits, il y a vraiment quelqu'un qui a autorité sur moi et qui m'enseigne. Sauf que je n'étudie pas ce que mes parents s'imaginent.

— Eh bien, si tu ne ménages pas tes efforts et que tu évites les fêtes d'étudiants, tout se passera bien, ma chérie.

— Papa, tu as l'air fatigué. Tu te reposes un peu, au moins ?

— Mais oui, soupire-t-il, habitué à ce que je m'inquiète pour sa santé. Elle a besoin de moi, tu sais.

— Oui, je sais. Comment va-t-elle ? demandé-je.

— Elle est à côté. Elle est réveillée, si tu veux lui parler. Peut-être même que cela lui fera du bien. D'ailleurs, elle a une bonne nouvelle pour toi.

— Oui, ça me fera plaisir d'entendre sa voix.

Ce n'est pas la peine de lui avouer à quel point.

Je l'entends dire quelque chose, puis un bruit de couvertures froissées quand il lui tend le téléphone.

— Lanie ? C'est toi, ma chérie ? demande ma mère d'une voix faible.

— Oui, Maman. Comment tu vas ? dis-je d'une voix étranglée.

— Pas trop mal, répond-elle avec un petit rire. Et j'ai une bonne nouvelle, ma chérie. Un bienfaiteur anonyme a déposé une énorme somme d'argent sur notre compte bancaire. Tu imagines ? Papa dit que c'est sûrement une arnaque, mais moi je pense que mes prières ont été exaucées.

— Oh, c'est génial, Maman ! dis-je, sincèrement heureuse d'avoir apporté un rayon de soleil dans sa sombre existence.

Elle est prise d'une quinte de toux et mon père doit lui reprendre le téléphone, mais elle a le temps d'ajouter :

— Je t'embrasse, ma chérie.

— Elle va bien ? demandé-je à mon père.

— Mais oui. Elle tousse quand elle essaie de trop parler.

— Alors, cet argent, c'est une bonne nouvelle, non ? Sois gentil, ne cherche pas plus loin. Elle a besoin de cet argent. Peu importe d'où il vient. L'opération est prévue pour quand ?

— C'est le problème, Lanie. (J'entends une porte se fermer et je déduis qu'il est sorti de la chambre pour que ma mère n'entende pas le reste de la conversation.) Avoir l'argent, c'est bien, mais ça ne change pas grand-chose si on n'a pas de donneur. Elle ne pouvait pas être sur la liste tant que nous n'avions pas l'argent, et maintenant, il y a des tas de gens avant elle. Je ne sais pas si nous aurons assez de temps.

Mon Dieu ! Je n'y avais même pas pensé.

— Ne t'inquiète pas, Papa. Les miracles arrivent toujours quand on s'y attend le moins.

— Oui, tu as peut-être raison, répond-il, dubitatif.

— Mais si, affirmé-je.

J'ai réussi à réunir l'argent, je vais réussir à la faire avancer dans la liste aussi. Il y a forcément un moyen. Je refuse de croire que le Ciel m'a forcée à cette épreuve pour rien.

— Il faut que j'aille en cours. Embrasse-la pour moi et promets-moi que tu vas te reposer.

— Oui, oui. Tu sais que c'est aux parents de s'inquiéter, pas aux enfants, hein ?

— Je me ferai toujours du souci pour vous. Ça me tue de ne pas pouvoir être là en ce moment.

— Ne larmoie pas sur ton vieux père, Lanie. Vis ta vie. Je t'embrasse.

Sur ce, il raccroche. Je suis surprise, car mon père exprime rarement ses sentiments comme cela. Ce n'est pas que je me sois jamais demandé s'il m'aime. Je le sais. Mais je suis juste surprise de l'entendre.

Soudain, je me sens encouragée dans ce que je fais. Parler à mes parents m'a rappelé pour quelle raison je me suis lancée là-dedans. Et à dire vrai, je l'aurais fait même si c'était Jabba le Hutt qui m'avait achetée. Et si irritant que soit Noah, l'autre aurait pu être pire.

À présent, il faut juste que je trouve une solution pour cette affaire de liste.

Noah

Ça ne va pas du tout.

Cette fille me tue à petit feu à force de me donner la trique. J'en ai les couilles en feu.

Elle est tout simplement trop empressée, trop excitante, c'est impossible de lui résister. Mais j'y arrive.

Même quand elle fait sa moue, je résiste. *Tu es un saint, Noah Crawford.*

La soirée hier a été géniale. Vraiment. Mais ensuite, je m'en suis voulu. Je lui ai pris sa virginité, bon Dieu ! Et l'ambiance ne cadrait absolument pas avec un événement aussi capital. Pas de décor romantique, pas de promesse d'amour éternel, rien. À part une pure et bestiale envie de baiser. Je l'ai sautée. Purement et simplement.

Et si cela a été génial pour moi, j'ai beaucoup de mal à croire qu'il en a été de même pour elle. Oui, elle en voulait plus. Delaine Talbot est avide de punitions.

Mais c'est ce que je veux, n'est-ce pas ? Quelqu'un qui étanche tous mes désirs et fantasmes sexuels, qui assouvisse mes envies sans que j'aie besoin de me soucier des siennes. Pas de liens affectifs, pas de disputes sur l'endroit où nous allons dîner, pas de gauche premier baiser ou de présentation gênante aux parents, pas de risque de la surprendre au lit (ou dans le jacuzzi) avec mon soi-disant meilleur ami, pas d'attaches. Point final.

Avec Delaine et ce contrat, c'est exactement ce que j'ai. Alors pourquoi le remets-je en question ?

Parce que ça change. C'est une bonne chose, cette différence. Et quand je trempe ma bite dans cette différence, c'est carrément le pied. OK, voilà qui explique mon mystérieux déraillement temporaire. Et dès lors, la tête de nouveau sur les épaules et ma motivation revenue, j'attends que Delaine me rejoigne dans la limousine pour notre partie de shopping. Lingerie. J'ai vraiment hâte moi aussi. Même si je sais que cela ne va pas arranger le gourdin que je trimballe en permanence dans mon pantalon.

Samuel ouvre la portière à Delaine quand elle arrive enfin et je jure que je serais capable de tuer Polly Hunt à mains nues ou du moins de lui passer un savon. Ma poupée à deux millions de dollars porte une petite jupe noire en coton qui couvre à peine son cul et un petit top du même vert que ses yeux, sans soutien-gorge dessous. Apparemment, la climatisation dans la voiture est un peu basse et il faut que je demande à Samuel de la régler.

Queue de cheval, talons noirs à bouts ouverts : je note mentalement que cela me fera deux trucs auxquels m'agripper la prochaine fois que je la sauterai, c'est-à-dire dans un avenir très, très proche.

— Comment s'est passé votre après-midi avec Polly ? demandé-je pour essayer de me ressaisir, car je sens que je suis à même pas cinq secondes de l'avenir très proche, au propre comme au figuré.

— En fait, je me suis bien amusée avec elle, répond-elle. Mais vous aviez raison. Elle est très curieuse. Heureusement pour vous que j'ai de bons réflexes.

Elle rit, pour la première fois depuis que je la connais. Un son charmant, très différent de ce que j'ai vu d'elle jusqu'à présent. Je ne sais pas quoi en penser. C'est vrai, si elle se met à se conduire de manière innocente, je vais avoir du mal à continuer. Il faut que je l'énerve ou que je l'amène à m'énerver.

— Mmm, c'est bien, réponds-je rapidement. Alors, vous ne portez rien sous cette jupe, n'est-ce pas ?

— Quoi ? demande-t-elle, prise de court. Euh, non. Vous avez déjà oublié que vous aviez jeté tous mes vêtements ?

— Faites-moi voir, dis-je en hochant la tête.

— Voir quoi ? demande-t-elle, un peu agacée.

— Votre jolie petite chatte.

Elle hausse le sourcil d'un air de défi, mais je soutiens son regard.

— Vous êtes sérieux ?

— Oui, je suis sérieux. Retroussez cette jupe, nom de Dieu !

Je me conduis comme un salaud, je le sais, mais il faut que je hausse le ton pour vraiment l'énerver.

— Vous êtes un vrai connard, murmure-t-elle en levant les yeux au ciel.

Mais elle retrousse tout de même sa jupe pour me dévoiler à contrecœur mon petit jouet. Elle me regarde comme si j'avais perdu l'esprit, ce qui est probablement le cas, je l'avoue. Mais son expression change quand je baisse ma braguette et sors ma bite.

— Qu'est-ce que vous faites ?

— Approchez-vous, dis-je sans prêter attention à sa question.

— J'ai *voulu* m'asseoir sur votre bite dans le jacuzzi et *vous*, vous m'avez dit que nous ne pouvions pas le faire tout de suite. Et maintenant que nous sommes dans une voiture qui roule, avec un chauffeur séparé par une simple vitre et des tas de gens dehors, c'est là que vous avez envie de moi ?

— Si je vous demande de vous approcher, ce n'est pas pour vous asseoir dessus, mais pour *cracher* dessus. (Puis, voyant son regard dégoûté et craignant qu'elle me prenne pour un pervers branché sur des trucs tordus :) Pour me lubrifier, ajouté-je.

— Pour quoi faire ?

— J'ai la bite dure comme une tige d'acier et je ne peux pas vous sauter, mais vous, vous débarquez avec les tétons qui pointent et une jupe minuscule et je n'en peux plus ! Il faut que je me soulage un peu ! Alors si ça ne vous ennuie pas – et même si ça vous ennuie d'ailleurs, je m'en contrefous – je vais me branler avant de finir par vous sauter comme un homme des cavernes. Parce que je ne serai même pas capable de vous regarder essayer de la lingerie dans l'état où je suis.

— Oh, fait-elle simplement en restant la bouche ouverte un peu plus longtemps que nécessaire. (J'ai l'impression d'être un vieux pervers qui paie pour baiser.) Pourquoi ne pas simplement me demander de vous sucer ? demande-t-elle d'un ton qui me tire de mon auto-apitoiement passager. Après tout, vous avez payé une fortune pour que je vous fasse plaisir.

— Parce que je trouve que vous commencez à apprécier un petit peu trop ma bite dans votre bouche.

Elle me balance une gifle. À toute volée. Enfin, nous arrivons à quelque chose. Je la saisis par le poignet et la retourne pour la coucher sur mes genoux avec son cul nu découvert dans toute sa gloire ronde et laiteuse.

— Manifestement, vous avez oublié votre place dans cette relation, Delaine, et vous devez donc être punie comme la petite rebelle que vous êtes, dis-je avant de lever la main et de l'abattre sans ménagement sur son petit cul insolent. L'empreinte rouge de ma paume commence à apparaître sur sa peau parfaite et je sens un frisson dans mes couilles. Je viens de la marquer et putain, ce que ça m'excite. Elle est à moi.

Elle se débat et essaie de se dégager, mais je lui claque de nouveau le cul, ravi de voir ma main rebondir sur la chair qui tremble légèrement.

— Espèce de salaud! Lâchez-moi! crie-t-elle, rouge de colère.

— Tss-tss, réponds-je. Les insultes sont également très déconseillées, petite vilaine.

Je lui assène une autre claque, plus forte, cette fois, puis je frotte de la main la marque qui apparaît. Elle agite les jambes, les écartant par inadvertance et m'offrant une vue magnifique sur sa ravissante chatte. J'incline le poignet et lui claque les grandes lèvres. Une, deux, trois fois. Et la petite vilaine gémit.

— Vous aimez ça, hein? demandé-je de cette voix rauque à laquelle je sais qu'elle est incapable de résister.

Comme elle ne répond pas, je lui claque de nouveau le cul. Après quoi, je me penche et caresse la marque de la langue pour atténuer la douleur cuisante. En même temps, je donne un léger petit coup sur les grandes lèvres entre ses cuisses et je sens qu'elle commence à mouiller. Je la caresse du bout des doigts dans un mouvement circulaire qui lui arrache un autre gémissement.

Trois doigts humides claquent rapidement l'ouverture de son sexe avant d'y plonger.

— Oooh, soupire-t-elle en gigotant sur mes genoux.

— Restez tranquille! lui ordonné-je en sortant mes doigts puis en la fessant de nouveau.

Elle glapit de douleur, mais elle ne bouge pas, comme demandé. En récompense, je glisse à nouveau mes doigts entre ses lèvres ruisselantes et masse son clitoris avant de répandre un peu de son écume sur ses fesses et autour de son autre orifice. Quand j'y appuie la main, elle hausse les hanches pour me l'offrir.

Ce n'est rien de dire qu'elle est réceptive à mes attouchements. Je me mords la lèvre, incapable de réprimer mon excitation, car je sais que je vais glisser ma bite dans son joli petit cul.

— Vous voulez que je vous fasse jouir, n'est-ce pas?

— Non. Je vous déteste.

Puis elle pousse un gémissement qui contredit ce qu'elle vient de dire.

— Vraiment? demandé-je avec un sourire démoniaque.

De nouveau, je tapote doucement sa chatte en veillant à toucher son clitoris. Elle lève plus haut le cul en essayant de se positionner de manière à recueillir le maximum de sensations au bout de son clito hypersensible. Je lui donne ce qu'elle veut, mais au moment où je sens son corps se crisper, annonçant un orgasme imminent, je m'arrête et lui assène une dernière violente claque sur le cul. Avant qu'elle ait pu se rendre compte de ce qui lui arrive, je la soulève et la rassois sur la banquette en face de moi. Pantelante, hors d'haleine, elle me regarde par dessous. La colère flamboie dans ses yeux, mais j'éclate de rire. Je sens la voiture qui s'arrête : nous sommes arrivés à destination. Je n'ai toujours pas pu jouir, mais nous n'avons plus le temps et cela devra attendre. Ce n'est pas grave, il se trouve que je sais que la boutique est pourvue de salons d'essayage privés et je connais personnellement l'une des vendeuses.

Je range ma bite et me penche en avant. Je prends le menton de Delaine dans ma main et la force à me regarder alors qu'elle essaie de se dégager.

— À l'avenir, pour votre gouverne, sachez que me gifler ne fait que m'exciter. Et d'après les ronronnements qu'a poussés votre jolie petite chatte quand je vous ai donné la fessée, je pense pouvoir dire sans risque que vous aimez bien aussi quand ça secoue un peu. Je ne l'oublierai pas.

Je m'avance pour l'embrasser, mais elle serre les lèvres. Je lui relève le menton et la regarde sévèrement.

— Embrassez-moi, sinon je reprends tous vos jolis vêtements et je vous force à vous balader toute nue dans la maison pendant les deux ans à venir.

— Polly n'aura qu'à...

Je la fais taire d'un baiser. Cela doit l'énerver, parce qu'elle me mord méchamment la lèvre. Je pousse un grognement sourd, mais je continue et j'insinue ma langue entre ses lèvres entrouvertes. Elle me repousse, mais j'étouffe ses protestations et je refuse de prêter attention à ses tentatives pour se libérer. Puis je finis par la lâcher.

— Je vous ai dit que j'aimais bien que ça secoue un peu. Vous pouvez rabaisser votre jupe, à présent.

Elle baisse les yeux et tire sur le minuscule bout d'étoffe pendant que je frappe sur la vitre et que Samuel ouvre la portière.

— *La Petite Boudoir*, dis-je dans un français parfait en descendant de la voiture. Venez Delaine, allons faire du shopping.

Avec un soupir, elle descend et me rejoint sur le trottoir.

— Je m'en fous. Que ce soit fait, et vite.

Je me retourne, énervé.

— Vous savez, vous pourriez témoigner un peu de reconnaissance pour ce que je fais pour vous. Après tout, vous saviez où vous mettiez les pieds en signant ce contrat. Alors je ne comprends absolument pas pourquoi vous estimez devoir être constamment en rébellion avec moi. On ne peut pas dire que je vous maltraite. En réalité, je trouve que vous avez bénéficié de conditions agréables, bien plus que la plupart des femmes qui sont dans la même situation.

— Ouais, eh bien, comme je doute fortement que vous trouviez beaucoup d'autres femmes dans la même situation, Mr. Crawford, je dirais, moi, que vous n'avez rien du tout pour faire la comparaison et étayer cette affirmation. (Elle tourne les talons, et sa queue de cheval me fouette le visage alors qu'elle passe devant moi.) Vous m'avez défoncé la bouche à coups de bite, balancé mes vêtements, forcée à vous attendre à la porte uniquement pour vous tailler une pipe, et vous avez pris ma virginité. Alors vous voudrez bien me pardonner si je ne me sens pas vraiment obligée de m'excuser de vous avoir vexé.

Je remarque qu'elle n'a pas mentionné la fessée que je viens de lui donner.

Elle atteint la porte du magasin et l'ouvre avec plus d'énergie que nécessaire. Puis, sans même se retourner sur moi, elle entre et disparaît à l'intérieur.

— Ah oui ? Eh bien, moi je crois que vous en avez apprécié chaque instant ! crié-je derrière elle.

Évidemment, elle ne m'entend pas, mais la demi-douzaine de personnes qui passent à ce moment sur le trottoir, si.

Je suis Noah Crawford, le célibataire le plus convoité de Chicago, et elle me fait passer pour une espèce de psychopathe qui s'exclame tout seul dans le vide. Je me retourne vers la voiture et aperçois Samuel qui essaie de dissimuler son sourire.

— Je suis ravi que cela vous ait distrait. Attendez ici. Cela ne nous prendra pas longtemps, dis-je sèchement avant d'aller retrouver Delaine.

Je l'aperçois qui farfouille dans un des rayons au milieu du magasin.

— Noah Crawford, susurre une voix de Latina derrière moi. (Delaine lève les yeux au moment où deux mains me prennent à la taille par derrière et qu'une haleine brûlante me caresse la nuque.) Tu m'as manqué, mon chéri. Où te cachais-tu ? demande Fernanda.

Je tourne la tête et lui fais mon plus joli sourire, sans quitter des yeux Delaine, pour ne pas perdre une miette de sa réaction qui vaut de l'or. C'en est presque comique. Le sourcil haussé et le menton redressé d'un air de défi trahissent sa jalousie.

Eh bien, voilà qui pourrait devenir intéressant.

— Fernanda, salué-je mon ancienne maîtresse en me retournant et en lui posant un baiser langoureux sur la joue. Comment vas-tu ?

— Bien, mais délaissée, dit-elle avec une moue.

— Oh, une belle femme comme toi, seule ? demandé-je en lui caressant la joue. J'ai beaucoup de mal à le croire.

Delaine se racle la gorge et quand je relève le nez, elle se retourne et continue de fouiller dans le rayon en faisant comme si elle n'avait rien remarqué.

Je prends Fernanda par la main pour l'amener près d'elle.

— Je voudrais te présenter quelqu'un. Fernanda, voici Delaine. Delaine, je vous présente la très voluptueuse Fernanda.

J'ai dit cela exprès. Ce qui n'empêche pas qu'elle soit réellement voluptueuse : longues jambes, cheveux brillants d'un noir de jais, lèvres généreuses, et une silhouette à faire pleurer le plus endurci. Elle travaille à *La Petite Boudoir* à mi-temps. Elle gagne surtout sa vie en posant nue pour divers magazines connus destinés aux messieurs raffinés.

— Très heureuse de vous rencontrer, Delaine, dit Fernanda avec un sourire aimable en tendant la main.

Le regard de Delaine passe de Fernanda à moi avant qu'elle lui serre enfin la main.

— Moi aussi, répond-elle d'un ton sec et cassant.

— Alors, reprend Fernanda en me prenant par le bras et en posant une main possessive sur ma poitrine. On fait des cadeaux à la jolie dame, aujourd'hui ?

Delaine a les yeux rivés sur la main de Fernanda qui se permet ces familiarités. Je souris.

— C'est effectivement le cas, dis-je. As-tu un salon privé de disponible ?

— Tout est disponible pour toi, Noah Crawford, tu le sais bien.

Elle éclate de rire et rejette lascivement ses longs cheveux en arrière avant de m'entraîner vers le fond de la boutique. Delaine se retrouve contrainte de nous emboîter le pas et je dois dissimuler mon rictus triomphal, car elle a eu la monnaie de sa pièce et elle fulmine de rage. On la sent vibrer autour d'elle comme la chaleur sur une route en plein soleil.

Nous sommes conduits dans un salon privé. Trois des quatre murs sont couverts d'un miroir et il y a une petite cabine séparée pour que la cliente puisse enfiler différentes tenues avant de sortir et de les présenter à celui qui l'accompagne afin qu'il puisse admirer le spectacle. Deux portants de lingerie haut de gamme se dressent dans un coin à côté d'un minibar. En face trône une banquette recouverte de velours rouge. Fernanda me conduit au centre de la pièce et m'assoit dans un gigantesque fauteuil, idéalement positionné pour tout observer.

Delaine s'assoit sur la banquette et croise les bras.

— Choisissez quelque chose qui vous plaît et essayez-le, dis-je en lui désignant un portant.

— Noah, je ne crois pas... commence-t-elle.

— Vous savez quoi ? la coupe Fernanda qui a senti la tension et cherche à la dissiper. Vous avez l'air de faire ma taille. Voulez-vous que je choisisse à votre place ? Je sais ce qu'il apprécie.

Delaine prend l'air d'une tigresse qui sort ses griffes. Sans attendre de réponse, Fernanda sort et retourne dans le magasin. Delaine s'en prend immédiatement à moi sans même baisser la voix.

— Vous l'avez sautée ?

— C'est important ? demandé-je en allant me servir un verre au bar.

— Oui, ça l'est.

— Pourquoi? Seriez-vous jalouse? Parce que, vous, je vous ai sautée, et sachez que vous avez eu droit à beaucoup plus qu'elle. Est-ce que cela vous réconforte? dis-je en prenant une gorgée de cognac.

— Vous êtes répugnant! s'indigne-t-elle en se détournant.

— Je suis insatiable. C'est très différent.

— Pourquoi avez-vous besoin de dépenser des millions de dollars avec moi alors que votre petite bonniche espagnole est disposée à tout faire pour que *tout soit disponible* pour vous? demande-t-elle en imitant l'accent de Fernanda.

C'est assez mignon.

— Elle n'est pas espagnole, elle est argentine, corrigé-je. Et si elle est agréable à regarder, beaucoup d'yeux l'ont vue. Je ne pourrais pas m'afficher avec elle. Mais elle n'est pas compliquée et elle comprend très bien.

Elle s'apprête à répondre, mais Fernanda revient et commence à déposer des tenues dans la petite cabine.

— Je vous ai choisi quelques modèles qui souligneront votre silhouette, je pense, dit-elle.

— Allez-y, Delaine, dis-je en me rasseyant. Montrez-moi. (Elle ne bouge pas. Fernanda m'interroge du regard. Je hausse les épaules.) Elle est timide, expliqué-je.

— Oh, ce n'est pas un problème. Je peux faire le mannequin pour vous, si vous voulez.

Dieu bénisse Fernanda et son empressement à plaire. Il n'aurait rien pu arriver de mieux.

— Vous savez, je trouve que c'est une idée fantastique, Fernanda, dit Delaine d'un ton mordant en se levant. Je suis sûre que c'est par vous que Noah préférerait les voir porter de toute façon. D'ailleurs, je vais vous laisser un peu d'intimité à tous les deux. (Elle se retourne vers moi en plissant les paupières.) Je vous attendrai dans la voiture.

Et sur ce, elle sort en claquant la porte.

— J'ai fait quelque chose de mal? demande Fernanda.

— Non, ce n'est pas toi, lui assuré-je. Emballe simplement ce que tu as choisi et mets cela sur mon compte. Je prends tout, dis-je en me levant. C'était un plaisir de te revoir, Fernanda.

— Pour moi aussi, Noah, dit-elle en m'étreignant et en m'embrassant sur la joue. Je te ferai livrer le tout à la première heure demain. Va la retrouver, mon chou.

Je la remercie et retourne à la voiture. Lanie est assise les bras croisés, tournée vers la vitre.

— À la maison, Samuel, indiqué-je au chauffeur avant qu'il ferme la portière. Cela vous ennuierait de m'expliquer à quoi tout cela rimait? demandé-je à Delaine.

— À l'avenir, dit-elle en se retournant brusquement, si vous voulez allez rendre visite à une ex-petite amie, ayez la décence de ne pas me forcer à vous accompagner. Vous regarder vous envoyer en l'air, ça ne me branche pas.

— Ce n'est pas une ex-petite amie.

— Ex-petite amie ou ex-plan cul... c'est du pareil au même. (Elle me dévisage, puis elle secoue la tête et se détourne à nouveau.) Et vous pouvez enlever ce rouge de pute que vous avez sur la joue, aussi.

Je m'essuie et regarde ma main. En effet, j'ai du rouge à lèvres de Fernanda sur les doigts.

— Écoutez, je ne vous ai pas amenée pour me regarder m'envoyer en l'air avec une ex. Cela dit, je serais parfaitement dans mon droit de le faire si cela me chantait. Le contrat stipule que vous ne pouvez pas fréquenter d'autres hommes. Il ne précise rien me concernant.

Elle se retourne vivement.

— Espèce de salaud! Si vous pensez un seul instant que je vais rester sans rien faire pendant que vous sautez toutes les bonnes femmes que vous croisez, vous vous fourrez le doigt dans l'œil! Je vais dégager de cette maison avant que vous ayez eu le temps de dire ouf.

— Et je vous poursuivrai pour rupture abusive de contrat, réponds-je sans m'émouvoir. Cependant, vous n'avez pas à vous soucier de cela, car je ne prévois pas de coucher avec quelqu'un d'autre pendant les deux ans à venir, du moins. Vous êtes la seule femme que je veux baiser, Delaine. Maintenant, voulez-vous bien arrêter de piquer des crises comme une gamine, pour que je puisse vous apprécier? (Sa grimace de colère se radoucit en une moue, mais elle reste toujours sur la défensive et se détourne. Je conclus de cette absence de réponse qu'elle accepte ma demande à contrecœur.) Bien. À présent, votre punition pour avoir fait une scène devant une de mes amies et m'avoir causé de la gêne, commencé-je. (Elle se retourne vers moi comme pour répondre, mais je ne lui en laisse pas le temps.) J'essayais de vous acheter de la lingerie de qualité, mais à présent, vous aurez pour ordre de ne jamais porter de culotte. (J'ai un petit sourire satisfait en voyant la tête qu'elle fait.) Je devrais probablement vous remercier de ne pas être capable de maîtriser vos colères, car cela me convient finalement mieux. Alors, merci, Delaine.

— Oh, vous… oh! s'indigne-t-elle avant de me tourner le dos.

Le reste du trajet se passe en silence. Elle refuse de me regarder et je ne peux m'empêcher de la fixer. Je suis déçu de ne pas avoir pu la voir jouer les mannequins avec la lingerie et, étant un homme, il est vrai que j'espérais secrètement la convaincre de s'amuser un peu avec Fernanda. Puis de me joindre à elles ensuite.

Mais je suis aussi possessif, je pense pouvoir comprendre pourquoi Delaine est si contrariée. Elle se jette sur moi depuis ce matin, et à part la petite gâterie que je lui ai faite dans le jacuzzi, j'ai repoussé toutes ses tentatives de me rendre la pareille. Je dois avouer que je serais aussi un peu chiffonné si j'étais à sa place. Mais si moi j'ai l'habitude de ses réticences, il n'en est pas de même pour elle vis-à-vis des miennes.

Ce qu'elle ne comprend pas, c'est que j'essaie d'être gentil. Pour le moment, en tout cas. Car tout cela va changer dès que sa jolie petite chatte aura eu le temps de récupérer. Après la correction que je compte bien lui mettre, je suis sûr qu'elle me suppliera d'aller m'envoyer en l'air avec une ex-petite amie.

8
Feu, boules et vampires, oh mon Dieu!

Lanie

Noah m'a laissée seule après l'échec retentissant de notre expédition à la boutique de lingerie.

Je n'étais pas jalouse. Je le jure.

Je vais me coucher avant lui, mais je fais seulement semblant de dormir quand il se glisse sous les draps. Je suis un peu vexée qu'il me tourne le dos et laisse un espace immense entre nous. Pas d'étreinte ni de caresse, rien.

Le lendemain matin, je me réveille avant lui. Il dort encore quand je sors de la douche, et pourtant j'ai fait tout le bruit possible pour le réveiller. Ne me demandez pas pourquoi j'ai fait cela, je n'en sais rien du tout. Peut-être que ce salaud me manque.

Je reviens même dans la chambre toute nue, fouille dans son dressing pour trouver quelque chose à me mettre, fais tomber par inadvertance des chaussures par terre (et je les y laisse) puis je claque la porte plus bruyamment que nécessaire. Toujours rien. Alors il faut bien que j'aille lui prendre le pouls, non ? C'est vrai, rester à dormir dans ce raffut, ce n'est pas normal.

Mais c'est là que mon ventre gargouille et que je me rappelle avoir vu une boîte de céréales me tendre les bras dans la cuisine. Du coup, je renonce à m'occuper de la santé de Noah Crawford, le coureur de jupons.

Je viens de terminer mon bol et je le pose dans l'évier quand Noah apparaît enfin. Le Ciel me vienne en aide, il est là avec ses cheveux encore humides, seulement vêtu d'un jean taille basse déchiré d'où dépasse l'élastique de son caleçon. Permettez-moi de vous dire que Noah tout nu est magnifique, mais que Noah à moitié nu, avec simplement un jean… Wouah !

La petite ligne de poils qui descend de son nombril jusqu'aux merveilles en dessous ? Trop appétissante. Et quand je parle de merveilles, je fais allusion à sa trique matinale qui ne l'a apparemment pas quitté, car une bosse énorme déforme le tissu.

Je croise les bras et lui tourne le dos. Je refuse de regarder ni même de reconnaître sa présence.

— Bonjour Delaine, dit-il en passant ses doigts divinement obscènes dans ses cheveux.

— Bonjour Noah.

Il hausse un sourcil et avance vers moi. Plus il s'approche, plus je recule, jusqu'à me retrouver acculée contre l'évier. Il pose les mains de chaque côté de moi et m'emprisonne avant de baisser la tête et de me faire un baiser à faire s'emmêler les orteils.

Il a goût de menthe et j'ai terriblement envie de lui sucer la langue, mais cela lui donnerait l'impression que je cherche à attirer son attention. Et même si vous et moi savons que c'est vrai, lui l'ignore et je ne vois aucune raison de le mettre au parfum.

Il conclut le baiser en me suçotant la lèvre, puis il plonge dans mon cou en se collant contre moi. L'énorme bosse de son entrejambe appuie contre la mienne et ma résistance vacille. Des bras puissants m'enveloppent la taille et Noah me serre contre lui tout en continuant de me pétrir lascivement. Son cou est offert devant mes lèvres avec ses veines tendues et excitantes. Je ne peux pas m'empêcher. Il faut que j'y goûte.

Je m'approche pour suçoter la chair entre son cou et son épaule et je l'entends gémir dans mon oreille. J'aspire sa peau de plus belle car, pour une raison inconnue, je lui en veux encore pour hier et je me sens un peu possessive.

— Essayeriez-vous de me marquer, Delaine ? demande-t-il d'une voix rauque.

Sans prêter attention à son grognement sourd, je le mords. Apparemment, ce truc lui plaît, car il se colle davantage contre moi. Il incline la tête de côté, découvrant encore un peu son cou magnifique. Je ne perds pas un instant et dévore cette offrande d'une bouche goulue. Mes mains se referment sur les boucles de ses cheveux et tirent sans douceur. Je sens le goût de cuivre du sang sur ma langue et cela déclenche une véritable frénésie en moi. J'enfonce mes ongles dans son crâne et lui griffe la peau. Je le tète de plus en plus fort, grisée par le goût salé de sa peau. Mais cela ne me suffit pas. Je dois avoir été vampire dans une vie antérieure, car je m'imagine enfoncer mes dents dans sa chair et m'enivrer de sa saveur.

— Ça suffit! ordonne-t-il finalement d'un ton autoritaire en dégageant son cou de mon étreinte.

Nous sommes tous les deux haletants et j'ai encore le goût de sa chair dans la bouche. Je n'ai pas du tout honte d'avouer que je gémis un peu. On vient de me priver de réaliser l'un de mes fantasmes coquins de vampire. Mais c'est alors que mes yeux se posent sur son cou et que je pousse un cri d'allégresse.

Noah Crawford a eu droit au roi des suçons.

La peau parfaite de son cou vire déjà au violacé et commence à gonfler. Un rictus satisfait tord le coin de sa bouche tandis qu'il me toise. D'un doigt, il me caresse la joue et dévore mes seins du regard.

— Je vous laisse me marquer simplement parce que j'ai bien l'intention de vous en faire autant plus tard. (Du dos de la main, il frôle ma poitrine haletante.) Seulement, ma marque ne sera pas un simple suçon dans le cou. Tout le monde saura que vous m'appartenez.

Un frisson me parcourt l'échine et je sens la chair de poule me venir. Le regard de Noah glisse sur mes seins et il soupire en voyant la preuve de l'excitation que ses paroles ont provoquée en moi.

— Très joli, dit-il en faisant rouler un téton entre ses doigts. Pas de soutien-gorge ? Vous obéissez et vous exécutez votre punition ? (Je lève les yeux au ciel et croise les bras. Il les écarte et s'avance.) Allons y voir de plus près, voulez-vous ?

Ses mains glissent sous mon chemisier et remontent sur mon ventre et mes côtes jusqu'à mes seins nus. Il s'en empare et du pouce, titille le bout de mes seins durcis.

— Voilà qui me plaît. C'est beaucoup plus facile pour faire cela.

Il baisse la tête et saisit un téton entre ses lèvres pour le téter chastement, puis il en fait autant avec l'autre.

C'est sûrement pour ne pas faire de jaloux. De toute façon, dans les faits, je travaille pour lui. Enfin, mon corps, du moins. Jusque-là, j'étais presque une employée modèle, avant que Noah fasse toute cette histoire avec sa catin latina. Le genre à faire des excès de zèle, et à penser qu'elle aura une augmentation si elle parvient à ses fins.

— Et cela aussi, continue-t-il.

Il laisse descendre sa main le long de mon ventre. D'une chiquenaude, il déboutonne mon short et glisse la main à l'intérieur. Je devrais avoir l'impression d'être une génisse à une vente aux bestiaux qu'un garçon de ferme solitaire et très en manque vient tripoter. Mais vous n'avez pas oublié ce que j'ai dit concernant ses doigts ? Divinement obscènes. Eh bien, ils le sont toujours.

Il en insinue adroitement deux entre mes grandes lèvres puis en moi. Il les recourbe pour toucher ce petit point sublime et caché jusqu'à ce qu'il m'arrache un gémissement. Puis il les ressort, effleure à petits coups mon clitoris et les enfonce de nouveau en moi. Mes genoux se dérobent.

Il retire prestement sa main.

— Vous allez peut-être devoir changer de short, à présent, dit-il avec son air suffisant.

Puis il enfourne ses doigts dans sa bouche et les lèche minutieusement.

— C'est terminé ? J'ai réussi l'inspection ? demandé-je, troublée par son comportement.

— Oui, répond-il avant de se tourner vers le réfrigérateur. Je dois sortir récupérer quelque chose aujourd'hui, mais j'attends un paquet. Samuel peut signer le reçu, mais comme le contenu est pour vous, ne vous gênez pas pour l'ouvrir.

— Qu'est-ce que c'est ?

— Un cadeau, dit-il d'un ton désinvolte en se servant un verre de lait.

— Vous avez dépensé deux millions de dollars pour moi et vous me faites des cadeaux par-dessus le marché ?

— C'est autant un cadeau pour moi que pour vous.

Il me dépose un baiser sur le front et me claque le cul avant de me laisser plantée là dans la cuisine. Je ne sais absolument pas quel genre de cadeau cela peut être, mais ma curiosité est piquée. Quelle femme n'apprécie pas les cadeaux ?

Je le découvre un peu plus tard. On sonne à la porte – un genre de carillon prétentieux et interminable – et Samuel signe le reçu.

— Tenez, miss Delaine, me dit-il aimablement en me tendant le paquet.

— Je vous en prie, Samuel, appelez-moi Lanie, dis-je en souriant.

Il s'incline respectueusement et s'en va. J'avoue sans honte que j'ai un peu l'impression d'être une gamine un matin de Noël quand je m'agenouille par terre avec ma jupe – oui, je me suis changée – et déballe le paquet. La tâche n'est pas facile non plus. L'expéditeur l'a tellement bien emballé que c'est une vraie forteresse. Il faut même que j'aille chercher un couteau dans la cuisine. Je prends soin de ne pas abîmer le contenu.

Mais j'oublie toutes ces précautions quand je regarde à l'intérieur. « La Petite Boudoir » est imprimé partout sur le papier de soie et il y est joint un mot écrit par nulle autre que Fernanda. Je le déplie et que je sois maudite si son écriture n'est pas aussi belle que sa personne.

Très chère Delaine,
Noah m'a demandé de vous faire livrer ceci. Il les adorera sur vous. Je dois avouer que je suis un peu jalouse. Quel dommage que nous n'ayons pas eu l'occasion de jouer.
Amusez-vous !
Fernanda

Quelle salope !

Et Noah a manifestement perdu la tête s'il se figure qu'il est tout naturel de me faire envoyer ces trucs. J'ai cru qu'il avait compris quand je l'ai planté dans le magasin hier. Il n'imagine tout de même pas que je vais enfiler quoi que ce soit qui puisse lui rappeler cette fille.

Je froisse le mot et le fourre dans ma poche.

Et dans un accès de fureur, je donne un coup de poing au carton. Comme évidemment cela n'apaise pas ma colère, je m'acharne dessus avec le couteau que j'ai encore à la main, jusqu'à en avoir mal au bras. Ce ne sont plus que des lambeaux méconnaissables de dentelle, de soie et de carton, mais je ne suis pas encore tout à fait satisfaite. Je vois toujours le contenu et je sais ce que cela représente.

Je me lève d'un bond, cours à la chambre de Noah et fouille dans ses tiroirs jusqu'à ce que j'aie trouvé ce qu'il me faut : de l'essence à briquet.

Je redescends l'escalier quatre à quatre, prends des allumettes au passage dans la cuisine et sors l'irritant paquet dans l'allée. Je vide dessus le flacon d'essence à briquet jusqu'à la dernière goutte, craque une allumette et la jette sur le tas. Je dois reculer devant la boule de feu qui jaillit.

Oui, je sais que c'est un comportement irrationnel. Une réaction qui frise la psychopathie. Mais nom de Dieu, pas question que je porte ce qu'une de ses putes a choisi sous prétexte qu'elle sait ce qu'il aime. Et je tiens à ce qu'aucun doute ne subsiste dans son esprit sur ce que j'en pense.

Comme on dit, il n'y a pas pire furie qu'une femme bafouée.

Je tourne les talons, laissant le tout se consumer. Ce n'est pas un brasier, mais c'est comme cela que je le vois. Ce doit être tout de même assez impressionnant pour que Samuel sorte sur le perron et regarde le spectacle bouche bée.

— Tout va bien, Lanie? s'inquiète-t-il.

— Oh, oui, parfaitement. Maintenant.

Au moment où je m'apprête à rentrer, j'entends le ronronnement d'un moteur et naturellement, je me retourne pour voir qui nous rend visite. C'est Noah, qui conduit lui-même, d'ailleurs, une petite voiture de sport noire et rutilante qui a dû lui coûter encore plus cher que moi et qui me fait penser à un léopard prêt à fondre sur sa proie.

Il pile net et sort d'un bond, sans même refermer sa portière, pour se diriger à grands pas vers mon petit feu de joie. Il m'interroge du regard.

— Votre cadeau était souillé, dis-je sans m'émouvoir, avant de lever le menton d'un air de défi et de tourner les talons.

Naturellement, il se lance aussitôt à ma poursuite.

— Samuel, prenez un extincteur et occupez-vous de ce feu! ordonne-t-il.

— Laissez cela brûler, réponds-je d'un ton las sans prendre la peine de me retourner.

— Delaine! crie-t-il, sans que je m'arrête pour autant. Delaine! Arrêtez-vous immédiatement, ou je vous jure que je vais vous…

— Me quoi? rétorqué-je en faisant volte-face. (La surprise se peint sur son visage. Les dents serrées, le regard aux abois, je le vois qui essaie vainement de trouver une repartie.) C'est bien ce qu'il me semblait, dis-je en m'apprêtant à monter les marches. Vous savez, il y a quelque chose qui cloche drôlement chez vous, Noah Crawford. Vous saviez que vous m'aviez rendue furieuse quand nous étions à la boutique de votre petite copine. Et malgré cela, pour Dieu sait quelle raison idiote, vous avez cru que ce serait une bonne idée de demander à une femme qui en pince encore pour vous de m'envoyer ce qu'elle avait choisi pour moi. Et vous êtes censé être un magnat des affaires. (J'éclate de rire et je secoue la tête.) Mais c'est débile! Oh, et puis au fait, achevé-je en m'arrêtant en haut des marches. Elle a joint un mot.

Je lui jette le mot chiffonné qui rebondit sur sa poitrine avant de tomber par terre. Il le ramasse prestement et le défroisse pour le lire.

— Oh, pour l'amour du... commence-t-il en soupirant. Delaine, Fernanda est bisexuelle. Elle avait envie de vous voir porter cette lingerie et elle était déçue parce qu'elle espérait que vous et elle...

Il n'achève pas.

— Que nous...?

Il hausse un sourcil vers moi.

Oh. *Ooooh!*

— C'est une plaisanterie! dis-je avec un rire sans joie.

— Eh bien, elle ne l'a pas directement formulé, mais je la connais assez bien pour pouvoir affirmer qu'elle espérait un petit trio.

Lanie prise en sandwich. Je dois avouer que je suis un petit peu flattée. C'est vrai, Fernanda est belle. L'hétéro en moi est un peu curieuse, mais je ne crois pas que je serais capable de franchir le pas. Je suis strictement branchée bite. Point final. Mais Dez ?

— Elle va adorer ça, murmuré-je pour moi-même.

— Quoi ?

— Rien. Ça ne change rien du tout. Vous avez acheté cette lingerie alors que vous saviez que cela me mettait hors de moi. Chapitre clos. Je suis toujours fâchée.

Et sur ce, je tourne les talons et m'en vais. Je l'entends gronder de frustration et je crois qu'il est tellement énervé qu'il serait capable de donner un coup de poing dans le mur.

★ ★ ★

Une heure plus tard, je culpabilise tellement que je décide d'aller faire mes excuses à Noah. En arrivant en bas de l'escalier, j'aperçois un trou de la taille d'un poing dans le mur. Je lève les yeux au ciel devant cette réaction démesurée — mais après tout, ma petite crise de colère avec la lingerie l'était tout autant.

Je sais reconnaître quand j'ai tort.

Il n'est pas dans son bureau ni dans la cuisine. Comme il me semble entendre la télévision dans le salon, je suis le bruit et passe gauchement la tête par l'embrasure.

Noah est étalé dans l'un des fauteuils, sa chemise posée à côté de lui. Je ne l'ai pas vu aussi détendu depuis le jour de notre rencontre. Je me racle la gorge pour l'avertir de ma présence. Il tourne la tête vers moi, et alors que je m'attendais à y lire de la colère, on dirait plutôt qu'il s'attend à ce que je me conduise de nouveau en garce.

— Je suis désolée, dis-je d'une voix étranglée.

S'excuser auprès d'un homme qui vous a achetée comme esclave sexuelle n'est pas particulièrement chose facile. Il soupire et tapote sa cuisse.

— Venez vous asseoir un peu avec moi.

Je viens me percher sur ses genoux, les bras à son cou.

— Je suis désolé aussi, dit-il en passant une main apaisante sur ma cuisse. Je n'ai pas réfléchi. J'ai juste cru que la lingerie vous plairait, et je vous assure que j'avais vraiment envie de vous voir la porter.

— Je suis désolée d'y avoir mis le feu, marmonné-je.

— Mais non. Vous étiez vexée, je comprends pourquoi vous avez fait cela. (Il sourit.) Vous êtes une petite rebelle, vous savez. Ça m'a un peu excité. Surtout quand vous m'avez appelé votre homme.

Bon sang. J'ai fait ça, moi ?

— Eh bien, vous l'êtes pour les deux ans à venir. (Je tourne mon attention vers la télévision, où passe une série où il est question de vampires, et je m'efforce de ne pas trop avoir l'air d'une gamine.) J'adore cette série. Avec les vampires, il y a toujours un côté sexy et interdit.

— Ah bon? demande-t-il en riant. Qu'est-ce qu'ils ont de si sexy?

Je me retourne vers l'écran où le vampire est en train de baiser en accéléré une fille écartelée sur une croix de Saint-André.

— La voilà, la raison, dis-je en désignant l'écran.

Je suis de plus en plus excitée en voyant le cul nu du vampire et la vitesse à laquelle il défonce la pauvre fille, mais elle n'a pas l'air de se plaindre.

— Je savais que je ne m'étais pas trompé vous concernant. Vous aimez vraiment les trucs un peu hard, hein? demande-t-il d'une voix sourde tout en remontant la main le long de ma cuisse et en frôlant ma poitrine de la bouche. (À travers l'étoffe, il saisit mon téton entre ses dents et le titille légèrement.) Mmm? Vous voulez que je vous fasse ça? continue-t-il en le taquinant du bout du nez. Que je vous écartèle avant de défoncer votre magnifique chatte?

Oui, s'il vous plaît.

— Je peux le faire, Delaine. Je peux vous baiser comme ça.

Je prends une profonde respiration, tremblante, et il me regarde sous ses longs cils.

— Remontez votre chemisier, ma chérie, dit-il de sa voix rauque.

Je me redresse, intéressée.

Lentement, je fais ce qu'il me demande, et pour une fois, je n'y mets pas la moindre mauvaise volonté. Il pousse ce gémissement qui me fait frissonner et fondre et referme les lèvres sur le bout de mon sein tout en laissant glisser sa main vers mon sexe. Lentement, sa langue fait le tour du téton durci avant de le frôler des dents. Il laisse échapper un soupir de contentement et je sens son haleine brûlante sur ma peau. Il referme de nouveau les lèvres sur mon aréole et la suçote en tirant légèrement dessus. Puis, avec une longue aspiration, il recule, étirant mon sein avant de le lâcher.

Avec tout cela, entre mes cuisses, ce sont les chutes du Niagara. Noah dépose des baisers sensuels tout le long de ma mâchoire en remontant vers mon oreille.

— J'ai quelque chose pour vous, murmure-t-il. Je vous assure, s'empresse-t-il d'expliquer en me voyant reculer et me renfrogner. Je l'ai choisi exprès pour vous. Et je n'ai jamais rien offert de semblable à aucune autre femme.

— OK... dis-je avec circonspection.

Il prend à côté de lui une boîte noire fermée par un mince ruban rouge et la pose sur ma cuisse.

— Ouvrez-la, dit-il en voyant que je me contente de la regarder.

Je pousse un long soupir et tire sur l'extrémité du ruban. Puis je soulève le couvercle et reste bouche bée. C'est un bracelet en argent dont le médaillon central est décoré d'un cerf incrusté de diamants. Juste dessous est gravé son nom, Crawford, incrusté d'autres diamants scintillants plus minuscules encore. C'est splendide.

Il me le prend des mains et l'attache à mon poignet droit.

— C'est le blason de la famille, explique-t-il avec désinvolture. Je ne suis pas un vrai dominateur, et même si vous feriez probablement une remarquable soumise, avec énormément de discipline, bien sûr, vous ne l'êtes pas. Mais grâce à ce bijou, tout le monde saura que vous m'appartenez. Je veux que vous le portiez en permanence.

— C'est trop, dis-je en secouant la tête.

— Être ma compagne implique un certain style de vie, Delaine. Même si nous savons vous et moi que c'est un contrat, tout le monde l'ignore. Il est logique que vous portiez ce genre de bijou. En plus, je trouve qu'il est terriblement sexy sur vous.

Je hoche la tête avec réticence.

— Regardez au fond, ajoute-t-il en désignant la boîte. Ce n'est pas tout.

Je plonge la main à l'intérieur et tire sur une petite étiquette en satin en essayant de deviner ce qu'il pourrait y avoir de plus. Oh, mon Dieu!

J'ai déjà vu ce genre d'objet : Dez m'a traînée à bien plus de soirées «amusantes» qu'il n'est raisonnable. Franchement, je n'ai pas compris pourquoi on en faisait tout un plat. Mais là, je me retrouve devant une énorme boule en argent. Elle aussi est ornée du blason des Crawford, mais Dieu merci, il n'y a pas de diamants. Et c'est alors que la lumière se fait. Il paraît que les diamants sont les meilleurs amis d'une femme, mais la boule en argent, ce n'est pas mal non plus dans cette catégorie.

— Le bracelet est fait pour que tout le monde sache que vous m'appartenez, commence-t-il à m'expliquer en me prenant le vibromasseur des mains. Et ceci est fait... pour que vous m'apparteniez dans les faits.

Il l'allume et glisse sa main entre mes cuisses pour appuyer la boule sur mon clitoris.

— Oh, mon Dieu... m'écrié-je en baissant la tête.

— Allons, ce n'est pas la réaction que j'escomptais, me chuchote-t-il à l'oreille. Ce n'est pas la première fois que nous abordons le sujet, Delaine. Ce petit jouet est censé vous rappeler à qui vous appartenez. Alors, dites-moi, Delaine, qui est cette personne, alors ?

Il recule la boule de façon à ce qu'elle frôle simplement le petit bouton hypersensible, puis il commence à décrire des cercles avec une lenteur insoutenable.

Tu es à lui! Dis son prénom! Dis-lui tout ce qu'il veut du moment que tu en auras encore! hurlé-je en mon for intérieur.

— S'il vous plaît... Noah, gémis-je en me cambrant pour me rapprocher.

Il empoigne ma hanche de la main qui m'enserre la taille et me force à me baisser.

— S'il vous plaît quoi ? me taquine-t-il.

Cet arrogant salaud me demande de dire son nom et j'ai obéi, et il continue de me titiller ?

— Encore. Continuez, le supplié-je dans un gémissement pitoyable.

— Encore quoi ? Ceci ? demande-t-il en appuyant la boule pour me donner ce que je réclame.

— Oh, mon Dieu, oui.

Je m'aperçois un peu tard de mon erreur. Noah enlève de nouveau la boule et me fait la grimace.

— Essayons encore. D'ailleurs, formulons une nouvelle règle. Chaque fois que vous éprouvez le besoin de dire « mon Dieu », dites mon prénom à la place. Et je vous garantis que vous allez adorer cette version du paradis.

Il appuie de nouveau la boule sur mon clitoris, puis il la glisse rapidement entre mes grandes lèvres avant de l'enfoncer en moi.

— Oh… Noah ! m'écrié-je.

— Très bien, Delaine. Vous apprenez vite, approuve-t-il avant de me récompenser en prenant de nouveau mon téton dans sa bouche et de l'embrasser énergiquement tout en faisant rouler la boule en moi.

Je ne sais pas sur quelle sensation me concentrer et je ne sais même pas pourquoi j'essaie de les différencier. Oh, Noah… c'est l'extase.

Et puis tout cesse. Plus de boule, de téton, rien. Je le regarde comme s'il était fou. Et je m'aperçois que la petite boule Crawford est retournée dans sa boîte posée sur la table.

— Vous n'avez pas mal ? demande-t-il.
Je lui jette le même regard stupéfait.
— Sûrement pas ! m'exclamé-je.

Il s'extirpe de sous mes cuisses et se lève, me faisant retomber lourdement sur le fauteuil. Je m'apprête à protester quand il s'agenouille devant moi et m'écarte les genoux. Tout en baissant la tête pour s'emparer de ma bouche, ses mains retroussent ma jupe. Je m'empresse de soulever les hanches pour l'aider, même si je ne comprends pas pourquoi il ne me l'arrache pas carrément. Mais c'est quand même sexy. Il y a quelque chose d'intensément érotique à se laisser tellement emporter par le feu de l'action que l'on n'a même pas envie de prendre le temps de se déshabiller complètement.

Noah ne me déçoit pas. J'entends le cliquetis de sa ceinture, puis il se redresse, déboutonne son jean, passe les bras sous mes genoux et me tire en avant si bien que mes fesses sont seulement au bord du siège.

— J'ai trop envie de vous, dit-il d'une voix tendue en sortant son sexe de sa cachette. Et je refuse d'attendre plus longtemps. Donnez-moi ce qui me revient, ordonne-t-il.

— Prenez-le, le défié-je.

Je ne cherche pas vraiment à lui rendre la vie difficile. Il le sait aussi bien que moi. C'est simplement ainsi que cela se passe. Nous nous défions, puis nous savourons le sentiment possessif que nous éprouvons l'un comme l'autre. Je voudrais bien le nier, mais je ne peux pas. C'est un plaisir coupable dont nous

nous repaissons, un plaisir brut, bestial, sauvage. Le suçon que je lui ai fait a servi à le lui rappeler haut et fort. Je caresse la marque de la main en le regardant droit dans les yeux. Il sait quel message j'essaie de lui transmettre. À moi...

Noah laisse échapper un rugissement de fauve et se jette sur ma bouche dans un baiser passionné et brutal. J'empoigne ses cheveux en lui donnant tout ce que j'ai en moi, car celle qui veut donner la réplique à Noah Crawford a intérêt à sortir le grand jeu. Il ne prend même pas la peine de baisser son pantalon avant de se placer bien en face de moi et de me pénétrer lentement.

— Bon Dieu, chérie, siffle-t-il entre ses dents. Tu es tellement serrée.

Une fois qu'il est entièrement en moi – et croyez-moi, ce n'est pas un mince exploit – il passe les bras sous mes genoux et les écarte le plus possible.

— Oh, Noah, gémis-je en continuant le petit jeu sur son prénom. Oui... oui...

Il se penche de manière à pouvoir agripper l'extrémité des accoudoirs pour se soutenir. Tout en me maintenant les jambes en place, il se baisse pour me pénétrer plus encore.

— Je vais vous défoncer, Delaine, me prévient-il, le visage collé au mien. (Nos haleines se mêlent et je redresse le menton pour l'embrasser, mais il se dérobe. Ses lèvres frôlent les miennes tandis qu'il poursuit son délicieux supplice.) Si je vous fais mal, dites-le moi et j'arrêterai peut-être.

— Allez-y à fond, dis-je avant de hausser brusquement le menton et de mordre sa lèvre.

Noah pousse un grondement et écrase sa bouche sur la mienne. Je sens la légère saveur du sang et je sais que c'est le sien. Cela me rend tellement folle de désir que je tète sa lèvre, le provoquant plus encore. Il se dégage rapidement de moi, puis il me pénètre à nouveau un peu plus lentement, mais cela suffit à me faire oublier sa lèvre. Je renverse la tête en arrière et me cambre tandis qu'il recommence son manège.

Quand je le regarde à nouveau, je vois l'entaille et le filet de sang sur sa bouche. Je lèche ma lèvre, cherchant à retrouver son goût. C'est malsain, je sais, mais si vous aviez déjà goûté à Noah Crawford, vous sauriez pourquoi j'en réclame encore.

— C'est moi qui suis censé être le vampire, Delaine. Pas vous, me rappelle-t-il en accélérant le rythme et l'intensité de ses va-et-vient.

Je l'empoigne par les cheveux avant qu'il ait le temps de se dérober et de me refuser ce que je désire. Je tire de toutes mes forces jusqu'à ce qu'il se soumette enfin et me laisse lui imposer un baiser. Je fonds sur le sang qui s'accumule sur sa lèvre et le recueille du bout de la langue. Sans ralentir, Noah capture la goutte écarlate avec la sienne avant que j'aie pu la savourer. C'est à celui qui dominera ce baiser et conservera ce sang et cette lutte est tellement érotique que je me cambre et gémis.

Il brise ce baiser, baisse les yeux vers l'endroit où nous sommes joints et je suis son regard. Son jean est encore en haut de ses cuisses. L'explosion qui menace au creux de mon ventre est de plus en plus imminente avec l'image de sa bite qui va et vient en moi. Mais bon sang, il va tellement vite alors que je voudrais que cette sensation ne cesse jamais. Comme s'il avait lu mes pensées, il ralentit. Je le vois se lécher les lèvres alors que la sueur mouille son torse et le mien.

— C'est magnifique, n'est-ce pas ? demande-t-il en me scrutant. (Je baisse les yeux entre mes cuisses et je suis immédiatement captivée par ce spectacle.) Ma bite qui défonce votre belle petite chatte serrée et ruisselante. Je vais jouir sur votre petit minou, Delaine.

Il respire un bon coup et ses coups de boutoir redoublent d'ardeur. Pas tout à fait comme le vampire à la télévision, mais pas bien loin. Oui, j'ai un peu mal, mais je m'en fiche totalement. Il me fait l'un de ses petits sourires de travers et fond sur moi en retroussant les babines. Je sens ses dents qui frôlent ma jugulaire, puis il me fait un suçon. L'illusion qu'il suscite, celle du vampire qui dévore sa maîtresse dans le feu de la passion, est telle que je suis soulevée et projetée dans un océan de béatitude orgasmique. Il me baise avec tant d'ardeur que j'en ai le souffle coupé – je crois que je ne respire même plus. Bouche ouverte, les yeux révulsés, les reins cambrés, j'enfonce les ongles dans son dos pour le maintenir en moi.

Il ralentit et fait ce truc incroyable en roulant des hanches à chaque fois, frottant délicieusement mon clitoris. Pendant tout ce temps, il a la tête enfouie dans mon cou, et ses grognements vibrent jusqu'à ma chatte. Je suis secouée de convulsions, mais il continue. Il finit par libérer mon cou en baissant les yeux sur moi avec un sourire diabolique.

— À moi.

Ses va-et-vient sont de plus en plus fébriles. À chaque coup, sa peau claque contre la mienne. Je me rends compte que je suis poussée dans le fond du siège, mais cela n'a pas d'importance. Je me resserre sur lui alors qu'une nouvelle vague m'emporte sur cet océan d'orgasmes.

— Bon sang! murmure-t-il.

Au même instant, il lâche ma jambe gauche et retire sa bite juste avant que son sperme jaillisse en giclées brûlantes et épaisses sur la peau délicate de ma chatte, et je le regarde, fascinée, se caresser sur toute sa longueur. Il renverse la tête en arrière tandis qu'un long gémissement sourd résonne dans sa poitrine qui se soulève.

J'ai envie qu'il me baise encore, rien que pour revoir ce moment.

Une fois qu'il s'est vidé, il se redresse et plonge son regard dans le mien. Ses pectoraux se gonflent tandis qu'il reprend son souffle en de longues inspirations, puis il se penche pour me donner un long et délicat baiser.

— Ça va, chaton? demande-t-il en prenant ma joue dans sa main et en caressant du pouce ma lèvre enflée.

J'embrasse son doigt et je suis à peine capable d'acquiescer mollement. Il se relève et remonte son pantalon juste assez haut pour qu'il ne lui glisse pas jusqu'aux chevilles. Quand il se retourne pour aller vers le bar, les deux fossettes au creux de ses reins me font comme un sourire. Il disparaît derrière le bar pendant que je rabaisse mon chemisier. Quelques secondes plus tard, il revient avec une serviette humide.

— C'est l'un des avantages à avoir un bar muni d'un évier dans le salon, dit-il avec amusement tout en essuyant délicatement le sperme répandu sur mon entrejambe. Vous avez mal? demande-t-il avant de retourner vers le bar.

— Enfin, Noah! m'indigné-je en rabaissant ma jupe. J'apprécie votre sollicitude, mais... (Je n'achève pas en voyant son expression. Il espérait que j'aurais mal.) Oui, Noah, concédé-je. Vous m'avez sérieusement dérouillée. Je ne vais pas pouvoir marcher pendant des jours.

C'est vrai, j'ai mal aux jambes et à la chatte, même si j'éprouve une satisfaction béate. Un énorme sourire satisfait se peint sur ses lèvres, et je sais que je l'ai caressé dans le sens du poil.

— Vous savez quoi, Noah? commencé-je.

— Oui?

— Tous ces vampires de télévision ultrasexy, avec leur petits culs serrés, leurs coiffures dans le vent et leur belle gueule qui vous déclenche un orgasme au premier regard? (Il hausse un sourcil réprobateur.) Ils ne vous arrivent pas à la cheville. Vous êtes largement plus sexy et excitant, et même si je n'ai jamais vu ce qu'ils ont entre les jambes, j'ai du mal à imaginer qu'ils puissent être mieux montés que vous. Vous êtes une perle, chéri.

Il éclate de rire et se mord la lèvre.

— Oh! fait-il modestement. Vous ne dites cela que parce que c'est vrai.

— Ce que vous pouvez être prétentieux, dis-je en riant et en lorgnant toujours ses fesses.

— Arrêtez de me mater. Vous savez que votre obsession pour mon cul frôle le malsain.

Il m'attrape par les deux mains et me hisse debout devant lui. Je me pends à son cou pendant qu'il me prend par la taille. Je me hausse sur la pointe des pieds et l'embrasse doucement. Comme sa lèvre ne saigne plus, et qu'il ne fait pas une grimace de douleur, je passe la langue dessus pour qu'il entrouvre la bouche. Il se laisse faire, nos langues s'enlacent et c'est le baiser le plus suave auquel j'ai droit depuis mon arrivée.

Finalement, notre petit arrangement professionnel n'est peut-être pas aussi mauvais que cela.

9

Ça sent le bacon !

Lanie

Je m'appelle Lanie Talbot et je suis… accro au cul.
Pour ma défense, le cul de Noah est fabuleux. Rond, ferme et rebondi. Il y a deux petites fossettes juste au bas de ses reins, puis une pente lisse qui s'arrondit somptueusement pour former deux fesses musclées qui se creusent à chaque mouvement. Ajoutez à cela une peau d'une appétissante couleur crème et vous aurez une idée de son divin fessier.

C'est le matin et Noah est allongé à plat ventre alors que je suis sur le flanc à côté de lui. Il dort encore et je contemple toute cette glorieuse nudité. Il a rejeté les couvertures en s'agitant dans la nuit et quand je me réveille, je suis immédiatement accueillie par le spectacle splendide de son magnifique et sublime corps. Et même si j'adore sa manière de porter les vêtements, nu, c'est encore mieux.

Je regarde son dos se soulever et retomber à chaque respiration. Chaque muscle est dessiné et mes doigts me démangent, tellement j'ai envie de les caresser. Son visage est tourné vers moi, et je suis émerveillée par la longueur de ses épais cils noirs. Comme il ne s'est pas rasé durant le week-end, une jolie barbe de deux jours ombre sa mâchoire carrée. J'apprécie assez et je me promets de trouver un moyen de le convaincre de la garder ainsi plus souvent, même si c'est mal vu dans le monde de l'entreprise. Sa bouche fait une petite moue et sa lèvre inférieure porte une minuscule marque, souvenir de notre séance de la veille, où il a plus qu'assouvi mon petit fantasme vampirique.

Un sourire se peint sur mon visage tandis que je prends son visage dans ma main. Alors que je passe délicatement mon pouce sur cette lèvre, il gémit doucement, puis il s'étire. Je ne devrais sûrement pas le réveiller avant que le réveil sonne, mais je n'ai pas pu m'en empêcher. Des lèvres comme celles-là sont faites pour être touchées.

Il ouvre les yeux et son regard croise immédiatement le mien ; ce sont des puits tourbillonnants de vert, brun, ambre et bleu si profonds que je ne peux que m'y noyer.

— Bonjour, dit-il d'une voix rauque avant de m'embrasser le pouce.

— Pardon. Je ne voulais pas vous réveiller, mens-je en retirant ma main.

— Ce n'est pas grave. Quelle heure est-il ? (Il se soulève sur un coude et regarde le réveil sur sa table de chevet. Il pousse un gémissement en voyant l'heure et se laisse retomber dans le lit.) Merde. Il faut que je me lève et que j'aille travailler, soupire-t-il en se passant les mains sur le visage.

— Vous voulez que je vous prépare le petit déjeuner ?

Il écarte ses mains et me regarde, surpris.

— Vous savez faire la cuisine ?

Je ris. Apparemment, je me laisse attendrir.

— Oui, Noah. Nous autres gens du peuple, nous sommes obligés de faire cela nous-mêmes, à moins de vouloir mourir de faim.

— Vous savez préparer des œufs au bacon ? demande-t-il avec une adorable expression pleine d'espoir.

— Bien sûr, dis-je en levant les yeux au ciel. Comment voulez-vous vos œufs ?

— Blanc pris, jaune coulant ?

— Je peux faire ça, Noah. Je peux vous le faire comme ça, dis-je en imitant ce qu'il m'a dit hier soir.

C'est à croire que je lui propose la même chose que ce qu'il m'a donné, car je jure que cela le fait bander.

— Génial ! Je vais prendre une douche et m'habiller.

Il saute du lit en un clin d'œil et je le regarde s'éloigner songeuse. Oui, je mate toujours ce chef-d'œuvre qu'est son cul.

Je me lève à mon tour et enfile un short et un débardeur. Cela suffira le temps que j'aille prendre ma douche. Une fois en bas, je saisis une des poêles accrochées au-dessus de l'îlot central de la cuisine et la pose sur la cuisinière. Ah, la cuisinière, laissez-moi vous en parler. Même un chef professionnel ne saurait pas par où commencer. Il y a des boutons et des molettes à n'en plus finir et je n'ai pas la moindre idée de ce que je suis censée faire. Du coup, comme avec sa télécommande universelle, j'appuie sur tout ce que je trouve. Brièvement, je me rappelle avec inquiétude ce qui s'est passé l'autre jour et je frémis, mais je suis soulagée quand j'appuie sur le bon bouton dès le deuxième essai. Et le premier? On va éviter le sujet. Mes sourcils sont encore relativement intacts et il n'y a qu'une légère odeur de brûlé qui flotte dans l'air.

Je gagne le réfrigérateur d'un pas dansant et je dois fouiller un peu avant de trouver ce que je cherche — imaginez donc cela: du bacon tranché main. Mmm. Apparemment, Noah Crawford n'achète pas son bacon au supermarché, mais chez le boucher. Je secoue la tête devant cette absurdité et prends les œufs. Puis après m'être soigneusement lavé les mains, je me lance.

Le bacon est encore dans la poêle et je m'apprête à le retourner quand le bras de Noah m'entoure la taille par derrière. Je sens sa main frôler mon épaule et écarter mes cheveux pour découvrir mon cou. Instinctivement, j'incline la tête sur le côté pour le lui offrir et je tressaille dans ses bras quand le bout de son nez caresse mon cou qu'il respire.

Noah

— Mon Dieu, comme ça sent bon ! lui chuchoté-je à l'oreille. Et votre plat ne sent pas mauvais non plus.

Il sent foutrement bon, oui, mais la voir devant ma cuisinière en train de me préparer le petit déjeuner me donne envie de la savourer encore un peu plus. Je gobe le lobe de son oreille et le titille de la langue pendant que mes mains commencent à s'égarer sur sa peau soyeuse.

— Noah, j'essaie de cuisiner, dit-elle avec un gloussement qui me fait vibrer la bite.

— Alors faites donc.

Je passe la main sous son débardeur et je joue avec la ceinture de son short. Je sens son pouls s'accélérer sous ma langue alors que je sème des baisers sur la chair tendre de son cou.

— Vous feriez mieux d'arrêter, sauf si vous aimez le bacon brûlé. Cela me fait perdre la tête.

— Ne brûlez pas mon bacon, Delaine.

J'ai pris un ton séducteur, mais exigeant, exactement celui que je sais qu'elle apprécie secrètement. Je glisse ma main dans son short et la pose sur sa magnifique chatte. Elle étouffe un cri et essaie de se retourner pour me regarder, mais je l'immobilise fermement.

— Non, non, Delaine, vous devez surveiller la poêle, lui rappelé-je. Car si vous brûlez mon bacon, je vais devoir vous punir.

Elle me fait un petit sourire enjôleur. Oui, elle a envie d'être punie presque autant que moi de la châtier. Mon Dieu, ce que je peux aimer nos petits jeux.

J'écarte ses grandes lèvres et fais glisser mes longs doigts entre ses chairs déjà ruisselantes. J'adore voir combien elle est réceptive à mon contact. Je m'appuie de tout mon corps contre son dos pour lui en donner davantage. Je sais qu'elle sent ma bite qui durcit contre elle et je sais qu'elle adore ça autant que moi. Je continue mes assauts sur son cou en laissant mon autre main remonter jusqu'à son téton dressé. Et lorsque je le pince légèrement, elle se cambre et presse son cul contre ma bite.

— Noah...

— Chut... le bacon, chuchoté-je à son oreille.

J'ai envie de jouer avec elle, de voir si elle peut faire plusieurs choses en même temps. Je retire doucement mes mains et fais glisser son short le long de ses cuisses.

— Qu'est-ce que vous...

Je réponds à sa question en lui écartant les jambes et en glissant deux doigts en elle par derrière. Tandis que je la travaille d'une main, de l'autre, je déboucle rapidement mon pantalon et libère ma bite. Je suis parfaitement conscient que je vais probablement associer pour toujours l'odeur du bacon avec ce qui va suivre. Et tout comme le chien de Pavlov, je risque d'avoir une trique d'enfer chaque fois que j'en sentirai quelque part. Mais c'est un risque que je suis disposé à prendre.

— Et mes œufs ? demandé-je en faisant aller et venir mes doigts en elle. Allons, Delaine, je meurs de faim.

Ses mains tremblantes se saisissent de deux œufs et en cassent un contre l'autre. Elle compte jouer. J'adore voir combien elle est aventureuse.

Je ressors mes doigts pendant qu'elle verse un œuf dans la poêle. Elle casse l'autre sur le rebord pendant que j'attire contre moi ses hanches et m'appuie sur ses reins pour qu'elle les cambre.

— Ne brisez pas le jaune, l'avertis-je tout en m'enfonçant en elle au moment où elle dépose l'œuf dans la poêle.

Elle tressaute et manque de le casser, mais elle se ressaisit joliment et réussit à garder le jaune intact.

Baiser Delaine est incroyable. Au cours de toutes mes précédentes aventures, jamais je n'ai rencontré de chatte aussi suave que la sienne. Sa chair brûlante et soyeuse enserre ma bite plus fermement que toute autre. Elle m'attire en elle et me presse jalousement comme si elle ne voulait plus me laisser partir. J'en suis esclave, ce qui est ironique, étant donné que je suis censé être son maître. Elle joue bien son rôle, ne vous y trompez pas, mais cette petite chatte me possède. Et cela ne me gêne absolument pas. Je plie légèrement les genoux et la maintiens en place pendant que je commence de lents va-et-vient. C'est tellement agréable de la sentir autour de ma bite que je me demande si j'en aurai jamais assez. Quand elle tourne la tête et regarde par-dessus son épaule en se mordant la lèvre, je sais que non, je n'en aurai jamais assez.

Je l'empoigne par les cheveux et tire, la forçant à se cambrer encore jusqu'à ce que son adorable petite bouche soit à ma portée. Je m'en empare dans un baiser brûlant et elle gémit contre mes lèvres.

— N'est-ce pas le bacon qui brûle, cette odeur? demandé-je tout contre sa bouche.

Elle se retourne et remue le bacon d'une main tremblante. Je la tiens toujours par les cheveux et par la hanche, tout en accélérant et renforçant mes coups de boutoir. Ses petites fesses parfaites tremblent à chaque fois qu'elles cognent contre mes hanches et je n'arrive plus à les quitter des yeux. Comme je veux voir le trésor caché entre ces deux globes célestes, je lui empoigne les hanches à deux mains et lui écarte les fesses avec les pouces. Je pousse un gémissement en voyant le jardin des plaisirs interdits qui se révèle à moi. Son œillet serré m'aguiche et je sens ma bite qui durcit encore plus, comme si c'était encore possible.

— Putain, chérie, gémis-je. Tu as un cul magnifique. J'ai hâte d'y fourrer ma bite. (Je la sens qui se raidit. Elle se retourne à nouveau.) Pas tout de suite, Delaine, mais bientôt, lui assuré-je. Faites-moi confiance, je commence à vous connaître, vous allez adorer.

Je passe le pouce sur son trou et appuie jusqu'à ce qu'il glisse à l'intérieur. Elle pousse un cri et je sens les parois de sa chatte se resserrer sur ma bite. Je sens la pulsation de son orgasme alors que sa tête retombe en avant et qu'elle se cramponne de toutes ses forces au comptoir, et qu'un gémissement monte en elle, de plus en plus fort.

— Oui, chérie. Putain, c'est juste un petit échantillon de ce que cela va vous faire.

Je me mords la lèvre et l'empoigne par les hanches, tout en bourrant sa bonne petite chatte pour décupler son plaisir. Mes couilles se serrent et une incroyable sensation d'euphorie se répand dans mon corps avant d'exploser comme un feu d'artifice. Je me cramponne de plus en plus fort à ses hanches.

Un long rugissement bestial s'échappe de ma poitrine quand Delaine ondule des hanches et les arc-boute contre moi jusqu'à ce que je sois totalement vidé. Je la lâche et pose les mains de part et d'autre de son corps sur le comptoir, puis je m'appuie contre elle pour la garder prisonnière. Je baisse la tête tout en sortant ma bite, haletant contre son épaule. À mesure que je reprends mon souffle, je parviens à déposer çà et là quelques chastes baisers, parce que je ne suis toujours pas rassasié d'elle, mais aussi pour la remercier.

Regardez-moi donc. Je remercie une femme qui est forcée de baiser avec moi, de faire justement cela. Mais c'est toujours mieux que rien, non ?

— Noah ? fait-elle, brisant le silence. Je crois que j'ai laissé brûler le bacon.

Je relève la tête et jette un coup d'œil à la poêle. Effectivement, le bacon ressemble à du charbon, l'œuf semble caoutchouteux et le jaune cassé. J'éclate de rire en l'étreignant.

— Ce n'est pas grave, ma chérie. Je n'avais pas si faim que ça, de toute façon.

— Mais... Vous allez tout de même me punir, n'est-ce pas?

Mon Dieu, mais elle a vraiment l'air de l'espérer.

— Oh, que oui.

★ ★ ★

À midi, je me retrouve à mon bureau, incapable de me concentrer sur quoi que ce soit, parce que je ne peux pas m'empêcher de penser à elle. Mason me regarde d'un drôle d'air depuis le début de la journée et cela commence à m'énerver. On frappe à la porte, puis Mason entre d'un pas guilleret.

— Quatre tranches de bacon, deux œufs au plat coulants et du pain grillé, dit-il en haussant le sourcil et en posant un carton de plat à emporter devant moi. On prend le petit déjeuner en guise de déjeuner?

— Qu'est-ce que vous voulez que je vous dise? J'ai eu une envie subite, réponds-je avec désinvolture.

— Vous avez de la chance que le petit café du coin de la rue serve le petit déjeuner vingt-quatre heures sur vingt-quatre, renchérit Polly en arrivant à son tour.

Je jette à Mason un regard interrogateur.

— Elle était en route, alors je lui ai demandé de prendre votre petit déjeuner. Vous dites toujours que je devrais apprendre à déléguer, répond-il.

— Dis donc ! fait mine de s'indigner Polly en lui donnant une petite tape. On ne délègue pas à sa femme, imbécile.

— Oui, eh bien, si vous alliez vous disputer ailleurs, pour que je puisse déjeuner en paix ? demandé-je en soulevant le couvercle de la boîte.

L'odeur du bacon me rappelle immédiatement le souvenir de ce matin, et hélas, ma braguette se gonfle. Je sens presque sa chair moite et brûlante qui me serrait la bite quand j'étais en elle. Bon sang, ce que Delaine me manque.

— En fait, il y a quelque chose dont je veux vous parler, dit Polly en me tirant de ma rêverie.

— Ça ne peut pas attendre ? protestai-je en désignant mon déjeuner. Ça risque de ne pas être très bon froid.

— Non, ça ne peut pas, dit-elle en s'asseyant. Allez-y, mangez, ça ne me dérange pas.

Et comme je sais qu'elle ferait les cent pas devant ma porte en jetant un œil toutes les cinq minutes pour voir si j'ai terminé, je cède. Polly est parfois un peu pénible quand elle veut quelque chose.

— D'accord, qu'y a-t-il de si important ?

Mason se racle la gorge et s'apprête à repartir.

— Je serai à mon bureau si vous avez besoin de moi.

Je vois l'appréhension sur son visage, et je devine que je ne vais pas apprécier ce qu'elle a à me dire. Comme je l'ai déjà indiqué, Polly est le contraire de Mason. Il sait quand il faut battre en retraite, alors qu'elle, elle insiste jusqu'à ce qu'elle obtienne satisfaction. Je prends un morceau de bacon et le grignote en attendant qu'elle commence.

— J'ai fait vos comptes ce week-end et je suis tombée sur une plutôt grosse somme qui a été virée de votre compte personnel dans une banque de Hillsboro, Illinois, commence-t-elle d'un ton interrogateur.

— Et? dis-je en m'attaquant aux œufs, qui manquent de sel à mon goût.

— Deux millions de dollars? Noah, je sais que ce n'est pas à moi de demander, mais que se passe-t-il?

— Vous avez raison, cette question est déplacée.

J'ai brusquement perdu mon appétit. Je savais qu'elle verrait la transaction, mais jusque-là, elle ne m'a encore jamais posé de questions sur mes dépenses inconsidérées. En même temps, la dernière fois que j'ai claqué une somme du même ordre, c'était pour ma Hennessy Venom GT Spyder.

— Est-ce quelque chose d'illégal? demande Polly d'un air soupçonneux.

— Polly, je vous préviens, n'insistez pas, dis-je d'un ton menaçant. À ma connaissance, je suis le patron et vous mon employée. Alors ne venez pas ici m'interroger sur quelque chose qui ne vous regarde absolument pas.

— Vous ne me faites pas peur, Noah Patrick Crawford, dit-elle en se levant et en agitant l'index. Il y a anguille sous roche et je ne sais pas encore quoi, mais vous savez que je continuerai de fouiner tant que je ne l'aurai pas découvert. Et ne croyez pas que je n'ai pas remarqué que la transaction a eu lieu comme par hasard au moment où cette Lanie a fait son apparition.

Elle m'énerve. Je sens la veine qui gonfle sur ma tempe.

— Delaine, la corrigé-je.

— Non, elle m'a demandé de l'appeler Lanie. Je crois qu'elle préfère ce diminutif à son prénom, mais vous devriez le savoir, étant donné que vous êtes tellement amoureux tous les deux, dit-elle en croisant les bras. Qu'est-ce que c'est que cette histoire entre vous, parce que je ne crois pas un seul instant à votre « nous nous sommes rencontrés à un spectacle de travestis à Los Angeles et nous sommes tombés amoureux ». Je sais que vous adorez des tas de choses, mais pas les mecs.

Je hausse les sourcils et manque de m'étrangler.

— Elle vous a dit que nous nous étions rencontrés à un spectacle de travestis ?

C'est effectivement le genre de chose que Delaine pourrait dire. Cela ne me surprend pas particulièrement. En fait, c'est même assez drôle. C'est à cet instant que me vient l'idée de leur river leur clou à toutes les deux. Polly pour fouiner alors qu'elle devrait s'occuper de ses affaires, et Delaine pour avoir inventé cette histoire.

— Vous a-t-elle dit qu'elle a un pénis ?

— Nooon ? s'exclame Polly avant de se ressaisir aussitôt. Attendez, reprend-elle en plissant les paupières. Je l'ai vue toute nue. Et elle n'a absolument pas de pénis.

— Plus maintenant, ajouté-je. À quoi vous pensez qu'a servi l'argent versé sur le compte ?

Je vois quasiment les rouages qui tournent dans son crâne le temps qu'elle digère ce que je viens de dire.

— Oh, mon Dieu ! Lanie a changé de sexe ?

— Je ne vois pas pour quelle raison il faudrait en faire toute une histoire. Elle s'appelait Paul. Elle est tout à fait convaincante, à présent, non ?

— Mais vous n'êtes pas branché par les hommes.

— Ce n'est plus un homme… maintenant. (Je passe les mains derrière ma tête et me renverse en arrière.) D'autres questions ?

Polly fixe un point lointain, perdue et stupéfaite, puis elle secoue la tête. Elle s'apprête à partir à son tour, mais je la hèle et elle se retourne.

— Au fait, Polly, dis-je. Cela doit rester notre petit secret. Vous ne pouvez le dire à personne, surtout pas à Delaine. Elle est très susceptible sur ce sujet et elle veut être acceptée comme la femme qu'elle a toujours senti être au fond d'elle-même.

— Oh, oui, bien sûr, pas de problème, opine-t-elle énergiquement comme si cela allait de soi avant de s'éclipser.

Je suis très content de moi pour avoir réagi aussi vite. Quand Delaine va découvrir le tour que je lui ai joué, elle va être folle furieuse. Et pour moi, cela impliquera une nouvelle petite escapade sexuelle. Là, je vais toucher le gros lot.

Je l'arrête de nouveau.

— Une dernière chose. Je me suis fichu de vous.

— Concernant quoi ?

— Tout, Polly. J'ai tout inventé. Delaine n'a jamais été un homme et elle n'a jamais eu de pénis, dis-je en riant. Mais, mon Dieu, si seulement vous aviez vu la tête que vous faisiez !

— Oh ! Noah Patrick Crawford ! grince-t-elle en revenant vers moi à grandes enjambées. Je devrais vous donner une bonne correction.

Et elle me flanque une petite calotte sur l'arrière du crâne.

— Aïe ! dis-je en riant et en esquivant les autres.

— Je vais lui raconter cela ! menace-t-elle en reculant.

C'est précisément ce que j'espère.

— Vous savez, ça ne me surprend pas qu'elle vous ait dit que nous nous étions rencontrés à un spectacle de travestis. Elle a un très curieux sens de l'humour. On ne sait jamais si ce qu'elle dit est vrai ou si elle se fiche de vous, expliqué-je. C'est l'une des nombreuses choses que j'adore chez elle. Mais en réalité, nous nous sommes rencontrés à un séminaire.

Le pire, c'est que presque tout ce que je dis est en fait vrai.

— Apparemment, elle n'est pas la seule à raconter des bêtises, dit Polly, les mains sur les hanches. OK, soupire-t-elle. Soyons francs. Quand j'ai vu la somme, j'ai commencé à réfléchir et rien ne l'expliquait. Alors j'ai fait quelques recherches et figurez-vous que je n'ai pas réussi à trouver le moindre voyage à Los Angeles à l'époque où vous étiez censé l'avoir rencontrée. Et quand bien même je n'avais qu'un prénom, je n'ai pas trouvé non plus de Delaine ou de Lanie sur aucun des vols en provenance de Los Angeles le jour où elle est apparue. (Elle reprend son souffle.) Ce que j'ai trouvé, c'est une facture d'un club très chic qui se trouve être la propriété d'un certain Scott Christopher. Et la suite de mes recherches a révélé qu'il était accusé de trafic. D'êtres humains. De femmes, pour être précise. Alors, soupire-t-elle, vous voulez bien me dire qui est réellement Lanie ?

Putain ! Cette foutue histoire est vraiment en train de merder.

— C'est compliqué, Polly, dis-je, vaincu.

Bon sang, j'aurais bien besoin d'une cigarette et d'un petit verre de tequila.

— Noah, reprend-elle d'un air grave en se rasseyant devant moi avec un regard de pitié. Vous l'avez achetée, n'est-ce pas ? (Je me mords l'intérieur de la joue en la regardant sans répondre. Elle prend manifestement cela pour un oui.) Je ne vais pas vous demander pourquoi, parce que je suis à peu près certaine de connaître déjà la réponse. Mais Lanie… C'est une fille bien. Pourquoi aurait-elle fait une chose pareille ?

— Je n'en sais rien, réponds-je en toute honnêteté. Nous sommes convenus de ne pas discuter de cette question.

— Eh bien, vous ne croyez pas que vous devriez vous renseigner? demande-t-elle, incrédule, en levant les bras au ciel. Ce n'est pas parce que vous ne pouvez pas aborder le sujet avec elle que vous ne pouvez pas enquêter un peu de votre côté. Enfin, Noah! Pensez avec votre tête, pas autre chose. Qui sait quel genre de problèmes elle pourrait avoir?

Sa manière de me parler frôle l'insolence, mais Polly est le genre qui peut tout se permettre. On ne peut pas se mettre en colère contre une femme aussi enjouée et mignonne. Ce serait comme agresser une petite écolière.

Sans compter qu'elle a raison. Et si je n'avais pas été si distrait ces derniers temps, j'aurais fait exactement ce qu'elle suggère. Delaine a le don de me faire oublier qui je suis. Ce n'est pas comme si je n'avais pas assez de relations pour me renseigner sur elle et connaître ses motivations. Peut-être que j'ai seulement envie de vivre dans le monde imaginaire que j'ai créé avec elle.

À vrai dire, cela ne change rien. Je l'ai achetée, effectivement, mais si elle a des ennuis, peut-être que je peux l'aider. Après tout, une grande partie de mon activité chez Scarlet Lotus consiste à gérer les causes charitables que nous finançons. Ma mère l'aurait aidée. Elle ne l'aurait pas achetée, elle n'aurait pas pris sa virginité et elle m'aurait probablement tué si elle avait su ce que j'ai fait, mais quand bien même.

— Alors ? insiste Polly qui attend clairement une réponse de ma part.

— Je vais me renseigner, soupiré-je. Maintenant, vous voulez bien vous en aller et arrêter de me harceler, petite peste insolente que vous êtes ?

— Bien sûr, répond-elle en reprenant son ton enjoué habituel. J'avais justement l'intention d'aller chez vous voir Lanie. Je suis sûre qu'elle a envie de passer du temps avec une présence amie.

— Ne lui parlez pas de cela, Polly. Je ne plaisante pas.

— OK, OK, dit-elle.

— Et vous êtes virée, au fait.

Elle lève les yeux au ciel, sachant très bien que je plaisante.

— Bon, d'accord, fait-elle. Je prendrai votre linge et je le déposerai chez le blanchisseur. À demain ?

— Oui, à demain.

À peine est-elle partie que je jette mon déjeuner dans la poubelle sans y avoir touché. J'assène un coup de poing sur le bureau, dépité, surtout contre moi-même. J'aurais dû réfléchir. Être un peu moins égoïste et pervers.

Je prends dans le carnet d'adresses de mon ordinateur le numéro de Brett Sherman. C'est un détective privé sans scrupules que j'ai engagé quand la situation a tourné à l'aigre avec Julie. Comme j'étais sûr qu'elle essaierait de me jouer un sale tour et de me faire chanter, par exemple, je l'ai chargé de fouiller dans son passé pour avoir des munitions contre elle. Je l'utilise de temps en temps depuis. Ce salaud me

coûte les yeux de la tête, mais son travail vaut de l'or. J'appelle et je suis agréablement surpris quand il répond dès la première sonnerie.
— Brett Sherman.
— Bonjour Brett. Noah Crawford.
— Mr. Crawford! Que puis-je pour vous? demande-t-il, manifestement ravi de m'entendre.
— J'ai besoin que vous recueilliez le plus possible d'informations sur une dame du nom de Delaine Talbot, de Hillsboro, Illinois, dis-je. Vous faut-il autre chose?
— Son âge m'aiderait bien.
Je suis encore plus dégoûté de moi-même, parce que je l'ai utilisée de tant de manières et que je prévois de continuer, alors que je ne connais même pas la réponse à cette petite question toute simple.
— Vingt ans et quelques, estimé-je.
— Cela devrait suffire. Je vous appelle à la fin de la semaine, dit-il avant de raccrocher brutalement.
Sherman n'est pas du genre à faire des politesses, mais cela ne me gêne pas car je sais qu'il va se mettre au travail immédiatement.
— Noah!
C'est David qui débarque dans mon bureau, sans se faire annoncer ni y avoir été invité.
— Qu'est-ce que tu veux, merde? demandé-je d'un ton rogue.
— Parce que je dois vouloir quelque chose pour venir bavarder avec mon ami? rétorque-t-il avec un sourire arrogant en s'asseyant dans le fauteuil visiteur et en posant les pieds sur mon bureau.

— Cela fait un petit bout de temps que nous ne sommes plus amis, David. Et je doute que nous ne l'ayons jamais été.

Je me penche en avant et dégage ses pieds sans ménagements.

— Oh, ne sois pas désagréable, Noah, fait-il avec une petite moue moqueuse. Ne me dis pas que tu m'en veux encore à cause de cette Janet, quand même ?

— Elle s'appelle Julie. Et va te faire foutre.

— Non, vas-y, toi. Je n'en reviens pas que tu laisses une fille nous séparer, mon vieux. Les potes passent avant les femmes, non ?

— L'heure des petits bavardages est passée, Stone. Dégage ou je te fais foutre dehors, grincé-je.

— Je t'assure, je ne sais pas pourquoi tu es toujours en rogne à cause de cette salope, dit-il en se levant et en se dirigeant vers la porte. Je te l'avais dit, mon vieux. En tout cas, j'ai *essayé* de te le dire. Ce sont toutes des putes seulement intéressées par le fric. Tu tires, tu te casses. Le tout, c'est de ne pas en tomber amoureux et de ne *jamais* leur laisser voir tes états d'âme.

— Comme si j'allais écouter des conseils en la matière venant de toi, ricané-je.

— Tu peux dire ce que tu veux. Mais les filles se battent pour avoir leur part, dit-il avec un geste éloquent vers sa braguette. Attends de voir qui m'accompagne au bal. C'est une sacrée beauté.

— Une sacrée traînée, plutôt, marmonné-je alors qu'il s'en va.

J'entends ce connard prétentieux saluer Mason comme s'ils étaient de vieux copains et cela me met hors de moi. Je le déteste vraiment. Depuis toujours, il faut qu'il ait ce que j'ai. Il me semblait que c'était ce que font les bons amis, mais avec David, cela prend une toute autre ampleur : mes amis, ma petite copine, et même mon entreprise. Il lui faut tout.

En tout cas, je possède quelque chose qu'il n'aura jamais. Delaine. Et plutôt être damné que de le laisser l'approcher.

Comme j'en ai eu assez pour la journée, j'appelle Samuel pour qu'il vienne me prendre. De toute façon, je n'arrive à rien faire. Je remballe mes dossiers et dis à Mason de m'appeler si nécessaire. J'ai hâte de retrouver Delaine pour qu'elle m'aide à gérer mon stress. Je suis comme un lion en cage le temps que Samuel arrive.

— Où allons-nous, monsieur ? demande-t-il en m'ouvrant la portière de la limousine.

— À la maison, et quand nous serons arrivés, veillez à ce que le personnel prenne le reste de la journée. J'aimerais rester en tête à tête avec Delaine.

— Monsieur, Lanie est partie avec Polly. Elles sont allées acheter une robe pour le bal, je crois.

— Samuel, qu'est-ce qui vous prend ? demandé-je, surpris qu'il l'ait appelée Lanie, ce qui ne lui ressemble pourtant pas. Elle s'appelle Delaine.

— Pardonnez-moi, monsieur, mais elle m'a demandé de l'appeler Lanie.

Serrant les dents, je claque moi-même la portière. Je ne devrais pas être fâché à ce point contre lui, puisque ce n'est pas sa faute. Il fait simplement ce qu'on lui demande, comme d'habitude. Mais je suis vraiment furibard que tout le monde l'appelle par ce diminutif, alors qu'elle ne m'a jamais demandé à moi de le faire. Étant donné que je la baise, on aurait pourtant pu croire que j'aurais été le premier à avoir ce privilège.

C'est vers 17 heures que Polly finit par la ramener. Elle entre d'un pas guilleret, ne s'attendant manifestement pas à me voir rentré si tôt. Et comme je ne l'ai pas appelée non plus pour la prévenir, elle est surprise de me trouver assis sur l'une des banquettes dans l'entrée, le genou qui tressaute d'impatience.

— Oh, Noah, s'étonne-t-elle. Je ne pensais pas vous trouver là de si bonne heure.

— Manifestement oui, dis-je avec rancœur. Putain, mais où étiez-vous, Delaine ?

— Je suis allée faire du shopping avec Polly. Elle m'a dit qu'il y avait une réception dans votre entreprise ce week-end et elle a tenu à ce que je me fasse faire une robe, explique-t-elle en levant les yeux au ciel.

— Je vous ai dit que je voulais savoir en permanence où vous étiez. Pourquoi vous ne m'avez pas appelé ?

Je me rends compte que j'ai l'air d'un dément, mais je n'y peux rien, je suis furieux.

Sans répondre, elle continue à me regarder fixement comme si elle attendait que ma tête explose.

— Vous avez passé une sale journée ? finit-elle par demander.

— Oui, on peut dire ça, marmonné-je en baissant la tête.

Elle pose ses sacs et vient me rejoindre. Comme je refuse de lever le nez, elle s'agenouille devant moi et me scrute. Sans un mot, elle me prend le visage dans ses mains et pose ses lèvres sur les miennes. Ce qui commence comme un geste délicat destiné à me calmer devient rapidement un baiser passionné et désespéré.

— Mon Dieu, vous m'avez manqué aussi, murmure-t-elle.

Elle n'a pas utilisé mon prénom au lieu de «Mon Dieu», mais je passe l'éponge, parce que j'ai autre chose à penser maintenant qu'elle se frotte contre moi et presse ses seins contre ma poitrine.

Elle m'arrache presque ma veste, puis tandis que je l'enlève, elle s'attaque à ma ceinture. Ensuite, elle baisse mon pantalon et écarte la ceinture de mon boxer pour révéler ma bite. Évidemment, je bande déjà.

Un petit miaulement s'échappe de ses lèvres sensuelles et roses tandis qu'elle me détaille. Puis, sans même baisser davantage mon caleçon, elle m'empoigne par la base de la bite et l'enfourne dans sa bouche brûlante et délicieusement humide. Je laisse échapper un sifflement en sentant ses dents en frôler la tige. Elle lève les yeux vers moi et ses lèvres pleines enveloppent ma verge qu'elle pompe comme si elle mourait de faim. Puis, les yeux clos, elle gémit comme si elle n'avait jamais rien goûté d'aussi délicat. C'est un spectacle divin.

— Delaine, soufflé-je en lui caressant la joue du dos de la main.

Prononcer son prénom me rappelle que je suis apparemment le seul pauvre type à l'appeler ainsi. Mais là aussi, je passe l'éponge, car je sens mon gland qui cogne le fond de sa gorge à chaque mouvement. Sans compter que ses gémissements, mêlés aux bruits de succion, résonnent dans l'espace vide qui nous entoure. Vraiment, ce hall d'entrée a une acoustique géniale.

— Encore, chérie. Sucez-moi plus fort.

Elle pousse un grognement et relève le défi. Elle change de position pour avoir un meilleur angle et se met au travail sur ma bite. Plus vite, plus fort, et putain de merde, elle suce encore plus profond. Je pourrais lui tenir la tête pour l'aider, mais je veux qu'elle y arrive toute seule.

Brusquement, elle ralentit et enfonce ma bite le plus loin qu'elle peut. Puis je l'entends déglutir sans la ressortir, pour l'engloutir encore plus. Ma petite chérie est capable de sucer à fond de gorge comme une pro.

— Mon Dieu, mon Dieu, mon Dieu, psalmodié-je alors qu'un orgasme jaillit de nulle part.

Je jouis violemment et mon sperme jaillit dans sa gorge. Avec un grognement de satisfaction, elle ferme les yeux et l'avale, tout en continuant de pomper ma bite à chaque goulée.

— Putain... de... merde... Delaine! hoqueté-je entre chaque soubresaut.

Mon cœur tambourine furieusement dans ma poitrine. Avec une dernière et longue aspiration, elle me libère. Elle dépose un baiser sur le bout de mon gland, ce qui l'amuse apparemment, car elle glousse et recommence.

— Mais où avez-vous donc appris à sucer à fond de gorge comme ça ? demandé-je sans même reprendre mon souffle, tellement je suis impatient de connaître la réponse. Je ne vous l'ai pas appris.

— Polly m'a expliqué comment faire, répond-elle d'un ton désinvolte en s'essuyant les lèvres, et j'ai eu envie d'essayer. Pourquoi ? Ça ne vous a pas plu ? Je m'y suis mal prise ?

Polly vient peut-être de se racheter, là.

Delaine a l'air si inquiète que c'en est touchant. Je l'enlace et l'embrasse avant de poser mon front sur le sien.

— Vous avez été parfaite, Lanie. Putain, j'ai adoré.

Oui, je l'ai appelée Lanie. Je veux voir ce qu'elle va dire.

Elle ouvre de grands yeux et se dégage de mes bras

— Delaine, dit-elle sèchement avant de se relever, d'empoigner ses sacs et de s'en aller.

Je range prestement ma bite et m'élance derrière elle.

— Parfait, alors Samuel et Polly ont le droit de vous appeler Lanie, mais pas moi ? Qu'est-ce que c'est que ces conneries ?

— Ils n'ont pas payé des millions de dollars pour m'avoir à eux pendant deux ans. Ils ne sont pas mes patrons, mais mes égaux : de vils serviteurs payés pour se soumettre à tous vos besoins.

— C'est débile.

Je pose les mains sur mes hanches. Mon geste attire son attention vers mon entrejambe et son regard s'attarde sur mon pantalon et ma ceinture encore défaite.

— C'est ce que c'est, Noah. C'est effectivement ça.

Et elle tourne les talons pour monter l'escalier en me plantant là.

10

Doucement

Lanie

Ce salaud a un de ces culots ! M'appeler comme ça par mon prénom ? Mais qu'est-ce qui lui prend ?

Je presse le pas en l'entendant monter les marches quatre à quatre derrière moi. Il a beau crier « Delaine ! », je ne m'arrête pas. Je cours presque, tellement j'ai envie de lui échapper. Tout ce que j'ai subi et continue de subir est suffisamment pénible sans qu'il me complique encore les choses. Il faut que je lui échappe avant de m'effondrer devant lui.

— Attendez, bon sang ! continue-t-il alors que je lâche mes sacs et me mets à courir.

J'ouvre la première porte venue et la claque derrière moi. Il fait un noir d'encre là-dedans, et j'ignore totalement où je suis, mais je sais qu'il y a un obstacle entre moi et Noah et c'est tout ce qui compte.

À tâtons, je trouve le verrou, le tourne et m'appuie contre le battant.

Il arrive aussitôt et tambourine derrière la porte. Je l'entends pousser des grondements de frustration qui m'effraient presque.

— Si vous n'ouvrez pas cette porte, je vous jure sur ce que j'ai de plus sacré que je vais l'enfoncer !

— Je ne veux pas vous parler. Barrez-vous ! réponds-je en haussant la voix pour couvrir le vacarme de ses coups de poing contre cette pauvre porte sans défense.

— Très bien. Vous l'aurez voulu.

Les coups cessent et je soupire de soulagement en me disant qu'il a renoncé. Je commence à me laisser glisser sur le sol quand j'entends une sorte de cri de guerre de l'autre côté, suivi d'un grand fracas qui m'envoie valser en avant à quatre pattes. Je me retourne au moment où la lumière du couloir jaillit dans la pièce.

Noah se tient dans l'embrasure, bras ballants, haletant. Son visage est dans l'ombre, mais je distingue tout de même son expression menaçante. Il a l'air prêt à tuer.

— Vous m'accusez de vous traiter comme une employée ordinaire, mais vous n'écoutez jamais quand je vous donne un ordre, fulmine-t-il.

— Oui, eh bien, ça s'appelle de l'insubordination. Virez-moi, dis-je en me relevant et en m'apprêtant à sortir.

Il m'empoigne par le bras et me fait faire volte-face. Je me retrouve plaquée au mur. Collé contre moi, les bras de part et d'autre, il m'immobilise. Il m'écarte les jambes du genou et je sens son haleine brûlante sur mon oreille alors qu'il frotte la bosse de sa braguette contre mon ventre.

— Pourquoi je ne peux pas vous appeler Lanie?

Il enfouit sa tête dans mon cou. Sa voix est un mélange de désespoir, de colère et de frustration et je ne comprends pas pourquoi. Ses lèvres frôlent sensuellement ma peau, puis il redresse la tête pour me regarder droit dans les yeux. Il y a dans ses pupilles noisette une lueur qui me bouleverse et me donne envie de lui donner tout ce qu'il veut.

— Je vous ai bien traitée. Mieux que vous n'auriez pu l'espérer dans cette situation. Et j'ai toujours veillé à bien m'occuper de vous également dans d'autres circonstances. (Il illustre ses paroles en se baissant légèrement pour frotter sa braguette gonflée sur mon entrejambe. Un gémissement m'échappe malgré moi, mais il n'en profite pas.) Alors pourquoi? Donnez-moi une bonne raison.

Pourquoi pas cinq? Parce que cela deviendrait trop intime. Parce que du coup, ce serait trop difficile de le quitter après ces deux années. Parce que ce serait trop facile de tomber amoureuse de lui. Parce que je ne pourrais tout bonnement pas...

C'est la vérité. Mais si je lui dis cela, il va m'ordonner de faire mes valises et exiger d'être remboursé.

— Parce que vous le voulez.

— C'est vous que je veux. (Il se penche et prend délicatement ma lèvre entre ses dents. Ses mains glissent le long du mur et se posent sur mes flancs qu'elles caressent désespérément.) Pourquoi me torturez-vous ?

Je le torture, moi ?

— Je ne vous torture pas, Noah, soupiré-je. Ne pas vous donner le droit de m'appeler Lanie signifie que pour une fois dans votre vie, vous ne pouvez pas avoir ce que vous voulez. Et vous ne le voulez que parce que vous ne pouvez pas l'avoir. Et cela vous tue parce que vous n'y pouvez absolument rien. Vous êtes un privilégié, un pourri-gâté. Et il est évident qu'on vous a tout apporté sur un plateau d'argent, sauf que là, c'est plus personnel. Vous devez *mériter* ce droit et c'est moi seulement qui ai le droit de décider si vous avez fait ce qu'il fallait.

Je sens un grognement résonner dans sa poitrine, ce qui me rappelle notre excitante proximité. Manifestement, ma réponse lui déplaît.

— Vous êtes à moi. Peut-être que vous l'avez oublié. Tenez, permettez-moi de vous le rappeler.

Il me cloue toujours de tout son poids contre le mur, mais ses mains retroussent ma jupe sur mes hanches avant de baisser son caleçon et de libérer la bête.

Je comprends parfaitement pourquoi Noah agit ainsi. Je l'ai privé du contrôle qu'il pensait détenir et je l'ai rabaissé à moins qu'un homme. C'est sa manière de reprendre la main. Nous savons lui et moi comment mon corps va réagir ; mais mon esprit et mon âme, c'est moi seule qui déciderai de les lui offrir, seulement quand je l'en estimerai digne. Et cela n'arrivera jamais. Ce n'est pas un conte de fées.

C'est la réalité, je suis la propriété d'un homme qui a payé une fortune pour s'assurer ma soumission physique. Rien de plus. Je ne vais pas me livrer comme ça, car je me vois très bien succomber à quelqu'un comme Noah Crawford, et ce serait la garantie de finir le cœur brisé.

— Allez-y. Baisez-moi, le défié-je. C'est pour ça que je suis là, n'est-ce pas ?

Il s'interrompt et me scrute. Puis il s'avance jusqu'à ce que nos lèvres se frôlent et il demande :

— Pourquoi m'avez-vous vendu votre corps ?

Sa bite appuie contre mon entrejambe, mais il ne me pénètre pas.

— C'est vous qui avez remporté les enchères.

Le bout de ma langue effleure sa lèvre et je me cambre pour essayer de l'exciter afin qu'il me prenne.

— Ce n'est pas ce dont je parle et vous le savez très bien. Pourquoi vous êtes-vous proposée à la vente ? Pourquoi aviez-vous besoin de cet argent ?

— Dites donc, vous débordez de questions, aujourd'hui, hein ?

Aguicheuse, je passe mes mains dans ses cheveux et j'essaie de bouger les hanches pour qu'il me pénètre, mais il se recule juste à temps pour déjouer ma tentative.

— Répondez à ma question et arrêtez d'essayer de vous faire sauter, dit-il.

— Pourquoi ? Vous n'avez pas envie de me baiser ?

Il passe les mains sous mes cuisses et me soulève, puis il m'empale brutalement sur sa bite. D'un seul mouvement, il s'enfonce entièrement en moi.

— À vous de me le dire. Je vous donne l'impression d'avoir envie de vous baiser ? demande-t-il en ondulant des hanches. C'est à peu près tout ce à quoi je pense, ces derniers temps. Je suis tellement accro à votre chatte que je n'arrive pas à penser rationnellement. Maintenant arrêtez d'essayer de me distraire et répondez à ma question.

Il s'immobilise obstinément malgré tous les efforts que j'emploie à le persuader de me procurer du plaisir.

— Noah, s'il vous plaît, le supplié-je sans vergogne.

Je sens sa bite qui palpite en moi et j'en veux encore. Il se penche en avant et sa voix rauque parcourt mon échine d'un frisson.

— Répondez à ma question et je vous promets de vous donner ce que vous voulez. Parce que vous en avez envie aussi. N'est-ce pas, Delaine ? Vous avez envie que je vous baise tout autant que j'en ai envie. Bon sang, mais imaginez : mon énorme bite coulissant dans votre petite chatte bien serrée. Qui va et vient jusqu'à ce que vous ayez l'impression de frôler l'explosion.

Je gémis et passe mes bras dans son dos pour glisser les mains dans son caleçon et empoigner ses fesses magnifiques. Puis j'ondule des hanches du peu de place qu'il me laisse, avide de ressentir l'orgasme étourdissant qu'il peut me donner.

— Oui, cette idée vous plaît, n'est-ce pas, ma chérie ? demande-t-il en suçotant et mordillant le lobe de mon oreille. Il suffit de répondre à ma question.

Je vacille déjà, sur le point de perdre pied, et il faut qu'en plus de ça, il me donne du «ma chérie». Il le fait souvent dernièrement et à chaque fois, je bascule dans la folie. J'ai tellement envie de lui que j'en pleurerais. Et il sent tellement bon que je jure que son odeur pourrait suffire à me faire jouir. Je gémis de frustration, consciente de ne pas pouvoir lui donner la réponse qu'il désire, tout comme je sais qu'il ne va pas me donner ce que je demande si je ne réponds pas.

— Vous ne voulez pas me le dire, n'est-ce pas?

— Non, soufflé-je. Comme mon prénom, la raison pour laquelle j'ai signé ce contrat est intime.

Il ferme les yeux et serre les dents, puis brusquement, il se retire et me repose à terre. Il rajuste rapidement ses vêtements et remet sa ceinture. Avec un soupir douloureux, car cela doit lui faire mal, étant donné qu'il a encore une trique incroyable. Une fois cela fait, il me regarde, secoue la tête d'un air déçu, puis il quitte la pièce sans un mot.

Je me laisse glisser sur le sol et ramène mes genoux sous mon menton avant d'enfouir mon visage dans mes bras. Soudain, tout me retombe dessus. La maladie de ma mère, le désespoir de mon père, ce contrat idiot – et Noah. Les faux-semblants auxquels je suis forcée avec lui, comme lui faire croire qu'il ne me fait aucun effet. C'est au-delà de mes forces et je suis anéantie.

Je mens à mes parents. Je mens à Noah. Je me mens à moi-même. Oh, dans quelle toile de mensonges compliquée me suis-je prise au piège ? Ce petit jeu me dépasse. Je n'en sortirai jamais indemne.

Je suis déjà folle amoureuse de lui. J'étais sincère, tout à l'heure : il m'a manqué, aujourd'hui. J'avais du mal à être séparée de lui. Puis quand je suis rentrée et que je l'ai vu m'attendre, avec l'air aussi angoissé et épuisé que moi de cette séparation, j'ai eu besoin de lui. J'ai eu besoin qu'il ait besoin de moi.

Oui, je viens de dire « besoin ». Pas « envie » : *besoin*.

Je me relève péniblement et décide que ce serait probablement une bonne idée de passer un petit moment dans la piscine. C'est la solution idéale. Cela va m'aider à passer le temps et comme cela, je n'aurai pas à regarder Noah et prendre conscience de ce que je ne peux pas avoir. Et peut-être que cela éteindra le feu qui monte entre mes jambes.

Heureusement, la maison est assez grande pour que je ne croise pas Noah en allant dans la chambre. Je me déshabille rapidement, enfile le minuscule morceau de tissu que Polly m'a assuré être un bikini et je gagne la piscine. Je remercie aussi le Ciel que mon père n'ait pas à me voir dans cet accoutrement grotesque. Cependant, je me rends rapidement compte que Dieu me punit pour la vie de pécheresse que je mène, car je tombe sur Noah en train de faire des longueurs dans la piscine.

Je suis momentanément abasourdie en apercevant ses muscles noueux tandis qu'il fend l'eau comme une lame. Ses mouvements sont souples et fluides, comme s'il faisait partie de l'eau. Arrivé au bout du bassin, il empoigne le rebord et se hisse dehors. L'eau ruisselle sur sa peau et ses cheveux mouillés luisent du noir d'encre de la nuit sous le clair de lune. Mes yeux glissent le long de ses épaules, de son dos, jusqu'à... Oh, mon Dieu. Il nage même tout nu. Et ce devrait être interdit d'avoir des fesses aussi musclées et bombées. J'ai envie de croquer dedans. À pleines dents.

— Vous regardez encore mon cul.

Sa voix me tire de mon ivresse. Oui, ces fesses m'enivrent. Et qu'est-ce que c'est que ça? Il a des yeux derrière la tête? Ou bien il voit avec les petites fossettes au bas de ses reins?

J'étouffe un cri quand il se retourne et il se couvre rapidement, l'air un peu gêné.

— L'eau est froide.

Je n'y ai vu que du feu. Certes, il n'est pas aussi énorme que j'ai l'habitude de le voir, mais il y a des tas d'hommes qui aimeraient quand ils bandent en avoir une de la taille de celle de Noah au repos.

— Désolée, je ne savais pas que vous seriez là. Je vais... dis-je en tournant les talons.

— Non, non, restez.

Je fais volte-face alors qu'il se dirige vers moi, une serviette nouée à la taille et des gouttes d'eau qui perlent parmi la toison de sa poitrine et le long de la ligne de poils qui descend jusqu'à l'objet de mon affection. La serviette ne m'empêche pas de mater. Son énorme engin fait une bosse en dessous et s'il en vient à être excité, je suis sûre qu'on pourra abriter toute une famille sous l'immense tente qu'il va dresser. Cela me remplit le cœur d'allégresse. J'ai tellement le feu aux fesses que cela doit se voir :

— Vous pouvez piquer une tête dans la piscine si vous voulez vous rafraîchir, dit-il. Mais si ça ne vous ennuie pas, je vais m'allonger sur une chaise longue, le temps de me laisser sécher. Je suis un peu stressé et cela devrait me faire du bien.

— Je peux vous faire un massage, si vous voulez, bafouillé-je. Je suis douée pour ça.

Il a l'air aussi surpris que moi de ma proposition, mais il incline pensivement la tête. Puis il acquiesce avec un petit sourire :

— Oui, ce serait très agréable.

Je le suis jusqu'à l'une des chaises longues et attends qu'il la mette à l'horizontale et s'y allonge à plat ventre. Il croise les bras et pose le menton dessus, pendant que j'attends comme une idiote en me demandant comment je vais m'y prendre.

Son magnifique cul étant apparemment le meilleur siège de la maison, je l'enfourche et m'y assois en frottant sournoisement ma chatte dessus.

— Euh, il vaudrait mieux de la lotion. Vous voulez que j'aille en chercher ? demandé-je.

— Pas vraiment, dit-il en redressant la tête et en se retournant vers moi. Je suis bien installé et je préférerais que vous ne bougiez pas de votre place.

Pas bouger. Ma chatte et moi sommes d'accord sur le sujet. Je commence par sa nuque et ses épaules, en le pétrissant aussi fermement que je peux sans le pincer. Il pousse des soupirs de satisfaction pendant que je masse ses muscles noués que je sens se détendre sous mes doigts. Il ferme les yeux et je continue ma tâche, passant sur les épaules pour descendre le long de son dos. Je ne peux pas m'empêcher de me pencher et de lui embrasser la nuque. Il gémit et remue les hanches, ce qui me procure une divine sensation de frottement entre les jambes. Je me dis que s'il apprécie cela, je vais recommencer pour voir si je provoque la même réaction. Et Noah répond à mes attentes.

Je dépose des baisers le long de son échine tout en continuant de le masser, savourant la sensation de sa chair sous mes paumes et mes doigts. Il s'arcboute, ce qui rapproche comme une offrande ses fesses de ma chatte. Je glisse le long de ses jambes et m'arrête pour titiller de la langue les fossettes au-dessus de son cul tout en laissant glisser mes mains et mes bras le long de son dos. Quand j'arrive à la serviette, Noah soulève les hanches et je la lui enlève lentement pour exposer ce don de Dieu à toutes les nymphos esthètes du monde entier.

Je me lèche les lèvres tout en le matant, et je me sens soudain affamée. Puis je pose mes mains sur ces deux globes magnifiques et les pétris avidement.

— Votre cul est tellement parfait, dis-je avant de me pencher pour le frôler de la langue et le mordiller.

Noah tressaille et je le mords à nouveau, mais sur l'autre fesse. Il est succulent. J'aspire de toutes mes forces un peu de sa chair entre mes lèvres. Nom d'un chien, j'obtiens enfin ce que je désirais le plus et cela valait la peine d'attendre. Mes gémissements se mêlent à ceux de Noah, puis tout s'emballe.

Je ne sais pas comment, mais il réussit à se retourner sans me faire tomber et je me retrouve à califourchon sur sa poitrine, les jambes par-dessus ses épaules. Je suis un peu vexée de ne plus voir ses fesses, mais je me sens rassérénée dès que je sens la bouche de Noah qui me lèche la chatte.

— Merde… murmuré-je en me rendant compte qu'il a aussi réussi à tirer les cordons du bas de mon bikini et à me l'enlever.

Quand Noah Crawford veut quelque chose, on n'a pas le temps de ciller qu'il a déjà réussi à l'obtenir. Mais ce n'est pas moi qui vais m'en plaindre.

Il lève les yeux depuis mes cuisses.

— Enlevez le haut. Je veux que vous sentiez l'air frais de la nuit sur vos magnifiques petits tétons roses.

Je passe la main dans ma nuque pour dénouer le cordon du soutien-gorge qui tombe à son tour. Il ne me quitte pas du regard tout en embrassant délicatement et suçant mon clitoris. Mes tétons sont déjà durs et comme j'ai envie de m'offrir en spectacle, je soulève mes seins et fais rouler les petites pointes roses entre mes doigts. Il émet un murmure approbateur.

— Allongez-vous, chérie. Laissez-moi vous faire du bien.

Des deux mains sur mes flancs, il m'aide à me renverser en arrière jusqu'au moment où je sens sa bite contre mon épaule. Puis il me saisit par les hanches.

Le ciel est limpide et une énorme pleine lune brille au-dessus de nous. Je distingue la moindre étoile et j'ai l'impression d'être partie dans un autre univers. Noah me fait des choses insensées avec sa langue pendant qu'une légère brise me caresse et que la nuit bruisse du chant des grillons. Tout est serein et exotique.

Je sens la langue de Noah qui me pénètre et brusquement, il m'en faut davantage. J'ai envie qu'il soit en moi en cet instant et à cet endroit. Ce qu'il me fait est génial, mais j'en veux encore plus.

Je ne veux pas discuter, ni penser. Je ne veux rien d'autre que des sensations.

Je me redresse donc et, malgré les protestations de Noah, j'interromps sa conversation intime avec mon entrejambe.

— J'ai fait quelque chose qui vous a déplu? demande-t-il, déconcerté.

— Plus un mot. Juste des sensations, dis-je avant de l'embrasser passionnément.

Il m'enlace et me serre contre lui en me rendant mon baiser avec autant de ferveur. C'est ce que je cherchais. Nos corps disent ce que nos bouches ne voudront jamais avouer. Il n'y a pas de compétition ni de défi : juste deux personnes qui donnent et prennent naturellement pour assouvir un besoin primordial.

Je me redresse en m'appuyant sur sa poitrine. Ses yeux restent rivés aux miens tandis que je recule et fais glisser mes grandes lèvres humides le long de sa bite. Je ne sais pas si je m'y prends bien car c'est la première fois qu'il me laisse l'initiative. Je me contente de faire ce qui me fait du bien en espérant que cela lui plaira aussi. J'ai la réponse en voyant sa bouche s'entrouvrir et son regard se troubler.

Mes mains glissent sur sa poitrine et sur ses abdominaux ciselés jusqu'à ce qu'elles atteignent son énorme appareil. Je me soulève pour la placer à l'entrée de ma chatte, puis j'hésite. Mon Dieu, je ne veux surtout pas tout gâcher. Il doit sentir mon malaise, car il me caresse la cuisse.

— Allez-y doucement, chaton, dit-il tendrement. Sinon, vous allez vous faire mal.

Je respire un bon coup et suis sa consigne en laissant son énorme engin me remplir petit à petit.

— C'est ça, ma chérie. Mon Dieu, vous êtes incroyable.

— Je ne sais pas ce que je dois faire, avoué-je une fois que je l'ai pris tout entier et qu'il entre beaucoup plus profondément sous cet angle que les fois précédentes.

— Bougez les hanches, verticalement et horizontalement. Chevauchez-moi, ma chérie. Faites ce qui vous fait du bien et je vous promets que ce sera agréable pour moi aussi. (Il passe sa langue sur ses lèvres délicieuses.) Venez m'embrasser.

Je me penche et il redresse la tête pour atteindre mes lèvres. Ce faisant, il m'empoigne les hanches et commence à bouger lentement en moi. Puis il ondule à son tour et je le sens frotter mon clitoris hypersensible. Je pousse un cri quand une vague de plaisir déferle en moi.

— Vous voyez ? dit-il. Juste comme ça.

Je ne le quitte pas du regard et je laisse mes mains sur sa poitrine tout en me redressant et en ondulant des hanches pour reproduire la sensation. Je sens le bord de son gland, son pouls qui palpite et la pression de ses mains tandis qu'il me fait aller et venir. Ses pouces appuient sur le point sensible de mes hanches et je gémis en renversant la tête en arrière. Les étoiles et la lune nous contemplent et je suis convaincue de n'avoir encore jamais connu pareille perfection. Je me sens revivre.

— À quoi pensez-vous, Delaine ? demande-t-il d'une voix rauque de désir.

— À la perfection de cette sensation, réponds-je sincèrement en le regardant.

Il se redresse pour s'asseoir et prend mon visage dans ses mains pour m'embrasser langoureusement. C'est un baiser profond et sensuel parfaitement en harmonie avec ce moment. Nous ne nous précipitons pas. Nous prenons notre temps et nous nous savourons mutuellement sans penser contrats, maladie ou raison.

Il me prend par la taille tout en me pétrissant un sein. Puis il interrompt notre baiser pour refermer sa bouche sur l'autre sein qu'il tète délicatement. Je l'empoigne par les cheveux et accélère la cadence de mes hanches. Je sens la pointe de sa langue au bout de mon téton, je ferme les yeux et laisse ma tête retomber alors que la sensation familière s'emballe au creux de mon ventre et que mon orgasme explose en myriades de particules dans tout mon corps. Son prénom qui s'échappe de mes lèvres résonne dans le silence de la nuit et je l'entends grogner.

Une fois ce moment passé, Noah me soulève et me rallonge sur le dos, puis il me maintient les bras au-dessus de la tête en s'allongeant contre moi et poursuit ses va-et-vient, ranimant et décuplant mon orgasme.

— Putain ce que vous êtes belle, Delaine. Vous le savez que vous êtes belle ?

Il m'agrippe les mains et s'enfonce encore plus profondément, mais sans accélérer.

— Je suis désolé… pour tout, dit-il avec un regard passionné. Tellement désolé.

Avant que j'aie pu lui demander de quoi il parle, il referme ses lèvres sur les miennes et les dévore voracement. Je réponds comme je peux à ce baiser avide, mais là, je suis dépassée. C'est un baiser désespéré, comme s'il ne pouvait pas se rassasier, ce qui ne me gêne pas, car je ne veux pas que cet instant finisse, mais je suis inquiète. Ses mouvements sont désordonnés et j'entends le grognement guttural qui précède son éjaculation. Et, comme prévu, il interrompt notre baiser et jouit en moi sans me quitter des yeux.

— Oh, putain, chérie, gronde-t-il entre ses dents serrées.

Ses coups de reins se font saccadés et vacillants, puis il s'écroule sur moi un bref instant avant de m'empoigner et de nous faire rouler sur le côté.

Toujours haletant, il écarte mes cheveux et me regarde avec adoration. Puis il embrasse délicatement mes lèvres enflées.

— Pourquoi avez-vous dit que vous étiez désolé ? De quoi ? demandé-je, intriguée.
— Pour vous avoir fait tout un drame pour cette histoire de prénom, soupire-t-il. C'était déraisonnable. C'est logique que vous souhaitiez que je vous appelle par votre prénom plutôt que par un diminutif infiniment plus familier.
— Oh, vous vous êtes largement racheté, dis-je d'un ton léger.
— Mmm, c'est vous qui avez tout fait. Vous êtes incroyable.
— Je suis démente, hein ? plaisanté-je.

Au moins, cette arrogance dont je suis si peu coutumière lui arrache un rire et c'est irréel, car cela ne lui arrive pas souvent. Il m'attire contre lui et je me blottis sur sa poitrine pour écouter les battements sourds de son cœur tout en contemplant le ciel. Je lui fais remarquer que les étoiles sont splendides, il murmure avec approbation, puis nous nous taisons. Je donnerais n'importe quoi pour savoir à quoi il pense, mais je sais que cela risque de se terminer par des chamailleries comme trop souvent. Et je n'ai vraiment pas envie de gâcher cet instant. Je reste donc coite à savourer cette sensation. Car étant donné que Noah et moi sommes têtus comme des mules, qui sait ce que demain nous réserve ?

11
Allons bon

Lanie

Je rêve. Je sens contre mon dos le corps de Noah qui m'enlace sous un ciel semé d'étoiles et sa voix qui murmure des petits mots tendres à mon oreille.

— Pardon, je ne savais pas, chuchote-t-il. Mais maintenant que vous êtes ici, je ne peux pas vous laisser partir. Jamais, Delaine. Vous faites partie de moi, à présent. Je ne peux pas vous laisser me quitter.

— Je ne voudrais pas être ailleurs, Noah, soupiré-je. Je veux rester ici éternellement avec vous. Serrez-moi fort et ne me laissez jamais partir.

— Jamais. Je vous aime, Lanie. Laissez-moi vous dire...

Sa voix rauque diminue et le décor autour de nous devient flou et s'enfuit. Mentalement, j'essaie désespérément de les faire revenir, mais il est trop tard. Je suis en train de me réveiller et tout a simplement disparu.

— Je vous en prie, dites-moi que vous ne passez pas vos journées à dormir.

— Hein?

Je me redresse et regarde péniblement autour de moi, ce qui n'est pas très facile avec les cheveux devant les yeux. Je les écarte pour voir l'insolente qui a osé troubler mon sommeil. Car je n'ai pas reconnu la voix de Noah.

— Fichez le camp, Polly, soufflé-je avant de me laisser retomber théâtralement sur le lit. (J'empoigne l'oreiller de Noah et le serre contre moi pour respirer son parfum avec un sourire de contentement.) Je suis en train de dormir.

Avec un peu de chance, je vais pouvoir retourner dans mon rêve, si elle se tait et s'en va.

— Non, plus maintenant, rétorque-t-elle.

Je l'entends traverser la chambre pour faire Dieu sait quoi, mais je jure que si elle saute sur moi, je vais lui flanquer une claque. Elle est beaucoup trop excitée pour une heure si matinale et, rien que pour ça, elle la mériterait, mais j'attends mon moment pour pouvoir la prendre par surprise.

— Qu'est-ce que vous voulez? gémis-je alors qu'elle ouvre les rideaux et laisse le soleil couler à flots.

Éblouie, je m'enfouis le visage dans l'oreiller. Mon dégoût de la lumière me fait penser aux vampires, puis au petit épisode que Noah m'a fait vivre dans le salon de télévision. Il va vraiment falloir qu'on remette ça.

— Eh bien, pour commencer, j'aimerais que vous fassiez quelque chose de cette horreur que vous appelez vos cheveux, dit-elle. (Je la sens qui soulève délicatement une mèche et la laisse retomber avant de s'essuyer les mains. À croire qu'elle s'imagine que j'ai des poux ou Dieu sait quoi.) Ensuite, il faut qu'on parle.

— De quoi? réponds-je d'une voix étouffée par l'oreiller.

Je me rends compte que j'ai la bouche pâteuse. Les cheveux peuvent attendre : pour le moment, il me faut une brosse et du dentifrice.

— De tas de choses. Maintenant, remuez vos fesses avant que j'aille chercher une carafe d'eau glacée et que je vous la balance dessus, dit-elle en me donnant une petite claque sur l'épaule.

Je me redresse en pestant et la regarde en plissant les paupières.

— Je ne vous supporte vraiment pas, Polly. Vous êtes au courant?

Une fois que je suis douchée – après m'être fait deux fois plaisir à l'aide de l'astucieuse petite boule offerte par Noah –, rasée et les dents brossées, je retourne dans la chambre où Polly a déjà fait le lit et manifestement choisi ma tenue du jour. Je m'habille et me fais un vague chignon avant de descendre.

— Polly? crié-je, ignorant où elle est embusquée.

— Ici! répond-elle depuis la cuisine.

Je découvre en arrivant qu'elle a déjà fait du café et m'en a servi une tasse.

— Eh bien, vous avez presque l'air humain.

— Et vous, en préparant du café, vous venez d'échapper à un bon coup de pied aux fesses, rétorqué-je.

Car le meilleur moment du réveil, c'est le café. Et le puissant arôme que je flaire doit être ce qui se fait de mieux au monde. Je m'assieds face à elle devant l'îlot central et commence à verser du sucre dans ma tasse.

— Alors, qu'y a-t-il de si important pour que vous soyez venue me réveiller?

— Nous allons y venir. D'abord, je voulais savoir si vous aviez essayé le fond de gorge, demande-t-elle, tout excitée et avide de tout savoir.

— Oui. Et je pense pouvoir affirmer que vous êtes un excellent professeur.

— Et vous une très bonne élève.

Nous éclatons de rire, mais Polly se tait brusquement et se racle la gorge.

— Et, euh... je suis désolée, reprend-elle d'un air coupable.

— Mais pour quoi? demandé-je, perplexe.

— Oh, rien, répond-elle avec un geste désinvolte avant de boire une gorgée de café.

— Non-non, pas question. Vous en avez trop dit ou pas assez, dis-je en pointant un index accusateur.

Elle pose sa tasse avec un grand soupir.

— Oh, mon Dieu, il va me tuer. J'en suis certaine, ajoute-t-elle avec inquiétude.

— Qui ? Noah ? demandé-je, alors que je sais très bien que c'est de lui qu'elle parle. Mais pourquoi, Polly ?

Elle fait une grimace et se cache le visage dans ses mains en me regardant entre ses doigts.

— Je suis au courant, Lanie. Je sais tout.

— Mais tout quoi ? Vous n'êtes pas très claire, dis-je en agitant mon croissant pour l'encourager à m'en dire plus.

— Je suis au courant du contrat que vous avez signé avec Noah. Je sais qu'il a payé deux millions de dollars pour que vous veniez vivre ici avec lui pendant deux ans. Je sais que vous n'êtes pas un vrai couple. Je suis au courant de ce que vous faites. Oh, mon Dieu, Lanie, je sais tout et j'aurais préféré ne rien savoir, parce que cela fait beaucoup trop et que c'est très difficile pour quelqu'un comme moi d'être au courant de tellement de choses, débite-t-elle d'une seule traite.

J'ai les mains qui tremblent tellement que je dois poser ma tasse de peur de la renverser ou de la jeter contre le mur.

— Il vous l'a dit ? demandé-je d'un ton relativement calme qui me surprend moi-même.

— Non, non, non ! Je vous en prie, Lanie, ce n'est pas sa faute, plaide-t-elle désespérément, comme si elle espérait arranger les choses. Voyez-vous, comme je m'occupe de sa comptabilité personnelle, j'ai vu le virement de deux millions et je lui ai posé la question. J'ai réfléchi un peu et constaté que ce virement avait eu lieu au moment où vous êtes arrivée. Et puis

– bon, vous me connaissez un peu à présent – j'ai commencé à creuser un peu. Mais franchement, si vous m'aviez dit la vérité la première fois que nous nous sommes vues, je n'aurais pas cherché. Enfin, vous m'avez raconté des salades avec cette histoire de spectacle de travestis et Noah – oh, il n'a rien arrangé non plus ! Quand je l'ai interrogé sur l'argent, il m'a dit que vous étiez un homme et qu'il avait financé votre changement de sexe et…

— Holà ! m'écrié-je. Attendez, là. Qu'est-ce que vous venez de me dire ?

— À propos de quoi ? Vous voulez que je reprenne depuis le début ?

— Mon Dieu, non. Je ne crois pas que je pourrais supporter la même histoire une deuxième fois. (Je me pince le haut du nez en sentant monter une énorme migraine à cause de ces babillages étourdissants et de ces révélations.) Polly ? Vous venez de me dire que Noah vous a raconté que j'étais un homme avant de subir une opération de changement de sexe ?

— Oui, mais il a ajouté que c'était une blague, répond-elle avec désinvolture. (Puis soudain, elle ouvre de grands yeux.) C'était bien une blague, n'est-ce pas ? Vous n'aviez pas un machin, avant, n'est-ce pas ?

— Mais non ! m'écrié-je.

— Non, ce n'était pas une blague, ou non vous n'aviez pas de machin ? demande-t-elle d'un air choqué mais un petit peu curieux tout de même.

— Non, Polly, je n'ai jamais été un homme. Et oui, c'était une blague de Noah, clarifié-je.

Il va me le payer.

— Tant mieux. Bon, c'est bien, soupire-t-elle, soulagée. (Puis elle pose le coude sur la table et le menton dans sa main.) Lanie ? Ma chérie, pourquoi avez-vous fait ça ? Pourquoi vous êtes-vous vendue comme objet sexuel ?

— C'est personnel, Polly. Et je ne veux pas que vous fouiniez partout pour essayer de connaître la raison. Sinon, je vous assure que je vous botterai les fesses, la préviens-je. (Elle acquiesce silencieusement.) De toute façon, Noah ne le sait pas lui-même.

— Oui, et je suis sûre qu'il n'a pas insisté non plus pour savoir, puisque cela l'obligerait à vous parler de Julie. Cette garce, murmure-t-elle.

— Attendez, c'est la deuxième fois que vous dites ce prénom. Je veux savoir ce qu'il en est de cette fille. C'est une ex ?

Si quelqu'un peut dévoiler le pot-aux-roses, c'est bien Polly. Elle m'en a probablement déjà dit plus qu'elle n'aurait dû.

— Je vous jure que s'il apprend tout ça, il va me virer pour de bon, et probablement Mason aussi. Et nous n'aurons plus de logement ni d'argent pour faire nos courses...

— Quelle tragédie, murmuré-je, sarcastique.

— Je sais, dit-elle comme si c'était vraiment le cas. Bon, écoutez, je vais tout vous expliquer, mais seulement si vous me dites ce qu'il y a vraiment entre vous et Noah.

Je repense au rêve, mais ce n'était rien de plus. Pas vrai ? Noah n'éprouvera jamais la même chose pour moi, même si je suis experte pour sucer à fond de gorge son énorme bite (songé-je avec ironie).

— Ce qu'il y a vraiment, c'est une relation d'affaires, Polly. Rien de plus que cela, dis-je très calmement.

— Je n'y crois pas, Lanie. Vous pouvez mentir à Noah ou à vous-même si vous y tenez, mais je n'y crois pas, me défie-t-elle. Je vous ai entendue. Pendant que vous dormiez encore. Vous parliez dans votre sommeil et d'après ce que j'ai pu comprendre, vous en pincez à mort pour le patron, ma petite.

— Bon Dieu, Polly ! Jamais vous ne pouvez vous empêcher de fureter ? demandé-je, furieuse de cette incursion dans mon intimité.

— Dites donc, ne jurez pas devant moi ! me gronde-t-elle en agitant l'index.

Je m'accoude à la table et de dépit, je me passe les mains dans les cheveux.

— Désolée, Polly. Écoutez, ce n'est pas exactement une situation idéale pour moi. Je suis en train de tomber amoureuse d'un type qui a payé assez d'argent pour nourrir tout un village pendant un bon bout de temps, rien que pour pouvoir me sauter quand cela lui chante, sans aucun lien affectif entre nous. Ce n'est pas facile et j'ai beau m'efforcer de le détester, je n'y arrive pas ! Qu'est-ce qui cloche chez moi ? Ce n'est pas le syndrome de Stockholm, parce que je n'ai pas été enlevée et je ne suis pas retenue ici contre ma volonté. J'ai conclu ce marché, mais cela devient un peu trop réel. Vous comprenez ? (Polly opine d'un air sincère et je continue sur ma lancée.) Et avec tout ce qui se passe chez moi, je n'ai plus qu'à lever les bras et implorer le Ciel de faire quelque chose. Ce qui ne risque pas d'arriver, étant donné que la vie que je mène en ce moment est très loin de la sainteté. Mais je ne sais pas comment réagir. J'ai l'impression de ne cesser de m'enfoncer. Je sais que je suis juste une sorte de marchandise pour lui, et qu'il n'éprouvera pour moi rien qui arrive à la cheville de la folle passion que j'ai pour lui, mais… oh !

Je respire à fond. J'ai les joues en feu et l'impression que je vais fondre en larmes d'un instant à l'autre. Mais il n'en est pas question, j'aurais l'air faible et encore plus vulnérable que je ne le suis vraiment. Pourtant je suis heureuse de pouvoir me confier un peu avant d'être anéantie et de devenir dingue. Car j'ai vraiment l'impression que la folie me guette. Cependant, Polly a l'air de me comprendre et, contrairement à sa tendance habituelle, elle m'écoute et me laisse me soulager sans essayer de me forcer à lui donner des détails. Jamais je ne saurais l'en remercier suffisamment.

Elle passe le bras par-dessus le comptoir et me prend la main avec un sourire réconfortant.

— Vous portez un sacré fardeau sur vos épaules, hein ?

— Je ne veux pas en parler.

Nous éclatons de rire en même temps. Pas un bon gros rire, juste une manière de reconnaître l'une et l'autre que ce que je viens de dire est ridicule, vu tout ce que je lui ai déjà avoué.

— Ne vous inquiétez pas, ma chérie. Vous vous en sortirez. Et on ne sait jamais ce qui peut arriver. C'est vrai, Noah n'est pas incapable d'avoir des sentiments. En tout cas, c'est ce que je pense. J'espère juste que ce sale petit épisode avec Julie ne l'a affecté que passagèrement et qu'il ne lui a pas laissé une blessure qui le marquerait jusqu'à la fin de ses jours.

— Oui, vous étiez censée me le raconter. Que s'est-il passé entre lui et cette fille ?

— Eh bien, c'est une petite salope, pour commencer, dit-elle avec un rictus méprisant. Noah l'a fréquentée pendant deux ans. Son père, le Dr Everett Frost, est un ami très proche de la famille, c'est comme ça qu'ils se sont connus.

— J'ai, euh... J'ai vu le Dr Frost, dis-je en me rappelant le nom du médecin qui m'a examinée.

— Oui, Everett est un type bien. Je ne le juge pas d'après sa progéniture. Quoi qu'il en soit, Noah était parti en voyage d'affaires, mais il avait décidé – c'était tout à fait irréfléchi – de la demander en mariage à son retour. Pour une raison inconnue, il croyait qu'il l'aimait. Je ne suis pas très sûre qu'il savait vraiment ce qu'était l'amour, et je ne suis toujours pas convaincue qu'il le sache aujourd'hui. Mais en tout cas, il est rentré et a trouvé sa chère Julie en train de coucher avec son meilleur ami.

Je porte la main à mon cœur. Pas pour jouer un rôle, mais simplement parce que c'est le genre de réaction normale qu'on a lorsqu'on est choqué.

— Oh, non...

— Oui, et ce n'est rien de le dire, ajoute Polly. Inutile de préciser que Noah a eu le cœur brisé, à moins que ce soit seulement son amour-propre, mais en tout cas, il s'est effondré. (Elle marque une pause et me regarde avec l'expression féroce d'une maman ours prête à tout pour protéger ses petits.) Et je ne sais pas s'il pourrait supporter que cela se reproduise. Donc, si votre relation passe à un tout autre niveau, n'oubliez pas ce que je viens de vous dire. C'est bien clair ?

Qu'elle est mignonne ! Fluette comme un moucheron et à peu près aussi agaçante, mais elle profère avec autorité des menaces comme un chef de gang. Je ne sais pas pourquoi, mais je la verrais bien capable de les mettre à exécution. Encore qu'elle n'ait pas de raison de s'inquiéter, car Noah Crawford n'éprouve rien pour moi et je vais m'efforcer de ne pas courir ce risque-là non plus. Le moindre sentiment que je pourrais éprouver pour lui devrait être enfoui au plus profond de moi, de peur que mon cœur finisse déchiré par les mains du seul homme qui a assez de pouvoir sur moi pour le faire.

— Parfaitement clair, Polly. Ne vous inquiétez pas. Mais je ne pense pas que ce soit de Noah dont vous devriez vous soucier dans l'histoire.

— Oui, j'ai compris. Cela dit, il a peut-être l'air dur, mais quand il laisse sa vraie nature transparaître... (Elle soupire.) C'est vraiment quelqu'un d'absolument adorable, et plus encore. Donc je vois très bien où il y a lieu de m'inquiéter.

— Ah, ne dites pas ça, Polly, dis-je en me cachant le visage dans les mains.

— Désolée, ma petite. (Elle se lève et me tapote l'épaule.) Gardez la tête haute et ayez la foi : ce qui doit arriver arrivera. (Elle me fait un clin d'œil et reprend son sac qu'elle fourre sous son bras.) J'ai des courses à faire, *chica*. À plus tard.

Elle me fait un petit baiser sur la joue et part dans un cliquetis de talons, me laissant ruminer toute seule mes angoisses. Le plus drôle, c'est que je ne me lamente pas bien longtemps sur mon sort. Ce qui m'inquiète le plus, c'est Noah et l'horrible épisode qu'il a vécu.

Oui, mes problèmes sont probablement beaucoup plus urgents, avec ma mère qui se meurt un peu plus chaque jour, mais pour l'heure, les révélations de Polly me poussent à mettre cela de côté et à me soucier surtout de lui. Je n'arrive pas à m'imaginer arriver dans une pièce et tomber sur mon mec dans les bras de ma meilleure amie.

Je me maudis quand une image de Dez et de Noah ensemble me traverse l'esprit et me fait frissonner. Jamais cela ne pourrait arriver. Je serais tout simplement effondrée si cela se produisait.

Pauvre Noah. Cette histoire explique pourquoi un homme aussi riche et aussi beau gosse de la tête aux pieds irait s'abaisser à acheter une femme. Sans attachement pour elle, cette femme ne peut pas lui jouer le même tour.

S'abaisser... Cela signifie que je suis tombée bien bas, non ? Évidemment. Même si je ne suis pas assez bien pour lui, je me fais le serment de m'occuper de lui comme il le désire et comme il en a besoin, même si ce n'est que durant les deux années où je lui suis contractuellement liée.

Noah

Dix minutes pour l'acheter.
Une heure pour qu'elle referme sa bouche sur ma bite.
Trois jours pour la goûter.
Quatre pour prendre sa virginité.
Deux semaines pour perdre la tête.
Merde.
À peine plus de deux semaines. Quinze foutus jours.
C'est tout ce qu'il a fallu pour qu'une femme que j'ai achetée me mène par le bout du nez. Durant les deux ans que Julie et moi sommes restés ensemble, elle n'a jamais réussi cet exploit. Mais Delaine ? Tout mon univers a été chamboulé en l'espace de deux putains de semaines.
Ce n'était pas du tout censé se passer comme ça. Comment vais-je tenir deux ans si je lui ai déjà offert sur un plateau d'argent tout ce qu'elle demande ? Incapable de résister à son cul d'enfer, voilà ce que je suis.
Bon sang !

Je n'ai fait que penser à elle toute la journée au bureau. Et c'est exactement pour cela que j'ai eu cette idée désespérée de demander à Samuel de l'amener avec lui quand il viendra me chercher. Oui, j'aurais facilement pu lui demander de commettre toutes les infractions possibles au code de la route de l'état d'Illinois pour arriver plus vite à elle, mais quand j'ai commencé à envisager d'acheter un foutu hélicoptère pour pouvoir éviter les retards dans les embouteillages, je me suis dit que la faire venir était probablement la meilleure solution.

Je n'ai plus toute ma tête. Et je devrais certainement me lancer dans une quelconque psychothérapie pour me guérir de ma nouvelle obsession, parce qu'elle est forcément malsaine.

Samuel se gare le long du trottoir où j'attends impatiemment, et avant qu'il ait eu le temps de descendre m'ouvrir, je l'arrête d'un geste, parce que je la retrouverai plus vite si je le fais moi-même. J'ouvre la portière d'un coup et elle est là… ma poupée à deux millions de dollars, seulement vêtue de mon peignoir et d'une paire de talons aiguilles, exactement comme je l'ai exigé quand je l'ai appelée un peu plus tôt dans l'après-midi. Et figurez-vous qu'elle est étendue sur la banquette, le peignoir ouvert découvrant ses épaules et formant une flaque de soie noire autour d'elle. Ce détail vient d'elle : je ne l'ai pas demandé, mais je suis ravi qu'elle ait pris une certaine initiative.

Elle n'est que satin crémeux et soie. Elle se caresse un sein d'une main et le ventre de l'autre. Sa chair nue n'a jamais été touchée ainsi par personne à part moi et cela ne fait que m'attirer une fois de plus.

Je jette un rapide regard autour de moi et sans m'en rendre compte, je retrousse les lèvres dans un rictus de fauve en vérifiant que personne n'a eu le temps d'apercevoir cette femme qui m'appartient. Il faut que je la prenne, que je marque mon foutu territoire et il n'est pas question que j'attende que nous soyons à l'abri dans la maison.

— Rentrons, Samuel, grondé-je. Et prenez la route touristique ou ce qui vous chante. Du moment que vous n'ouvrez pas cette portière et que nous ne sommes pas dérangés.

Je monte prestement et referme la portière pour écarter le monde extérieur et avoir tout à moi les trésors cachés de Delaine. Parce que je suis un salaud égoïste et que je ne partage jamais. Jamais. Il n'est même pas question que quelqu'un d'autre voie ce qui m'appartient.

Je m'agenouille devant elle, jette mon attaché-case et ma veste sur le côté et défais rapidement ma ceinture et mon pantalon avant de le baisser sur mes hanches. Ma bite jaillit et je l'empoigne pour la tenir bien droite.

— Mouillez-la pour moi, chaton, dis-je en me plaçant bien en face de son visage.

C'est merveilleux : elle se pourlèche les lèvres et me lorgne avidement avant de se pencher et d'ouvrir la bouche pour m'engloutir. Je l'arrête.

— Pas comme ça. Léchez-la, ma chérie. Je veux voir votre langue à l'œuvre.

Elle me fait un petit sourire sexy et d'un coup de langue, recueille la goutte qui perle sur mon gland. Ma bite tressaille toute seule et je retiens un soupir. Les yeux rivés sur moi, elle enserre de la main la base de ma verge et du plat de la langue, la lèche longuement de bas en haut.

— Putain, gémis-je.

Du coin de l'œil, je la vois serrer les cuisses et les frotter. Il faut que je regarde, j'ai besoin d'une preuve de son excitation.

— Montrez-moi cette jolie petite chatte, Delaine. Écartez bien les cuisses.

Elle laisse échapper un petit cri avide tout en léchant mon gland, puis elle pose un pied par terre en écartant les jambes. Bon Dieu, elle mouille déjà. Je referme la main sur sa chatte et glisse les doigts entre ses plis soyeux. Elle se cambre et ondule des hanches pour se rapprocher, mais je retire ma main pour la titiller.

— Ne soyez pas méchant, proteste-t-elle d'une voix rauque et sensuelle.

Je donne un petit coup délicat sur son clito, puis un deuxième, et un troisième, avant d'appuyer doucement avec trois doigts et le masser lentement. Elle redresse les hanches pour venir à la rencontre de mes doigts. Puis je sens sa bouche brûlante engloutir ma bite. Je respire profondément et la regarde faire. Je descends les doigts et les enfonce tous les trois en elle. Elle est sacrément serrée, mais elle avance tout de même pour les prendre. Je les ressors et en remets deux pour pouvoir atteindre son petit point

G magique, ce qui la force à plonger avec une frénésie avide sur ma bite.

Deux semaines plus tôt, elle était vierge. Aujourd'hui, je jurerais qu'elle a fait cela toute sa vie.

— Oh, putain ! Doucement, ma chérie. Vous allez me faire jouir, l'avertis-je.

Cela a beau être un plaisir d'éjaculer dans sa bouche et de la voir avaler, ce n'est pas ce que je veux cette fois. J'ai besoin de la baiser pour la marquer.

J'essaie de me dégager, mais elle tient solidement ma bite. J'enlève donc mes doigts et lui pousse l'épaule pour la forcer à me libérer. Elle me fait la moue, et c'est tellement sexy que je ne peux m'empêcher de me baisser pour lui mordiller la lèvre. Elle me prend par la nuque et passe sa langue entre mes lèvres pour venir caresser la mienne. Je la lui cède sans résistance, mais un bref instant seulement, car j'ai envie de la pénétrer et je ne peux plus attendre.

J'interromps ce baiser et l'empoigne brutalement sous les genoux pour la tirer vers moi. Elle se retrouve allongée, les fesses presque dans le vide au bord de la banquette. Je me place entre ses jambes écartées, la bite prête à la prendre. Delaine se rehausse vers moi pour se rapprocher, mais j'ai encore envie de jouer.

— Regardez, ma chérie. Regardez ma bite qui vous baise.

Elle baisse le regard vers son entrejambe et reste bouche bée quand je saisis ma bite et frotte le gland sur ses grandes lèvres et son clitoris. Elle mouille tellement que sa chatte est comme de la soie brûlante.

J'écarte ses grandes lèvres et la regarde se dilater petit à petit. Elle est tellement serrée que je suis fasciné d'avoir réussi à la pénétrer. Elle n'arrive pas à faire le tour de ma bite avec sa main, mais je suis parvenu à franchir cette minuscule ouverture. Du bout de la bite, je fais le tour de sa chatte, puis je me redresse.

— Putain, j'ai envie de vous. Il faut que je vous pénètre.

Lentement, j'entre en elle et la vois se dilater miraculeusement pour m'accueillir. Progressivement, ma bite disparaît en elle. Elle laisse échapper un petit cri incroyablement sexy.

— Vous aimez voir ça? Hein?

Je me rends compte que je dis n'importe quoi, mais je m'en fous, car c'est incroyablement excitant à regarder.

— Mon Dieu, oui, dit-elle.

Je hausse un sourcil, parce qu'elle a dit «Mon Dieu» au lieu de mon prénom.

Je ressors et repasse ma bite sur son clitoris avant de la laisser reposer à plat entre ses grandes lèvres et de faire quelques va-et-vient. Ma bite inondée brille dans la faible clarté qui filtre par les vitres. Je n'en peux plus. Je me recule et m'enfonce brutalement en elle, lui arrachant un cri.

— Oh, putain, Noah, gémit-elle alors que je la saisis par les cuisses et la prend à une cadence soutenue.

Nous suivons tous les deux ces mouvements, les dents serrées, fascinés par la perfection de cet unisson. Je sens sa chatte qui se resserre sur ma bite comme si elle la revendiquait pour elle seule et refusait de la laisser partir. Mes couilles claquent contre ses fesses à chaque coup de boutoir, redoublant nos sensations. C'est le paradis, et il faut qu'elle jouisse, parce que je veux faire quelque chose d'autre avant de jouir à mon tour.

— Touchez-nous, ma chérie. Posez la main sur votre chatte et étalez les doigts sur ma bite.

Elle tend timidement la main, celle ornée du bracelet que je lui ai offert et obéit. Sa tête se renverse en arrière, exposant cette gorge laiteuse dans une invitation qu'il n'est pas question que je refuse. Je me baisse et frôle des dents cette chair crémeuse avant de la prendre en bouche. Puis je trace une ligne de baisers jusqu'à son oreille sans cesser de la pilonner.

— Je vous ai manqué, aujourd'hui, ma chérie ? Parce que vous, mon Dieu, vous m'avez manqué. J'ai dû me branler trois fois : je ne pouvais pas m'empêcher de penser à la sensation de votre chatte emprisonnant ma bite. (Je souligne mes paroles en accélérant le rythme.) Et vous ? Vous vous êtes caressée en pensant à moi en train de vous baiser ? Vous vous êtes fait jouir, ma chérie ? Dites-moi que vous vous êtes fait jouir.

— Deux fois, avoue-t-elle. Et c'était loin d'être aussi bon qu'en vrai.

— C'est... ce... que... je... veux... dire, grogné-je en ponctuant chaque mot d'un profond coup de bite.

Elle répond par un gémissement et enroule ma cravate autour de son poing avant de m'attirer sans ménagement vers sa bouche. Je lui offre un baiser avide pour revendiquer ce qui m'appartient. Nos langues s'enroulent l'une autour de l'autre tandis que je m'agrippe de plus belle à ses hanches pour la pilonner encore plus vite.

À chaque saccade, je sens les parois de sa chatte qui se resserrent. J'interromps notre fiévreux baiser et baisse la tête pour attraper un téton entre mes lèvres et le mordiller légèrement. Je sens ses ongles griffer mes épaules alors qu'elle me retient contre elle, et c'est à regret que je dois me redresser, car je veux la baiser encore plus profond. Je regarde ma bite sortir et disparaître en cadence, luisante d'écume.

— Chérie, mettez vos doigts dans ma bouche. Je veux vous goûter.

C'est génial comme Delaine se plie à mes caprices et suit la moindre de mes consignes. Elle glisse ses doigts entre ses grandes lèvres pour les mouiller et les porter à ma bouche. Du bout des doigts, elle frôle mes lèvres et je sors le bout de la langue pour les goûter avant d'ouvrir entièrement la bouche et la laisser les y glisser. Je pousse un bruyant gémissement en la sentant sur ma langue. Elle a tellement bon goût. Je lui lèche entièrement les doigts avant de les libérer.

— Vous aimez mon goût ?

Pensez donc ! Avec sa manière de me regarder en se léchant les lèvres et en disant ces petites saletés...

— Voyez vous-même, dis-je en me retirant d'elle.

Puisqu'elle veut dire des cochonneries, je vais lui montrer à quel point je peux être audacieux. Je me redresse autant que je peux malgré la faible hauteur de plafond dans la limousine tout en lui inclinant la tête vers mon entrejambe. Elle comprend et m'engloutit avidement. Et que je sois damné si ma précieuse petite ne gémit pas de plaisir en se savourant elle-même sur ma bite. Je donne un ou deux coups de hanches, puis je me retire à nouveau.

— C'est l'heure de baiser, pas de sucer, dis-je en m'enfonçant de nouveau dans sa chatte.

Elle miaule et gémit en s'arc-boutant, chuchote mon prénom, se mord la lèvre et dodeline de la tête. C'est un spectacle extraordinaire.

— Bon sang, ma chérie, il faut que je vous fasse jouir.

Il me faut une volonté de fer pour me retenir de ne pas exploser en elle.

— Plus fort, Noah ! Baisez-moi plus fort !

J'aimerais bien, j'en serais ravi, mais dans notre position, ce n'est tout simplement pas possible. Cependant, j'ai une solution. Je me retire.

— Tournez-vous, ma chérie. J'ai envie d'aller profond. (Elle proteste d'un gémissement, mais comme je sais ce qui vaut mieux pour nous deux, je refuse de céder.) Tournez-vous, bon sang, mettez-vous à genoux, tenez-vous au dossier et écartez les jambes, ordonné-je d'une voix pressante.

Elle a l'air décontenancé, mais elle obéit. Je l'aide à se mettre à genoux devant moi, face à la lunette arrière, de manière à pouvoir se tenir au dossier. Son cul est parfaitement rebondi et ses reins creusés juste ce qu'il faut pour que je puisse accéder sans peine à son appétissante petite chatte. Mais quand elle voit les voitures qui nous entourent dans les embouteillages, elle détourne la tête comme pour se cacher.

Je me glisse en elle par derrière et me penche pour murmurer sensuellement à son oreille :

— Ne vous inquiétez pas, Delaine. Nous pouvons les voir, mais eux, non. Dommage qu'ils ne me voient pas vous baiser. J'aimerais que le monde entier puisse voir ce qu'il ne pourra jamais avoir.

Et sur ces mots, je me redresse et je la pilonne. Et putain, je m'enfonce beaucoup plus profond sous cet angle et ses fesses écartées découvrent son anus. Delaine se cramponne au dossier pendant que je la baise aussi fort, vite et profond que je peux. La sueur perle sur mon front et ruisselle sur mon nez, et pour ne rien arranger, ma cravate m'étrangle depuis que Delaine a tiré dessus pour m'attirer à elle pour un baiser. Mais ce que je sens plus que tout le reste, c'est sa chatte qui se resserre sur moi. Le monde entier peut aller se faire foutre. J'ai tout ce qu'il me faut devant moi.

N'ayant pas oublié combien cela lui a plu la première fois, je caresse son anus du pouce en appuyant légèrement. Elle gémit bruyamment et se cambre immédiatement. Du coup, je vais un peu plus loin et appuie jusqu'à ce que mon pouce s'enfonce en elle. Elle renverse la tête en arrière et se colle contre moi.

— Oui, ma chérie. C'est bon, hein ? demandé-je en ressortant légèrement le pouce avant de l'enfoncer de nouveau. Je vais vous baiser par là. Je vais enfoncer ma bite dans votre petit trou du cul étroit et vous allez adorer cela. Bientôt. Très bientôt.

Je la sens qui se crispe sur ma bite par saccades à mesure que l'orgasme déferle.

— Oooh, Noah ! s'écrie-t-elle.

Bon Dieu, oui. Ma petite poupée a envie que je la prenne par le cul autant que moi de le faire.

— Regardez-les, Delaine, dis-je. Regardez tous ces gens au dehors, qui vaquent à leurs pauvres occupations sans savoir ce qui se passe ici. Ils n'imaginent pas un instant ce que vous éprouvez en ce moment et ce que je vais ressentir. Oh, putain...

Une sensation indescriptible explose dans mes couilles et tout le long de ma bite et je finis par jouir.

— Oh, je le sens, souffle-t-elle. Je vous sens jouir en moi, et c'est... c'est...

— Putain, dites-le moi, ma chérie. C'est comment ? parviens-je à demander en plein orgasme, car j'ai vraiment envie d'entendre des vulgarités jaillir de sa petite bouche tellement baisable.

— Comme rien de ce que j'ai... Merde, je vais encore jouir, gémit-elle.

Tout son corps se crispe à nouveau et elle crie mon prénom. J'accélère le rythme de mes coups de boutoir en priant pour bander encore assez longtemps afin de lui donner un deuxième orgasme. Miraculeusement, j'y parviens, puis nous nous effondrons sur la banquette, moi sur son dos.

— Bon sang, marmonné-je en roulant sur le côté. Vous aurez ma peau.

Elle glousse et se tourne pour me faire un petit baiser sur les lèvres.

— Alors, très bientôt, c'est quand ?

— Quoi ? demandé-je en remontant mon pantalon.

— Vous savez bien… dit-elle en jetant un regard à ses voluptueuses fesses. Vous avez dit « très bientôt ». Mais c'est quand, très bientôt ?

Pris de cours, je bafouille la première chose qui me vient : « Je vous adore. » Et c'est tellement idiot que je me rattrape in extremis en ajoutant : « quand vous êtes aussi enthousiaste. » Avant de me prendre encore plus les pieds dans le tapis, je l'embrasse, passionnément, assez profondément pour qu'elle fonde dans mes bras et, j'espère, oublie ma bévue. Et moi ? Je suis prêt à me couper les couilles et à les jeter aux chiens. Parce que je n'aurais rien pu dire de plus idiot, mais qu'au fond de mon pauvre cœur, je sais que c'est vrai.

Mais qu'est-ce que c'est que ça ?

Je me dégage, la regarde au fond des yeux – encore un geste idiot – et je sens que je tombe amoureux. Pour de vrai. Et ce n'est pas normal. Pas du tout. Je suis faible, et elle me met à genoux.

Deux semaines. Deux foutues semaines qui ne voulaient rien dire et qui ont soudain pris une énorme importance.

Nom de Dieu.

★ ★ ★

Nous arrivons finalement à la maison intacts, du moins en apparence. Mais au fond de moi, je suis dans tous mes états. Et plus que jamais, il faut que je me renseigne sur elle. Pour commencer, il faut que je sache pourquoi elle s'est mise dans cette situation. Au début, je me suis convaincu que sa situation personnelle n'avait aucune importance. Mais Polly a raison : Lanie est une fille bien, même si elle se comporte parfois en reine des garces.

Après le dîner, je trouve un prétexte pour m'enfermer dans mon bureau, que j'arpente de long en large, faisant les cent pas et réfléchissant à ce que je vais faire. Bien sûr, je peux attendre que mon détective, Sherman, m'appelle pour me communiquer ce qu'il a découvert, mais je suis tellement impatient que je lui téléphone. Et je me ronge les ongles le temps qu'il décroche.

À la troisième sonnerie, sa voix retentit enfin.

— Sherman.

— C'est Crawford. Avez-vous découvert quelque chose ? demandé-je, sans trop savoir si j'ai envie de connaître la réponse.

— En fait, je viens d'avoir les derniers éléments. J'allais vous appeler demain à la première heure, parce que je ne voulais pas vous déranger. Alors, qu'est-ce que vous voulez savoir ?

— Tout.

12
Petites touches

Noah

— Alors voilà... commence Sherman.

Je l'entends s'installer dans son fauteuil et tripoter des paperasses. J'attends avec impatience tout ce qu'il pourra dire qui m'aidera à déchiffrer l'énigme que représente Delaine Talbot.

On frappe timidement à la porte du bureau, puis elle s'ouvre toute grande. Delaine apparaît dans une pose plutôt aguicheuse, les bras levés au-dessus de la tête, arc-boutée contre le chambranle. Ses cheveux mouillés tombent sur ses épaules et ses longues jambes sont pliées. Elle porte seulement des talons aiguilles noirs à bride, ornées de mon blason familial et l'une de mes cravates.

— Excusez-moi, je vous dérange ? demande-t-elle dans un ronronnement séducteur tout en tripotant la cravate qui pend mollement entre ses fabuleux seins. Je peux vous laisser, si vous voulez.

Mon cœur se met à battre la chamade et je suis sûr que je reste bouche bée. C'est une beauté, une allumeuse... une déesse.

Ma bite se dresse contre la braguette de mon pantalon en toile brusquement devenu trop étroit. C'est à croire qu'elle essaie de percer vaillamment l'étoffe – après tout, avec Delaine, tout est possible.

— Crawford ?

La voix de Sherman résonne vaguement à l'arrière-plan. Je n'ai d'yeux que pour ma poupée à deux millions de dollars, pour son corps de sirène qui me fait oublier mon obsession. Elle est tout ce qui compte. Tout le reste a disparu dans le néant.

— J'étais dans ma douche et avec toute cette eau chaude qui coulait sur ma peau et me procurait une sensation exquise, j'ai pensé à votre corps collé contre le mien et à ce truc magique que vous faites avec vos doigts... et votre langue... (Elle ferme les yeux et pose la tête contre le montant de la porte tout en caressant sa gorge nue d'une main et en passant l'autre entre ses cuisses.) Mon Dieu, j'ai envie que vous me caressiez.

— Allô ? Vous êtes toujours là, Crawford ?

Je dissipe comme je peux ma stupeur et me racle la gorge en me détournant d'elle.

— Euh, oui. J'ai une visite, euh, quelque chose d'urgent à faire. Rappelez-moi à la première heure demain.

Je raccroche sans attendre sa réponse. Il me téléphonera, parce qu'il tient à être payé. Et si j'ai pu passer presque trois semaines sans avoir les informations que je désire, je peux sûrement patienter encore dix heures.

Vif comme l'éclair, je me retrouve devant elle, les deux mains agrippées au linteau au-dessus d'elle. Je n'ose pas la toucher, de peur de l'abîmer.

— Vous ne pouvez pas dire des trucs pareils sans...

Incapable d'achever ma pensée parce qu'elle est devant moi, scandaleusement nue et tout excitée, je perds soudain ma détermination et je mets un genou en terre pour poser l'un de ses pieds délicats sur mon épaule avant de m'avancer et de lui donner des coups de langue comme jamais. Forcément, ce n'est pas vraiment la meilleure manière de s'y prendre pour la punir d'avoir interrompu un coup de fil aussi important. Je vais en pâtir bien davantage qu'elle.

Oui, même moi, je me fais des illusions.

Elle appuie légèrement sur mon épaule avec son talon aiguille pour me forcer à reculer.

— Je me demandais... Vous ne sauriez pas jouer du piano, par hasard? Parce que j'en ai trouvé un très joli en bas, dans ce que je pense être votre salon de musique, et je me disais que ce serait incroyablement érotique si j'étais... comment dire... exposée devant vous pendant que vous me joueriez la sérénade. C'est vrai, je suis en tenue de soirée, j'ai même mis une cravate.

Pas besoin d'en rajouter.

Et donc, sans prononcer un mot, je la hisse sur mon épaule et l'emporte vers ce qu'elle a si bien qualifié de salon de musique. L'acoustique y est encore meilleure que dans l'entrée et j'ai hâte de l'entendre hurler mon prénom. Et je garantis qu'elle va le crier.

Lanie

Les hommes sont tellement prévisibles.

Il a suffi que j'apparaisse pratiquement nue et que je laisse entendre que je souhaitais qu'on s'occupe un peu de moi, et il me mange dans la main. Enfin, ce n'est pas exactement la main qu'il a envie de me manger, mais dans un cas comme dans l'autre, j'ai obtenu ce que je voulais.

J'ai songé à son ex-petite amie infidèle dont Polly m'a parlé, et je suis décidée à le combler de ce qu'il désire, à faire en sorte qu'il voie bien qu'il n'y a que lui qui compte. Parce qu'au final, c'est la raison pour laquelle il s'est abaissé à acheter une femme. Cela lui garantit que je vais exaucer tous ses désirs et tous ses caprices, et que je ne désirerai que lui seul.

Encore que je ne m'en plaigne pas. Bien sûr, je devrais m'en vouloir de participer volontairement, et je m'en veux – dans une certaine mesure. Mais je suis une femme : une femme animée de désirs qu'elle ne soupçonnait même pas avant le début de cette histoire ; des besoins qui sont très certainement comblés par un homme qui, dans des circonstances normales, n'aurait pas eu besoin de me le demander deux fois pour que je saute dans son lit. Et puis, j'ai signé, n'est-ce pas ? Je sais à quoi je me suis engagée. En fait, apprécier cette « torture » constitue un petit avantage, non ? C'est vrai, après tout, j'aurais pu finir entre les griffes de Jabba le Hut.

Noah me jette sur son épaule comme un sac de pommes de terre et je glousse telle une écolière quand il tourne la tête et me mordille la fesse avec ses magnifiques dents blanches. Apparemment, je ne suis pas la seule à être adepte des morsures.

Nous arrivons enfin dans le salon de musique. Je le sais parce que son grondement de fauve est devenu une sorte de vibration constante que je ressens en plus de l'entendre. Délicatement, il me pose sur le dessus de son piano demi-queue et se place entre mes genoux écartés.

— C'est ce que vous aviez en tête ?

Sa voix grave et langoureuse résonne jusque dans ses mains posées de chaque côté de moi. Je sens dans mon entrejambe cette vibration qui me rappelle la merveilleuse boule qu'il m'a offerte.

— En fait, je vous voyais plutôt assis sur le tabouret en train de toucher ce clavier avec vos doigts incroyables, dis-je en lui caressant la poitrine. Vous pensez pouvoir me faire ce plaisir, Noah ? Me jouer un petit quelque chose inspiré par le spectacle de ma… votre… chatte ?

Je lui fais une moue séductrice, mais il ne bronche pas. Il reste immobile comme une statue, une statue d'Adonis. Je commence à me dire que mes petits mots doux n'étaient pas aussi enjôleurs que je le pensais, quand il se penche et me chuchote à l'oreille.

— Delaine ?
— Mmm ?
— Je crois que je viens de jouir un petit peu.

Avant que j'aie pu répondre, il recule brusquement et s'installe sur le tabouret.

Je vois ses mains passer au-dessus du clavier sans faire un bruit. Son regard n'est qu'admiration et concentration, c'est celui d'un homme qui adore manifestement son instrument. Je ne peux pas lui en vouloir : je trouve personnellement que son « instrument » est tout à fait admirable.

Il s'humecte les lèvres et se redresse avant de lever les yeux vers moi.

— Vous m'avez promis de me fournir l'inspiration si je joue.

Premier problème. Si j'essaie de tourner mes fesses sur son piano luisant, qui n'est absolument pas aussi glissant qu'il en a l'air, je vais probablement faire un couinement très inélégant. Et je ne sais pas si je peux supporter ce genre d'indignité alors que j'essaie d'être sexy et séductrice. Je fais donc la seule chose possible.

Je saute à terre, en parvenant miraculeusement à ne pas perdre l'équilibre sur les vertigineux talons aiguilles que je porte et qui vont si bien avec mon absence quasi-totale de tenue, puis j'invoque toutes les top-models que j'ai vues sur les podiums dans les innombrables défilés que ma mère m'a forcée à regarder à la télévision, et je parade devant Noah en espérant que mon cul n'est pas tout rouge d'être resté assis sur ce piano.

Je crois que je ne m'en sors pas trop mal, car il me lorgne comme le loup dans les dessins animés de Tex Avery qui se pourlèche les babines face à une proie de choix. Me sentant plus assurée que je ne devrais, je pose un pied sur le tabouret à côté de lui et je me hisse dessus. Vous savez ce qu'on dit des « regards assassins » ? Eh bien, il faudrait inventer le « regard dévoreur », car c'est exactement ce que fait Noah devant mes jambes, mon cul, mes seins et ma chatte — à croire que ses yeux sont des tentacules de pieuvre.

Moi, je suis humide tellement j'ai hâte que vienne la suite. Théâtralement, je repose mes fesses sur le piano et je croise les jambes pour qu'il ne voie pas à quel point je mouille. Même si j'ai fini par comprendre que c'est quelque chose qui excite Noah à mort, j'ai envie de le taquiner un peu. Après tout, il lui faut une motivation pour me donner ce que je désire avant que je lui donne ce qu'il veut.

Noah lève les yeux vers moi et commence à déboucler la lanière qui entoure ma cheville. Cela fait, il enlève sans se presser ma chaussure et dépose un long baiser sur le dessus de mon pied.

— Pas question que ces chaussures touchent le clavier, chaton, dit-il à mi-voix en reposant mon pied nu et en s'attaquant à l'autre. Et faites-moi penser à augmenter Polly.

— Achetez-lui une paire identique et elle dira que vous êtes quitte.

Mes chaussures posées par terre à côté de lui, il dépose des baisers le long de mon mollet jusqu'à mon genou. Puis il m'écarte les cuisses et me pose les pieds directement sur les touches, le plus loin possible de part et d'autre du clavier. L'accord que cela arrache au piano est épouvantable et nous fait frémir, mais maintenant qu'il peut voir ma chatte, son expression change rapidement.

— Putain, j'adore voir comment vous mouillez pour moi. Vous devriez savoir que personne n'a jamais posé ne serait-ce que le doigt sur mon demi-queue, Delaine, et encore moins les pieds.

— Je suis désolée. Je peux les enlever.

Mais avant que j'aie pu bouger, il m'arrête.

— Surtout pas.

Son ton calme exprime encore plus l'autorité que s'il n'avait aboyé un ordre. Noah ne quitte pas mon entrejambe du regard tandis qu'il retrousse ses manches. Après quoi, il se redresse et tend les mains au-dessus du clavier.

— Je n'ai pas joué depuis un moment, dit-il, mal à l'aise. Je vais sûrement être un peu rouillé.

Je le savais déjà. Juste avant que Noah m'appelle pour me demander de venir le chercher à son bureau en voiture avec Samuel, Polly m'a téléphoné pour prendre de mes nouvelles. Nous avons bavardé un petit bout de temps pendant que je me baladais dans la maison. C'est à ce moment-là que je suis tombée sur la pièce où nous sommes. C'est également là que Polly m'a expliqué qu'il jouait tout le temps avant le drame avec Julie. Quand elle m'a dit qu'il n'y avait plus touché depuis, j'ai compris qu'il fallait au moins que j'essaie de le pousser à recommencer. Après tout, on dit que la musique adoucit les mœurs. Je ne sais pas trop si j'ai envie que ce fauve soit apaisé avant de me baiser à fond, surtout parce que je crois qu'il a besoin de soulager la frustration ou la colère qu'il a accumulée en lui, mais peut-être que ce serait bien qu'il se réaccoutume à quelque chose qui le rendait heureux naguère.

Est-ce risqué ? Oui. Mais je me dis que si j'ai une chance de réussir, réveiller ce qu'il a de plus sexuel en lui est la meilleure manière de procéder. Polly pense que je suis le point faible de Mr. Crawford, et si je n'ai aucune intention de profiter de cet avantage, je ne vais pas me refuser le plaisir que je pourrais trouver en l'aidant à reprendre goût à la vie.

Je suis tout chose dès l'instant où il plaque son premier accord. Ses doigts voltigent avec virtuosité sur les touches, en tirant des sonorités que j'ai l'impression de n'avoir jamais encore entendues, mais de toute beauté. Je suis un peu inquiète pour son piano, car s'il continue de jouer comme cela, je vais jouir à flots, sans même qu'il ait besoin de me toucher. Même si, d'une certaine façon, c'est ce qu'il fait : les doigts qui jouent cette merveilleuse musique font vibrer le piano et mes cuisses.

— Allongez-vous appuyée sur les coudes, ma chérie, dit-il sans s'interrompre.

Je ne suis pas connaisseuse, mais ce qu'il joue est parfait. Plus que cela, même : c'est érotique. Je n'irais pas jusqu'à dire que c'est la bande-son idéale pour un film coquin, mais comme la musique est un prolongement de Noah – un peu comme ses doigts, sa langue et sa bite colossale – il est logique que, par extension, elle berce ma chatte. Elle fait plus que la bercer, d'ailleurs. Elle m'émeut, elle me donne envie de choses qui sont probablement illégales dans de nombreux pays. Sans compter que d'après la manière dont ses doigts volent sur les touches, on comprend pourquoi ils sont si agiles pour d'autres activités. Avant d'être le Roi du Doigtage, ce type a d'abord été le Roi du Doigté…

Je m'allonge en arrière, appuyée sur les avant-bras, mais je ne le quitte pas du regard. Noah en fait autant. Sauf que ce n'est pas ma chatte qu'il fixe, mais moi, mes yeux. Il me regarde avec tellement d'ardeur que j'ai l'impression que je vais prendre feu d'un instant à l'autre.

Et c'est là qu'il fait ce truc.

Sans cesser de me regarder ni de jouer sa petite mélodie, il se penche et embrasse à pleine bouche mon clitoris. Je me décroche la mâchoire en respirant intensément et mes jambes sursautent involontairement. Évidemment, en même temps, cela lui fait faire des fausses notes, mais Noah m'adresse un petit sourire et continue. La seule différence, c'est que la mélodie semble plus grave et pressante, à présent.

Il continue de me faire ce truc insensé avec ses lèvres plantureuses et sa langue de reptile. Sa bouche est brûlante et humide, ses lèvres caressent délicatement ma chatte tandis que sa langue s'occupe expertement de tous les nerfs qui affleurent à cet endroit précis entre mes jambes.

Je ne vais pas tenir le coup longtemps.

Noah est en train de fredonner contre ma chatte, à l'unisson avec la mélodie qu'il joue, comme s'il l'avait écrite lui-même. Ce qui est très possible.

Les muscles de mes cuisses se crispent et mes hanches tressautent alors que j'essaie de me rapprocher de sa bouche experte. J'ai une douloureuse envie de jouir et je l'en supplie à grands cris. Puis soudain, la musique se tait et Noah s'attaque à la petite boule de nerfs gonflée entre mes jambes et la lèche éperdument. Je me redresse d'un coup et lui empoigne les cheveux pour le forcer à ne pas bouger. En même temps, l'orgasme s'empare de tout mon corps, je renverse la tête en arrière et je lui emprisonne la tête entre mes cuisses, tout en débitant un chapelet de grossièretés d'une voix qui ne ressemble absolument pas à la mienne. Mon Dieu – je veux dire : Noah – je crois que je suis possédée par le démon de l'orgasme.

C'est seulement quand les vagues refluent et que la tension s'apaise un peu en moi que je m'inquiète d'avoir étouffé Noah. Asphyxié par une chatte, ce n'est pas très digne, sur un certificat de décès.

— Oh, mon Dieu ! Ça va ? demandé-je, paniquée, en le soulevant par les cheveux pour voir ce qu'il en est.

Il arbore son sourire satisfait tout en se passant la langue sur les lèvres.

— Non, répond-il. Mais je suis sûr que ça ne va pas tarder.

Je ne sais pas quand ni comment il s'y est pris, mais quand il se relève, il a déjà son pantalon aux chevilles et sa bite au garde-à-vous devant moi.

Il me soulève du piano et se rassoit sur le tabouret en m'installant sur ses genoux. Il lui faut deux secondes pour soulever mes fesses, placer sa bite bien en face, puis me laisser retomber d'un coup sur lui. Et sans perdre un instant, il me relève et me rassoit sur lui, sans ménagement. Sa bouche s'est refermée sur un téton et je me cramponne à lui. Même si c'est moi qui suis dessus, je ne maîtrise absolument pas la situation. Tout est entre les mains de Noah. En moi, autour de moi, sur moi – il est partout. À chaque mouvement, il s'enfonce plus loin et plus violemment, jusqu'à ce que son front et ses cheveux soient trempés de sueur. J'ai les yeux révulsés et l'impression d'être véritablement possédée, mais cela ne se peut pas. Comment quelque chose d'aussi délicieux pourrait être mal?

Je jouis de nouveau et j'enfonce mes ongles dans son dos, sans me soucier de sa chemise hors de prix. Je sais seulement qu'il faut que je me cramponne et ne le lâche plus. Et c'est exactement ce que je fais, même après que Noah a joui en moi en laissant échapper un rugissement de fauve qui devrait me terrifier.

Il reste le visage collé contre ma poitrine, les bras ceignant ma taille. Il ne se donne même pas la peine de se retirer. Il ne dit rien. Seul résonne dans la pièce l'écho de nos halètements tandis que nous redescendons sur terre.

Je ne le lâche pas non plus. Je continue de caresser ses cheveux et de déposer des baisers sur le sommet de son crâne, puis je pose la joue dessus et je ne bouge plus. Je ne peux pas le lâcher. Pas question. Pour la première fois depuis que j'ai décidé de me lancer dans cette histoire, de me vendre, je suis terrifiée.

Que s'est-il passé ?

C'est à cet instant que je me rends compte que je n'ai vraiment aucune expérience et que je suis totalement imprudente. Je ne suis qu'une fille de province qui essaie de jouer dans la cour des grands avec un type hors du commun.

Au bout de ce qui semble une éternité, nous nous lâchons enfin et je file dans la salle de bains prendre une autre douche. J'en ai peut-être besoin, mais j'ai surtout besoin de temps toute seule pour rassembler mes pensées. C'est seulement quand l'eau commence à tomber sur moi que je me mets à pleurer silencieusement.

Les faux-semblants : oh, mon Dieu, ces faux-semblants derrière lesquels je me suis cachée, cette muraille commence à s'écrouler. J'ai joué à la femme invincible, mais je ne suis qu'une fille éperdue d'amour pour un homme qui ne voit en elle qu'un bien qu'il a acheté. Et en effet il me possède, dans tous les sens du terme.

Je repense à ce début de journée, à notre petit épisode dans la limousine. J'ai cru qu'il allait me dire qu'il m'aimait et j'étais prête à donner mon cœur à l'unique personne à qui je pourrais le confier sans crainte.

Mais ce n'est pas du tout ce qu'il a dit. N'est-ce pas ? Ce qui prouve bien à quel point je suis inexpérimentée. Quelle petite sotte je fais ! Noah Crawford est un homme qui a le monde entier à ses pieds, et moi je n'ai rien à lui offrir. Mais, le Ciel me vienne en aide, je suis en train de tomber follement amoureuse de lui.

Noah surgit soudain de nulle part.

— Je vais aller prendre ma douche dans l'une des chambres d'amis. Je voulais vous prévenir au cas où vous… (Il s'interrompt brusquement et prend un air inquiet.) Vous avez pleuré ?

— Non, non, mens-je en me détournant pour m'essuyer les yeux. Bien sûr que non. Quelle question idiote ! Pourquoi pleurerais-je ? C'est juste du savon qui a coulé dans mes yeux, c'est tout.

Il me soulève lentement le menton et me scrute. Il me semble voir quelque chose dans son regard, mais avant que j'aie le temps de m'aventurer trop loin dans cette illusion stupide, je prends conscience que c'est simplement mon reflet que je vois. Et cela me fiche une sacrée trouille. Encore une fois. Parce que s'il se rend compte de ce que j'éprouve, je frémis déjà en songeant aux conséquences. Il me ramènera probablement au service après-vente de Scott en exigeant qu'on m'échange ou qu'on le rembourse.

Il n'a pas les mêmes sentiments pour moi et jamais il ne les aura, c'est impossible.

— OK, si vous êtes sûre, je vais juste…

Il désigne du menton la porte de la salle de bains.

— Oui, tout va bien, dis-je avec un sourire forcé. Fermez cette porte, je suis en train de mourir de froid.

— Ah, il ne vaudrait mieux pas, n'est-ce pas ? dit-il en se penchant pour m'embrasser chastement les deux seins puis les lèvres.

Et avec un clin d'œil et un petit sourire, il disparaît.

Tout comme il s'envolerait si jamais il découvrait que j'ai des sentiments pour lui, ce qui ne fait sans aucun doute pas partie du contrat. Cela va franchement à l'encontre de la clause « sans attaches ». Il faut que je me ressaisisse et que je dépasse ce moment de faiblesse. J'en suis capable. Je peux oublier mes sentiments et être là pour ce qu'il demande et rien de plus. J'ai connu bien pire.

Je ne suis pas une femme vulnérable. Je suis forte. Résistante. J'ai fait tout ce qui était en mon pouvoir pour aider mes parents à affronter la mort imminente de ma mère, celle sur qui nous reposons tous. Je me suis vendue aveuglément au plus offrant pour être sûre qu'elle aura une chance de s'en sortir.

Je peux y arriver. J'y suis obligée.

Noah

Le lendemain matin, je me retrouve à mon bureau à m'arracher les cheveux de frustration. Je n'ai pas bien dormi la nuit dernière. Je n'ai pas pu oublier ce que j'ai vu dans les yeux de Delaine. Cela m'a hanté. Il y avait quelque chose de terrible dans ses yeux. J'ai déjà vu cette expression. Mais je n'arrive pas à l'identifier. Elle m'a menti. Elle pleurait, et comme elle n'a pas voulu me dire pourquoi, je n'ai pu que tirer tout seul mes conclusions. Il ne m'a pas fallu bien longtemps. Elle est prisonnière chez moi. Bien que je lui laisse la bride sur le cou, elle est tout de même prisonnière, forcée de se soumettre à mes besoins les plus primitifs quand cela me prend. Pourquoi n'ai-je jamais songé qu'elle pourrait trouver cela répugnant ? Bien sûr, des tas de femmes se jettent dans mes bras, mais elles le font de leur plein gré, pas parce qu'elles ont été payées pour cela et qu'elles n'en ont pas le choix.

Je me lève et me rends dans ma salle de bains privée. J'ouvre le robinet et laisse couler l'eau froide sur mes mains avant de m'en passer un peu sur le visage. Je recommence plusieurs fois et je me rends compte que cela n'a aucun effet. Rien ne peut me tirer de ma torpeur. Je m'essuie le visage avec une serviette, mais en apercevant mon reflet dans le miroir, je me fige. Je le vois bien : je suis devenu l'unique individu que je méprise le plus au monde. David Stone.

Après tout, j'ai agi comme il aurait pu le faire lui-même. Sauf que j'ai payé pour un contrat de longue durée alors qu'il ne l'aurait prise que pour une nuit. En même temps, je l'utilise pour mon plaisir personnel sans me soucier le moins du monde des conséquences que cela pourrait avoir sur elle au final. J'ai agi ainsi en me protégeant derrière cette excuse : si elle a choisi de le faire, c'est qu'elle sait dans quoi elle met les pieds. Mais même si c'est vrai, cela ne signifie certainement pas pour autant que j'aurais dû profiter de cela. Et si elle souffrait de faiblesses mentales ? Elle n'en donne pas l'impression, mais quelle personne sensée aurait agi comme elle ? Quelqu'un qui est aux abois, voilà la seule réponse possible.

Si je profite de son désespoir, en quoi suis-je différent de David ? L'ignorance n'est vraiment pas une bonne excuse. J'aurais dû savoir que n'importe qui, que ce soit Delaine ou une prostituée défoncée au crack, ne peut agir ainsi que par désespoir. En conséquence, je suis dans mon tort depuis le début.

Je reviens dans mon bureau et je regarde le téléphone en espérant qu'il sonne. Comme le masochiste que je suis apparemment, je veux savoir ce qui s'est passé dans la vie de Delaine pour qu'elle ait été contrainte à prendre ce chemin. Le sauveur qui est en moi veut l'aider. Mais en réalité, je ne suis pas un sauveur.

Je suis peut-être télépathe, car c'est à ce moment précis que ce fichu téléphone décide de sonner. Brusquement, je ne suis plus très sûr d'avoir envie que ce soit Sherman, parce que s'il me dit que mes soupçons sont fondés, que Delaine a fait cela par désespoir, je ne sais pas comment je vais réagir.

Je respire un bon coup pour me calmer et je décroche.

— Crawford.

— Bonjour, Mr. Crawford. Sherman. J'ai les renseignements que vous désiriez. J'espère que je ne vous dérange pas.

Je laisse échapper un soupir résigné.

— Pas plus maintenant qu'à un autre moment, réponds-je.

— Bon. Vous avez de quoi noter? demande-t-il, très professionnel.

Je sors un stylo de ma poche et fais glisser mon bloc vers moi.

— Allez-y.

— Delaine Marie Talbot, également connue sous le nom de Lanie Talbot. (Comme si j'avais besoin qu'on me le rappelle.) Elle a vingt-quatre ans, demeure à Hillsboro, dans l'Illinois, avec ses parents Faye et Mack Talbot. Je peux vous donner l'adresse si vous voulez.

— C'est pour cela que je vous paie, non? réponds-je, agacé.

Il me la donne, puis il continue.

— Son dossier scolaire indique qu'elle était excellente élève au lycée, mais je n'ai pas trouvé sa trace dans la moindre université.

Je ne suis pas surpris du tout qu'elle ait été bonne élève. Peut-être qu'elle a besoin de l'argent pour financer ses études.

— Apparemment, elle ne sortait pas beaucoup non plus. Ce qui n'est pas étonnant chez les bons élèves. Ils ont tendance à se replier sur eux-mêmes.

Ayant été un bon élève moi-même, je sais pertinemment que rien ne pourrait être plus éloigné de la vérité.

— Elle a l'air banal, si vous voulez mon avis. (Que je n'ai pas demandé.) Comme je ne trouvais pas grand-chose sur elle, je me suis renseigné sur les parents. Son père était ouvrier dans une usine dont il a été licencié pour absences trop nombreuses. Il y a dans son dossier des certificats médicaux les justifiant, mais pas pour lui. Apparemment, il s'occupait de sa femme malade. Faye Talbot a une maladie mortelle, et elle a besoin d'une greffe de cœur.

Il marque une pause.

Des souvenirs du cercueil de ma mère me reviennent et je lâche mon stylo, brusquement paralysé. Ayant perdu en même temps les deux seules personnes que j'ai vraiment aimées en ce monde, je ne sais que trop bien ce qu'elle doit éprouver. Et elle est là avec moi au lieu d'être au chevet de sa mère malade. Pourquoi ?

J'entends Sherman tripoter des paperasses avant de reprendre :

— Ils ont récemment reçu une grosse somme d'argent d'un donateur anonyme. Avant cela, ils couraient à la banqueroute. Quantités de factures médicales, cartes de crédit dépassées... Une partie aurait pu être payée par l'assurance maladie, mais quand on est au chômage, on n'a pas la sécurité sociale.

Bordel.

— Pas de casier judiciaire sur Delaine. Je n'ai rien de plus.

Il soupire et attend que je réponde. Le problème, c'est que je ne sais pas quoi dire. J'en suis encore à digérer le fait que la mère de Delaine est à l'agonie.

Pour la première fois depuis le décès de ma propre mère, j'ai envie de pleurer.

— Mr. Crawford ? Allô ? répète-t-il.

Je n'arrive pas à parler. Je retiens le flot d'émotions qui déferle brusquement en moi et menace de tout emporter. Le chagrin que j'ai éprouvé à la mort de mes parents a failli me détruire. J'aurais tout fait pour les sauver si j'avais pu. N'importe quoi.

Je me rends à peine compte que je raccroche tellement je suis bouleversé.

Delaine a fait le geste le plus désintéressé qu'on puisse demander à quiconque en ce monde. Elle a cédé son corps, sa vie... pour sauver sa mère mourante.

C'est une fichue sainte, et je l'ai traitée comme une esclave sexuelle.

Une culpabilité que je n'ai encore jamais éprouvée jusqu'ici commence à me ronger. Car ça me brise le cœur de savoir pour quelle raison elle en est arrivée là.

13

Agitation

Noah

Je quitte le bureau de bonne heure, peu de temps après avoir découvert la véritable raison pour laquelle Delaine est devenue mon esclave. Je n'en pouvais plus : je ne pouvais pas rester assis là à faire comme si de rien n'était, agir comme d'habitude alors que ce que j'avais appris remettait d'une certaine façon tout en question.

— Alors, Mr. Crawford, m'arrête Mason comme je passe devant son bureau. Vous partez ? Un problème ?

Oui, je devrais probablement dire quelque chose à mon assistant, non ? Tout dans ma fichue tête est un grand bordel et cela ne fait que commencer.

— Transférez tous mes appels sur ma boîte vocale. J'en ai fini pour aujourd'hui. Et si on vous demande, vous ne savez pas où je vais.

— Mais je ne sais pas où vous allez.

— Exactement.

Je tourne les talons et poursuis mon chemin sans répondre à Mason qui me demande si tout va bien. Non, tout ne va pas bien. Et non, je n'ai pas envie d'en parler. Je veux me murer un moment dans ma culpabilité, puis réfléchir à une manière de sortir de ce bourbier.

Je sais qu'il n'existe qu'un seul endroit où je pourrais trouver la paix et la sérénité qu'il me faut pour faire le point, et il n'est pas question de me laisser retarder par des bavardages. Du coup, je suis obligé d'être grossier — et je le suis — avec plusieurs employés. Mais figurez-vous que je me fous royalement qu'ils se sentent offensés que je ne leur sourie pas poliment quand ils s'enquièrent de ma santé ni que je leur réponde machinalement l'habituel «Très bien, et vous?». Je me fous de savoir comment ils se portent, que leur fils ait un rhume ou que leur fille soit passée capitaine de l'équipe des pom-pom girls, ou même que leur mari ait eu une promotion. Je m'en contrefous.

Je sors de l'immeuble et saute dans le premier taxi qui s'arrête, car il n'est pas question que je me fasse conduire par Samuel. Je ne veux pas que l'on sache où je suis. Est-ce irresponsable de ma part de ne prévenir personne? Probablement, mais là encore, je m'en fous.

Je donne un billet de cinquante dollars au chauffeur en disant laconiquement :

— Sunset Memorial.

— Pas de problème. Dites, vous n'êtes pas le fils Crawford?

— Non. Vous devez me confondre avec quelqu'un d'autre.

Je m'enfonce dans la banquette en soupirant. Bien entendu, il doit se douter que je raconte des conneries. Il vient de me prendre devant l'immeuble que possède le «fils Crawford», nom d'un chien. Donc, c'est sa faute si je suis obligé de lui mentir. Il n'aurait pas dû poser une question aussi stupide.

Peu après, les embouteillages du centre de Chicago s'éloignent et le soleil apparaît dans le ciel chargé de nuages. C'est étrange de voir ses rayons qui filtrent à travers de minuscules trouées, surtout quand les nuages qui les entourent ont l'air prêts à déverser un déluge, mais cela m'apaise un petit peu de voir qu'ils baignent l'endroit vers lequel je roule.

Le Tombeau des Crawford.

Le terme mausolée serait plus approprié, mais Tombeau sonne mieux. Dans les deux cas, c'est le dernier repos des deux personnes qui m'ont aimé pour ce que j'étais. Et l'un d'eux va probablement surgir de sa sépulture et me coller une calotte à cause de ce que je suis devenu.

— Vous voulez que j'attende? demande le chauffeur quand il s'arrête en bas de la colline où se trouve la concession familiale.

— Non, ça ira, réponds-je.

— Vous êtes sûr? On dirait qu'il va se mettre à pleuvoir d'un instant à l'autre.

— Tant mieux, murmuré-je en descendant.

Une pluie torrentielle cadrerait parfaitement avec ce que j'éprouve, de toute façon.

— Eh bien, ça me gênerait de vous laisser ici tout seul sans vous donner un petit quelque chose pour vous réchauffer.

Il passe le bras par-dessus le dossier et me tend un sac en papier qui contient une bouteille non entamée de José Cuervo. La marque de tequila préférée de mon père. Quelle ironie.

— Merci, dis-je en lui donnant cinquante dollars de plus en échange de la bouteille.

Je gravis la colline vers le mausolée familial et m'assois sur le banc en marbre en face de la porte. Je sors alors la bouteille du sac, dévisse le capuchon et verse une large rasade sur le sol.

C'est vrai, cela n'aurait pas été poli de boire devant mon père sans lui proposer de partager.

— Santé ! dis-je en levant la bouteille avant d'avaler une gorgée.

Je tressaille en sentant l'alcool me brûler la gorge. Cela me rappelle la toute première fois où j'en avais piqué un peu dans son bar quand j'avais treize ans. David m'avait défié de le faire et, comme je ne voulais pas avoir l'air d'un trouillard, j'avais ravalé ma quinte de toux pour qu'il ne sache pas que je n'étais pas le petit dur que je prétendais être. Le plus drôle, c'est que lorsque cela avait été son tour, David avait tout recraché par le nez. Je le revois encore se pincer les narines une heure après en geignant que cela le brûlait.

Je ricane doucement à ce souvenir, puis je reprends une autre gorgée avant de baisser les yeux. Qu'il aille se faire foutre, David. Et moi aussi, tiens.

Je me rappelle la nuit où j'ai perdu mes parents. Je m'en souviens comme si c'était hier, avec une telle précision ! Je les ai tués, je ne risque pas de pouvoir l'oublier ! Peut-être qu'ils ne sont pas morts de ma main, mais c'était quand même ma faute et cela fait de moi un meurtrier.

David et moi avions fait les imbéciles, comme d'habitude. Nous nous étions saoulés. Je crois que c'était au whisky, ce soir-là : nous en avions bu comme si c'était de l'eau. Le défi ? Celui qui viderait le plus vite la bouteille – cul sec. Nous ne nous soucions pas le moins du monde de finir dans le coma, alors que nous passions nos examens le lendemain et que nous devions nous lever à l'aube. Nous n'étions ni l'un ni l'autre en état de conduire. Mes parents rentraient de l'opéra quand je les avais appelés. Je voulais simplement qu'ils envoient notre chauffeur me chercher, mais mon père était furieux et ma mère inquiète, comme d'habitude. Ils avaient donc voulu passer nous prendre David et moi sur le chemin du retour. Jamais ils ne sont arrivés. Un chauffard ivre qui avait décidé que ce serait une bonne idée de prendre le volant ce soir-là leur est rentré dedans de plein fouet. Ils ont été retrouvés morts dans l'épave, main dans la main. Je le sais, parce que je suis allé sur les lieux en apercevant les gyrophares. Ils n'étaient qu'à trois rues de là.

J'ai réussi le concours, mais cela m'a coûté très cher. C'était ma faute, mais qu'en est-il de la mère de Delaine ? Personne n'est coupable de maladie, et surtout pas Delaine. Ce n'est pas une gamine gâtée née avec une cuiller en argent dans la bouche qui ne se doute pas de la chance qu'elle a. Ce n'est pas un petit con qui s'imagine que la meilleure manière de se distraire, c'est de se bourrer la gueule et de baiser tout ce qui a un beau cul et une paire de nichons. Pourquoi doit-elle payer un tel prix, alors?

Je soupire et lève les yeux vers les nuages noirs qui s'amoncellent au-dessus de moi.

— Dites-moi quoi faire, criai-je en levant les bras et en agitant ma bouteille dans un geste désespéré.

C'est à ce moment précis que le ciel décide de tout lâcher. J'ai ma réponse. Il faut que je la libère. Elle a besoin d'être auprès de ses parents, ce qui est beaucoup plus facile à dire qu'à faire. J'incline de nouveau la bouteille, mais avant que ce feu liquide ne vienne me brûler la langue, je la jette dans l'herbe sur le côté du mausolée. Je la regarde rouler jusqu'en bas de la colline et se vider presque complètement.

Delaine est comme l'alcool, capable de me faire brûler de l'intérieur. Quand je suis avec elle, j'ai l'esprit embrumé et des pensées incohérentes. Et à présent, elle est libre, mais il restera toujours un peu d'elle en moi. Parce que ce n'est pas facile d'oublier entièrement Delaine Talbot.

En tout cas, moi je ne pourrais pas.

★ ★ ★

Je reste dans le cimetière bien après que le soleil s'est couché. Il s'est peut-être écoulé des heures, mais je ne saurais dire combien, car le temps semble s'être arrêté pendant que je m'enferme dans ma culpabilité. Je suis gelé et j'ai les fesses et les jambes tout engourdies à force d'être resté assis sur ce banc. Heureusement, la pluie n'a duré qu'une demi-heure et j'ai eu le temps de sécher.

Je ne prête pas attention à mon estomac qui gargouille, à ma bouche desséchée et à mon mobile qui ne cesse de sonner. Des gens me cherchent. Je le sais. Et ce n'est qu'une question de temps avant que Polly lance les chiens à ma recherche. Mais le seul nom apparu sur l'écran du téléphone qui éveille ma curiosité, c'est celui de Delaine.

Je ne vais pas mentir. J'ai envie de répondre à ce fichu appel plus que tout. Je sors mon téléphone à la première sonnerie, le regarde durant la deuxième et le serre tellement fort à la troisième que je manque de le broyer. Mais je ne réponds pas. Qu'est-ce que j'aurais pu lui dire ?

Alors, j'ai engagé un détective privé pour qu'il enquête sur votre passé, parce que je suis un sale fouineur qui a peut-être une légère tendance à tout vouloir contrôler… Bon sang, elle va être folle furieuse quand elle découvrira cela. *Et devinez ce que j'ai découvert ? Oui, tout à fait. Je sais que vous avez vendu votre corps pour payer la greffe du cœur de votre mère mourante, mais je vais continuer de vous baiser quand même, parce que je suis un pervers et qu'il faut que je me fasse soigner. Des électrochocs sur la bite, peut-être que ce serait efficace.*

D'un petit tintement, mon téléphone signale l'arrivée d'un texto. Un frisson me parcourt quand je vois qu'il vient de Delaine, et avant de m'en rendre compte, je le lis. D'après l'horloge, il est déjà plus de 22 heures. Merde, je suis resté ici si longtemps ?

Où êtes-vous ? Je suis toute seule... dans ce grand lit... toute nue.

Ma bite tressaille sous mon pantalon à cette image que je connais trop bien.

Réunion de travail. Ne m'attendez pas.

Foutaises. J'ai eu Polly au téléphone, mais je suis contente que vous soyez en vie. Je vais le lui dire.

Dieu merci, elle ne va pas insister davantage pour le moment. Bien sûr, je suis tout à fait conscient que lorsque je serai face à elle, rien ne sera garanti. Mais au moins, Polly va renoncer à me faire rechercher.

Je vais me coucher. N'hésitez pas à me réveiller quand vous rentrerez. Si l'envie vous en dit ;-).

Oh, elle m'en dit. Mais je ne le ferai pas.

Je range mon téléphone dans ma poche et recommence à fixer le vide. Le fantôme de ma mère n'est pas sorti pour me donner une calotte. Celui de mon père n'est pas venu me reprocher d'avoir gâché de la Cuervo ou m'ordonner de me ressaisir et d'arrêter de me conduire comme un idiot. Je n'ai pas eu de grandiose révélation, ni pris la moindre décision. Au final, la journée et la soirée ont été gâchées.

Je ressors mon téléphone et j'appelle mon oncle. Daniel est le meilleur cardiologue de Chicago. Et en plus, il connaît tout le monde. Probablement parce qu'il s'intéresse à tout ce qui a un rapport avec la médecine. C'est comme cela qu'il a acheté la clinique d'Everett. Elle abrite des spécialistes de pratiquement tous les domaines et Daniel, comme une éponge, essaie d'absorber le plus possible de connaissances. Je sais que l'appeler ne sert peut-être pas à grand-chose, mais je voudrais qu'il se renseigne sur l'état de santé de Faye Talbot et voie s'il peut faire quelque chose. Personne ne va me communiquer ce genre d'informations à cause de ce foutu secret médical – encore que je n'y comprendrais pas grand-chose. Mais Daniel, lui, peut tout faire.

Après lui avoir téléphoné et l'avoir fort heureusement convaincu de m'aider, j'appelle Samuel pour qu'il vienne me prendre. Il est temps de rentrer, et même si je redoute la réaction que j'aurai physiquement en voyant Delaine, mon cœur me le demande.

Samuel a la sagesse de ne pas poser de question pendant le trajet. De toute évidence, je ne suis pas d'humeur à faire des confidences. Quand nous arrivons chez moi, je rentre sans un mot et monte jusqu'à la chambre. Même si je connais le chemin par cœur, j'ai l'impression d'y être appelé par une force inconnue. Elle est là et elle m'attire comme un aimant.

Pour la première fois depuis longtemps, je me couche entièrement habillé – sans mes chaussures, bien sûr. Elle est endormie, mais elle est tournée vers mon côté du lit, son visage angélique a un air paisible alors que je sais quel enfer le destin – et moi – lui avons imposé.

Chaque molécule de mon corps veut la toucher, mais je ne peux pas. Parce que je suis sale et qu'elle ne l'est pas. Et pas parce que je n'ai pas pris de douche ni ne me suis changé après cette averse. Je ne peux me résoudre à souiller quelque chose d'aussi immaculé. Sauf que c'est déjà fait, n'est-ce pas ? Je l'ai touchée et j'ai laissé ma marque partout, pas un centimètre de sa peau n'est intact désormais.

Je demeure donc immobile et la regarde dormir, mémorisant chacun de ses traits, suivant son moindre souffle. Et je sais alors que je ne pourrai plus jamais la traiter comme une esclave sexuelle.

Lanie

— Remuez vos fesses, sinon nous allons être en retard !

Polly me crie des ordres devant la porte de la salle de bains depuis une heure et commence à sérieusement me porter sur les nerfs. J'entrouvre la porte pour lui dire d'aller se faire voir quand soudain, un grondement sourd ébranle la maison et qu'une météorite de la taille d'une voiture fracasse le plafond et atterrit sur la tête de Polly avant de traverser le plancher et de terminer sa trajectoire en bas. Quand je regarde par-dessus l'énorme trou, je ne distingue plus que les bras et les jambes de Polly. Et ils ne bougent pas. Génial, cette chieuse est morte.

— Eh bien, il était temps!

Le piaillement de Polly me ramène à la réalité. Plus de trou dans le plafond ni dans le sol, envolés les décombres et la météorite géante. Sacré trip. Il faut que je recommence.

Polly étouffe un cri, le bec cloué. Vraiment, cela ne lui ressemble pas.

— Vous êtes absolument... Oh, mon Dieu, je suis atrocement jalouse de vous, là, dit-elle en tournant autour de moi. Si vous voir dans cette robe ne remet pas Noah de bonne humeur, rien ne le pourra.

Je vais me planter devant le miroir du dressing de Noah et je m'examine. La robe est magnifique, enfin le peu qu'il y en a. Elle est en satin bleu nuit, dos ouvert jusqu'aux reins. Le devant se compose de deux bandes qui se croisent sur mes seins avant de m'envelopper les hanches. Mon ventre est découvert jusqu'à l'endroit où commence la jupe. Laquelle tombe peut-être jusqu'au sol, mais cela ne change pas grand-chose, étant donné qu'elle est fendue jusqu'en haut de la cuisse. En tout cas, on n'est pas encombré dans ses mouvements.

Polly m'a fait un rapide chignon, mais elle a laissé d'élégantes petites boucles qui retombent autour de mon visage. Le maquillage est beaucoup plus audacieux que tout ce que j'aurais pu faire toute seule, mais le regard charbonneux me va plutôt bien. Si seulement Dez pouvait me voir, elle jurerait que je suis une tout autre personne, et peut-être qu'elle n'aurait plus autant honte de se montrer en public avec moi.

Pourtant j'ai beau me trouver jolie, je doute que Noah le remarquera. Polly a raison, il a l'air d'en vouloir au monde entier et je ne sais pas pourquoi. Il ne m'a même pas touchée depuis la soirée dans le salon de musique, celle où nous avons joué la plus belle mélodie qui soit, avec nos corps et son piano pour seuls instruments. Je ricane intérieurement tellement cette image est grotesque, mais elle est pourtant vraie.

Il me manque.

Quand il est rentré de sa «réunion de travail», il ne m'a pas réveillée. C'est inhabituel pour lui, déprimant pour moi et une catastrophe pour nos libidos. Polly m'a confié que Mason lui avait expliqué avoir vu Noah quitter le bureau comme une furie sans dire où il allait. Il n'a pas répondu aux coups de fil, pas même aux miens.

— Vous m'écoutez ? chantonne Polly.

Ah, voilà que je rêvasse encore.

— Euh, oui ? fais-je.

— Qu'est-ce que je viens de vous dire ? demande-t-elle d'un air menaçant.

— Quelque chose à propos de Noah et de cette robe.

— Mettez vos chaussures, soupire-t-elle en plissant les paupières. Ces messieurs attendent.

J'enfile mes talons et prends ma pochette avant de suivre ce petit chihuahua glapissant dans l'escalier. Je m'arrête au premier palier, bouche bée en voyant Noah. Il est splendide de la tête aux pieds. Smoking noir, chemise blanche, souliers noirs et visage parfait.

Il lève les yeux vers moi. Il détourne imperceptiblement le visage, puis il revient sur moi. Ah, donc j'ai attiré son attention, finalement. Il sourit gauchement tandis que je descends et se passe la main dans les cheveux avant de prendre la mienne.

— Vous êtes éblouissante, dit-il en me faisant un baisemain comme un vrai Prince Charmant.

C'est à cet instant que je prends conscience de tous les points communs que j'ai avec Cendrillon ce soir. Comme elle, je ne suis qu'une fille de la classe ouvrière qui vit un magnifique rêve. Sauf qu'au lieu d'une bonne fée comme marraine, j'ai un contrat de deux ans.

Le sourire de Noah s'agrandit quand il voit que je porte le bracelet Crawford, puis soudain, il me lâche la main et son sourire s'évapore. Il se racle la gorge, gêné, et enfonce les mains dans ses poches avant d'annoncer :

— Très bien, allons-y. (Polly toussote ostensiblement, et quand Noah se retourne vers elle, elle incline la tête vers moi en se tapotant la gorge.) Oh, fait-il, comprenant enfin l'allusion énorme. J'ai un petit quelque chose pour vous.

Il sort de sa poche une petite chaîne en platine où est accroché un solitaire bleu.

— Oh, Noah. Vraiment, vous n'auriez pas dû.

Mon Dieu, ça y est, je parle comme Cendrillon, c'est dire l'effet que cet homme a sur moi.

Il hausse les épaules sans me regarder et se concentre sur le fermoir.

— Ce n'est vraiment pas grand-chose. Vous méritez... (Il soupire et finit par lever les yeux, l'air décidé.) tellement plus.

C'est étrange. Surtout si on songe qu'il m'a traitée comme si j'avais la peste ces deux derniers jours.

Noah se place derrière moi et m'effleure à peine le dos de sa poitrine quand il me passe le collier au cou. Avant de reculer, il frôle du bout des doigts mes épaules nues et un frisson me parcourt l'échine. Je le retiens d'une main sur le bras.

— Merci, chuchoté-je avant de me hausser sur la pointe des pieds pour lui faire un petit baiser.

Quand je recule, je remarque qu'il a les mâchoires serrées. Je ne comprends vraiment pas ce qu'il a. Jusqu'à hier, il ne me laissait pas tranquille un instant, comme s'il ne pouvait se rassasier de moi. J'ignore si je le dégoûte, si j'ai fait quelque chose qui lui a déplu ou Dieu sait quoi. Mais je sais une chose : il commence sérieusement à m'agacer. En même temps, peut-être qu'il le fait exprès. Depuis que j'ai appris ce qui s'était passé avec Julie, j'essaie de retenir mon côté garce et d'être gentille. Peut-être que cela ne lui plaît pas. Peut-être qu'il n'a pas changé. Peut-être que c'est moi qui ne suis plus la même et que cette nouvelle version ne lui convient pas.

Très bien.

Je redresse le menton, lui lâche le bras et me dirige vers la porte. Me rendant alors compte que personne ne me suit, je fais volte-face et je demande :

— Alors ? Qu'est-ce que vous attendez tous ? Allons-y !

* * *

Nous roulons en silence. Polly et Mason ont pris leur propre voiture, de façon à ce que chacun puisse partir quand il sera fatigué. Noah, assis dans son coin, une cigarette à la main, regarde défiler le paysage. Traduction : il me met au supplice en me forçant à le regarder téter amoureusement sa cigarette tout en faisant semblant de m'ignorer.

Mais c'est ensuite que commence le vrai martyre. Les gens. Des tas et des tas de gens. Et des photographes. Les flashs crépitent partout tandis que nous remontons le tapis rouge vers l'endroit qui accueille le bal de l'élite de Chicago. Tout le monde se pousse et crie pour essayer d'avoir le meilleur point de vue. Et qui est l'objet de toute cette attention ? Noah Crawford – et sa cavalière. Je reste cachée derrière ses larges épaules ou je me détourne. Noah me tient par la taille et sourit tout en prenant la pose, salue et fait de petits signes à plein de gens tout en persistant à ignorer la question pressante : « Qui est cette belle jeune femme à votre bras ce soir, Noah ? » jusqu'à ce qu'enfin nous sortions du chaos et pénétrions dans la soirée qui bat déjà son plein.

Je suis soulagée, mais au même instant, Polly arrive près de moi et me demande :

— Vous êtes prête à entrer ?

— Je croyais que nous étions déjà entrés, dis-je en regardant autour de moi.

— Mais non, voyons. C'est cela, explique-t-elle en ouvrant une double porte, le Bal du Lotus écarlate.

Wouah ! L'endroit est immense. Ce qui ne me surprend guère. Avec Noah, tout est faramineux, à commencer par sa personne. Il y a des lotus rouges partout : flottant dans des coupes en verre remplies d'eau et de bougies, en bouquets, partout. Des bannières en soie rouge pendent du plafond, avec des nœuds, et des nappes de la même couleur. On dirait qu'un splendide carnage a eu lieu dans la salle. Et les gens sont débordants d'énergie. Beaucoup trop.

— Bienvenue dans mon univers, chuchote Noah à mon oreille en me prenant le coude et en m'entraînant dans la foule. Il faut que je vous présente à quelques personnes.

— Noah ! Je vous attendais ! s'écrie une petite blonde bondissante en se jetant sur lui avec l'air d'avoir déjà beaucoup trop bu. Oh, vous êtes venu accompagné ? Je ne savais pas que vous aviez quelqu'un en ce moment.

— Mandy, ce n'est pas parce que nous ne sommes pas au bureau que je ne suis plus Mr. Crawford, lui répond-il d'un ton ferme.

Au même moment, un serveur apparaît avec un plateau chargé de flûtes de champagne. Noah m'en tend une et se sert à son tour.

— Ah oui, c'est vrai. Pardon, dit-elle. (Elle me toise longuement d'un œil critique, puis elle fronce le nez.) Qui est-ce ?

— Cela ne vous regarde absolument pas. Maintenant, filez prendre un autre verre, miss Peters, dit-il en la congédiant d'un geste de la main.

Elle me jette un dernier regard noir et je me serre contre Noah avec un sourire plein d'adoration.

— Oh, Lexi et Brad sont là ! piaille Polly en désignant un couple splendide à quelques pas de nous.

Je parviens à chiper une autre flûte de champagne au passage avant qu'elle m'attrape par le poignet et m'entraîne vers eux en me disloquant presque l'épaule. Noah est arrêté au passage par des messieurs en costume, mais Polly continue de foncer sans se laisser abattre.

— Lexi ! crie-t-elle en me lâchant pour se jeter au cou de la rousse tout en jambes.

Cette fille a dû servir de modèle pour dessiner Jessica Rabbit. Elle a une silhouette de poupée, un bronzage splendide, une taille de guêpe et de belles lèvres rouges.

— Oh, Brad ! dit le costaud qui l'accompagne en imitant la voix perçante de Polly et ses battements de cils. Tu m'as tellement manqué et tu es la personne à qui je tiens le plus. Ooh ! Laisse-moi te tripoter partout aussi !

Polly lâche Jessica Rabbit et lui lance un regard noir pendant que la rousse lui donne une petite tape sur le crâne.

— Ne fais donc pas l'imbécile. Nous avons de la compagnie, dit-elle en me regardant avec curiosité.

— Ah, oui. Je vous présente.

— Delaine, la coupe Noah en surgissant de nulle part. Ma Delaine. (Il me prend par la taille et m'attire jalousement contre lui.) Delaine, je vous présente ma cousine préférée, Alexis Mavis, et son mari, Brad.

— Vous pouvez m'appeler le Gentil Géant, dit Brad.

— Il est défenseur pour la NFL, explique Noah.

— Eh oui, fait Brad en gonflant fièrement la poitrine.

— Lexi est son redoutable agent, continue Noah. Je crois qu'elle lui fait plus peur que tous ces vampires de négociateurs de contrats.

— Il faut bien que quelqu'un le tienne en laisse. Et puis, il aime bien être un peu secoué, s'amuse Lexi.

— Ravie de faire votre connaissance, dis-je en lui tendant la main. Noah ne m'a absolument pas du tout parlé de vous, ajouté-je avec un petit rire gêné.

— De même, répond-elle en la serrant.

On pourrait penser qu'elle veut dire par là qu'elle aussi est ravie, mais j'ai le sentiment qu'elle répond surtout à mon observation : Noah ne lui a pas non plus parlé de moi. Ce qui est logique. Mais pas pour eux.

— Alors, Patrick ? As-tu vu Papa et Maman ? demande-t-elle à Noah.

Je lui jette un regard interrogateur. Il comprend immédiatement pourquoi et lève les yeux au ciel, gêné, puis explique avec désinvolture :

— Tout le monde dans ma famille m'appelle par mon deuxième prénom. C'était juste la manière la plus simple de nous distinguer mon père et moi sans avoir à nous appeler Noah Senior et Noah Junior.

— Bien sûr, dis-je avant de vider la moitié de ma flûte d'un trait.

— Et non, je ne les ai pas encore vus, Lexi, répond-il en jetant un regard circulaire dans la salle comme pour essayer de se racheter.

— Eh bien, ils sont dans les parages. Je suis sûre qu'ils finiront par revenir par ici, dit-elle avec un geste négligent. Tu sais comment est Papa dans ce genre de soirée.

Brad, Mason et Noah commencent à discuter d'une équipe sportive, mais je ne fais absolument pas attention à la conversation parce que Noah me caresse le bas du dos avec le pouce, pendant que son petit doigt s'insinue sous la robe jusqu'entre mes fesses. Polly et Lexi bavardent. Je décide de voir si je peux finir mon champagne avant que passe le prochain plateau et je gagne. Ce n'est pas un mince exploit : il y a des tas de serveurs qui sillonnent la salle.

— Allez-y doucement, ma chérie, me chuchote Noah à l'oreille.

J'en chavire. C'est drôle, j'ai bu quatre ou cinq verres de champagne, mais tout va bien. Et il suffit qu'il m'appelle chérie pour que je me retrouve enivrée.

— Il faut que j'aille aux toilettes, bafouillé-je.

— Moi aussi, dit Lexi en riant. Venez, Polly.

— Non, mais vraiment, Lexi ! dit Polly en se tournant vers moi. Elle a peut-être l'air d'une débutante, mais ne vous laissez pas abuser. Sous ses apparences glamour et paillettes, c'est une dure à cuire.

— C'est comme ça qu'on l'aime, fait Brad en lui donnant une tape sur les fesses.

— Faites vite, me chuchote Noah d'une voix rauque qui me fait frissonner. Je veux que vous soyez à mes côtés toute la soirée.

Il frôle discrètement ma nuque de ses lèvres, mais assez près pour que je sente son baiser qui me fait immédiatement fondre.

— Je t'en prie Patrick, s'impatiente Lexi en levant les yeux au ciel. Nous allons simplement aux toilettes. Je te promets de ne pas lui faire peur.

— Bon courage, ricane-t-il. Je crois que tu vas t'apercevoir que Delaine est tout à fait capable de supporter ton charme spirituel.

— Va te faire foutre, rétorque-t-elle.

— Moi aussi je t'adore, ma chère cousine.

Noah me fait un clin d'œil en souriant, boit une gorgée de champagne, puis se retourne vers ses compagnons. Alors que nous traversons la salle bondée vers les toilettes, Lexi s'arrête tout net.

— Regardez l'horreur qui vient de débarquer, dit-elle à mi-voix en désignant discrètement sa droite.

Au milieu d'un groupe se tient un colosse aux cheveux noirs gominés, bronzage UV, gros favoris et dents trop blanches. Des femmes se pressent autour de lui et Dieu sait comment, mais il parvient à leur témoigner à chacune autant d'attention. Il est évident qu'il dégage beaucoup de magnétisme animal.

— Eh bien, il est mignon, pour celles qui aimeraient le mélange Ken et Wolverine, dis-je avec un petit rire méprisant. Qui est-ce ?

— David, crache Lexi.

— David qui ?

Polly se rapproche comme pour me confier un répugnant petit secret.

— David, l'ancien meilleur ami de Noah. Voilà qui c'est.

J'étouffe un cri.

— C'est aussi l'associé de Patrick, marmonne Lexi en poussant la porte des toilettes. Ce salaud essaie d'amener Patrick à lui céder ses parts dans Scarlet Lotus depuis le décès de mon oncle et ma tante.

C'est là que commence ma grande histoire d'amour avec Lexi Mavis.

— Attendez. Les parents de Noah sont morts ? demandé-je.

Je me rends immédiatement compte que je suis censée être au courant de cela aussi, mais je suis trop bouleversée. Jamais il ne m'a parlé d'eux !

— Oui, dans un accident de voiture, répond Lexi. Comme il n'en parle jamais, je ne suis pas particulièrement étonnée que vous ne le sachiez pas.

— Il les a perdus en même temps, ajoute Polly d'un air grave. Et comme cela le torture depuis, n'abordez pas le sujet avec lui. Quand il sera prêt, il vous en parlera.

— Très bien.

Brusquement, mes parents me manquent à moi aussi.

Lexi ouvre une cabine et me pousse à l'intérieur.

— Dépêchez-vous. J'ai envie d'aller reprendre un verre. Bon sang, ce que j'aime ça, les soirées avec open bar.

Depuis ma cabine, je les entends parler d'enfants. Polly voudrait en avoir un, mais Mason n'est pas encore prêt ; Brad en voudrait, mais Lexi refuse d'être enceinte et de compromettre sa carrière.

— Et vous et Noah, Delaine ? demande Lexi quand je ressors.

J'hésite tout en allant me laver les mains. Qu'est-ce que je suis censée répondre ?

— Lanie, coupe Polly. Elle préfère qu'on l'appelle comme ça. N'est-ce pas ?

— Oui, juste Lanie, dis-je avec un sourire gêné. Et, euh, Noah et moi n'avons pas abordé la question des enfants. Nous n'en sommes pas là dans notre relation… Pas encore.

— Mmm, je vois, fait Lexi. Bon, alors il va falloir que nous nous débarrassions du sujet une bonne fois pour toutes.

— Quel sujet au juste ? demandé-je en m'essuyant les mains.

— Écoutez, Lanie. Noah n'a plus de parents et pas de frères et sœurs. C'est donc à moi qu'il revient de jouer les anges gardiens, dit-elle. Je ne vous connais pas vraiment, mais ma première impression est plutôt positive. Cependant sachez que si vous faites du mal à mon cousin, vous aurez affaire à moi. Et si je m'occupe de vous, croyez-moi, vous vous en souviendrez. C'est compris ?

Je me retourne vers elle, les mains sur les hanches. Polly recule prudemment, et elle fait bien.

— C'est compris. Mais sachez ceci aussi : j'aime cet homme plus que je ne pensais pouvoir jamais aimer quiconque, sans réserves ni limites, précisé-je, me rendant compte que je suis sincère. Et si quelqu'un doit craindre d'avoir le cœur brisé dans cette histoire, c'est moi. Cela dit s'il arrive quoi que ce soit entre Noah et moi et que vous éprouvez le besoin de vous défouler sur moi, ne vous gênez pas. Je veux juste que vous compreniez que je n'ai pas peur de vous. Alors si ça vous démange... grattez-vous !

Polly retient sa respiration et je l'entends carrément déglutir. Je regarde sans ciller cette cousine amazone qui pourrait sans peine me ratatiner, mais il n'est pas question que je batte en retraite. Ce serait montrer là un signe de faiblesse, et même si je suis vulnérable comme jamais dès qu'il s'agit de Noah, je ne suis pas par nature quelqu'un de faible.

Le visage de Lexi finit par s'éclairer d'un petit sourire, le sourire narquois de Noah.

— Je vous jure que si je n'étais pas déjà mariée, je partirais avec vous ce soir.

Je lui rends son sourire et Polly respire à nouveau.

— Vous êtes faites l'une pour l'autre, toutes les deux. Maintenant que vous avez terminé votre petit duel, on pourrait peut-être retourner auprès de nos hommes?

— Tout à fait, répond Lexi en me prenant par le bras. D'ailleurs, c'est moi qui ai gagné.

— Eh bien, ça reste à voir, répliqué-je alors que nous sortons.

Mon sourire s'envole aussitôt quand la foule s'écarte devant nous et que j'aperçois Noah. Il est en train de bavarder en souriant avec un très beau brun plus âgé que lui. Mais ce qui me renverse, c'est la femme qui est pendue au bras de Noah. Comme si c'était sa place légitime, à cette grande blonde qui a des allures de star de cinéma et qui le sait très bien.

— Lexi, je vous en prie, dites-moi que c'est votre sœur.

— Beurk! S'il vous plaît! Cette traînée aimerait pourtant bien que nous soyons de la même famille, mais ce n'est pas le cas.

— Alors qui est-ce?

— Eh bien, c'est... Julie, répond Polly d'un ton dégoûté. Surnommée la pieuvre. Il paraît qu'elle s'est fait sauter par huit types à la fois, après sa rupture avec Noah, quand même. Mais ne me demandez pas comment elle a fait.

— La pieuvre? Cela explique qu'elle se cramponne à mon homme de tous ses tentacules, réponds-je en ruminant quelques idées meurtrières.

— Vous voulez que je vous présente? propose Lexi. Cela me démange de damer son pion à cette garce depuis un bon bout de temps.

J'adore vraiment Lexi. Elle est en train de devenir plus qu'une sœur pour moi.

— Non, merci, Lexi. Je vais m'en occuper toute seule, dis-je en me redressant et en allant rejoindre Noah.

14

La digue s'écroule

Noah

Je déteste Julie. Devant mon oncle Daniel et ma tante Vanessa, je ne peux absolument rien faire contre les attentions malvenues de cette fille. À part continuer de boire, afin d'être le plus vite possible insensible à son répugnant contact. Elle m'écœure tellement que je vais devoir me désinfecter en rentrant.

Peu de temps après que Delaine – qui est majestueuse dans cette robe, d'ailleurs – est partie aux toilettes avec Lexi et Polly, cette furie s'est littéralement jetée sur moi. Comme si elle s'imaginait que je rongeais mon frein et que j'espérais la revoir. Je n'ai pas un seul instant imaginé qu'elle puisse venir ce soir. Mais comme je le disais, je n'ai plus toute ma tête depuis que Delaine est entrée dans ma vie.

— Oh, merde… soupire Mason en jetant un regard derrière moi.

Je me retourne et, immédiatement, je le regrette.

— Eh bien, mais quelle merveilleuse surprise... Noah Crawford, roucoule la voix familière de mon ex.

Elle se donne un mal de chien pour la jouer sensuelle et cela ne lui va pas du tout. Elle est peut-être belle, mais je ne pourrais le dire, vu que la seule image qui me reste d'elle est la scène où je l'ai surprise en train de se faire baiser en levrette par David.

— Eh bien, mais quelle ennuyeuse surprise... Julie Frost, réponds-je d'un ton las.

— Oh, sois gentil, Noah, et peut-être que je te donnerai une deuxième chance avant la fin de la soirée.

Comme si je risquais de la saisir.

— Va te faire foutre, réponds-je laconiquement avant de lui tourner le dos.

— C'est bien ce que j'ai en tête.

Elle a l'air tellement sûre que cela va arriver que je ne peux que ricaner et vider mon verre de champagne. Il va me falloir quelque chose de plus fort pour tenir le coup ce soir.

— Que fais-tu ici, espèce de dépravée ?

— Surveille ton langage, Noah. C'est ma cavalière, que tu insultes, intervient David en s'approchant de nous et en prenant Julie par la taille. Je t'avais prévenu que je viendrais avec une beauté.

Il pense sans doute que ce petit coup bas va me mettre hors de moi, me forcer à réagir d'une manière qui compromettra ma position dans l'entreprise. Il espère que je vais perdre mon sang-froid dans une salle remplie non seulement d'employés mais de clients – actuels et futurs – et de membres du conseil d'administration. C'est un bon plan, mais qui ne risque pas de marcher. Pas question que je lui donne cette satisfaction. Je serre les dents et lui fais un sourire forcé.

— Tu as bonne mine, ce soir, David. Où tu as trouvé ton smoking ? Chez Salauds et Associés ? demandé-je.

Brad et Mason répriment leur fou rire.

— Quel esprit ! Tu as trouvé ça tout seul, ou tu t'es fait aider par ta petite copine ? Ah, mais non, c'est vrai : ta copine est avec moi. (Le rire odieux de David me crispe tellement qu'il me donne envie de lui flanquer des baffes.) Je vais aller me chercher quelque chose à boire au bar. Tu m'accompagnes, ma chérie ?

— Non, merci. Je crois que je vais rester un peu ici pour parler du bon vieux temps avec Noah.

Julie ne me quitte pas des yeux. Moi, je ne la regarde pas, mais je sens qu'elle me déshabille du regard. Oh, non, pas question que cela arrive. Elle a eu sa chance. Et elle l'a laissée passer.

Daniel et Vanessa se joignent à nous, ce qui met fin à notre petit tête-à-tête et me renvoie dans les ténèbres où je me morfonds.

— Patrick, chantonne ma tante d'un ton maternel en me prenant dans ses bras. Quel plaisir de te voir.

— Tante Vanessa, dis-je avec un grand sourire. Je suis si content que vous ayez pu venir.

— Où voudrais-tu que je sois ? Tu sais comment est ton oncle pour tous ces trucs-là, dit-elle en regardant mon oncle Daniel avec adoration.

— Patrick, me salue-t-il avec une petite tape sur l'épaule avant de jeter un regard vers Julie. J'espère que tu te comportes bien, ce soir.

Oui, ils sont au courant de notre rupture, mais ils tiennent à ce que tout le monde sauve la face.

— Absolument, réponds-je avec un sourire innocent.

Julie me prend par le bras et s'appuie contre moi.

— Patrick et moi étions en train de nous remémorer le bon vieux temps.

Cette salope n'y va pas par quatre chemins, elle m'appelle même par mon deuxième prénom comme si elle faisait partie de la famille.

— Je me demande pourquoi les filles mettent tant de temps à revenir, intervient Mason pour changer de sujet.

Merde.

Si Delaine arrive et voit Julie agrippée à moi... je frémis en songeant à ce qui risque de se passer. À en juger par sa réaction devant Fernanda, nous aurons de la chance si le bâtiment ne finit pas en cendres quand elle en aura terminé.

C'est à cet instant que Delaine sort des toilettes avec Lexi et Polly. Ces deux comploteuses ne me disent rien qui vaille.

Je les vois qui rient, puis elles lèvent les yeux et...

D'après l'expression féroce que prend Delaine, j'ai toutes les raisons de paniquer. C'est ce qui se passe.

Intérieurement, car montrer ma faiblesse ne ferait qu'envenimer la situation. Je ne peux que regarder Lexi et Polly planter là Delaine et filer en jetant des regards assassins à Julie. Mais au lieu de les suivre, ma poupée à deux millions de dollars...

Oh, mon Dieu, non!

Lanie

J'ai les yeux rivés sur ma cible: Noah Patrick. Je suis concentrée, déterminée, et mes seins sont parfaitement en place. Il est à moi et il n'est pas question que cette pute le tienne dans ses griffes. Julie a eu sa chance et elle a tout gâché. Il est temps qu'elle comprenne ce qu'elle a perdu et espérons-le, Noah ne sera pas assez bête pour se laisser remettre le grappin dessus.

— Lanie, attendez! fait Polly en me rattrapant pour me retenir. Daniel est là.

— Et alors?

— Julie est la fille d'Everett, le Dr Everett Frost, précise-t-elle. Le père de Julie est le plus proche collaborateur de Daniel, sans oublier que c'est un ami de longue date de la famille. Vous ne pouvez pas débarquer et empoigner sa fille par les cheveux pour la dégager sous les yeux de Daniel.

— Polly, vous me connaissez mal, enfin, dis-je, les mains sur les hanches. Je n'avais pas l'intention de lui flanquer une dérouillée, sauf si elle me forçait la main. Ou le poing.

— Ça me fait mal de l'admettre, mais elle a raison, intervient Lexi, abattue. Papa en ferait une maladie. Et il n'est pas question de faire une scène devant tous les gens qui travaillent avec Patrick. Ce serait certainement très distrayant, mais Patrick n'en sortirait pas grandi et tout l'avantage serait pour David. Ce salaud essaie de le pousser hors de l'entreprise depuis qu'ils en ont hérité de leurs parents. Même si tout le monde sait que c'est Patrick qui fait tout le travail.

— Et puis, cette robe est beaucoup trop coûteuse pour qu'on l'abîme sur quelqu'un comme Julie Frost, ajoute Polly.

— Vous savez ce que vous devriez faire ? La faire succomber sous un torrent d'amabilités, propose Lexi avec un sourire mauvais. Et cela ne gâchera rien si vous tripotez un peu Patrick au passage. Pour lui rappeler à qui il appartient, voyez-vous.

— C'était l'idée, Lexi. Mais d'après ce que je vois, Noah a l'air de se contenter d'elle, question tripotage.

Je vais le tuer dès que j'en aurai fini avec Julie. Enfin, c'est gênant, non ? C'est moi sa cavalière et il la laisse se suspendre à lui. En même temps, comme il l'a aimée dans le passé, peut-être qu'il essaie juste de raviver la flamme ? Et qu'est-ce que je deviens, là-dedans ? Après tout, Julie a peut-être le rôle de la pute, mais c'est moi qui le joue dans la réalité.

Polly s'interpose et me prend par les épaules en me secouant un peu pour que je la regarde au lieu de rester les yeux fixés sur le couple.

— Lanie, je connais Noah. Il ne s'amuse absolument pas, en ce moment. Il sauve simplement les apparences. Il se retient probablement de vomir, même. Alors ne soyez pas trop dure avec lui et laissez-lui le bénéfice du doute, OK ?

— Bon, OK, mens-je.

Je ne vais pas faire une scène, mais je vais manifester ma présence – avec classe et dignité. Et si cela pose un problème à Noah, ce sera à lui de le résoudre. La seule chose que je vois, c'est que Julie le tripote et qu'il ne l'arrête pas. D'ailleurs, il sourit, même, et il a l'air d'apprécier un peu trop la situation. Et ça, ça ne me plaît pas du tout.

Il faut que je prenne un verre pour pouvoir m'éclaircir les esprits et décider de ce que je vais faire. Marquer mon territoire est une excellente suggestion, mais je suis tellement furieuse contre Noah que je risque de déraper et de le castrer à mains nues. Et un carnage en public, ce n'est pas ce qu'il y a de plus discret.

Je me tourne vers le bar et j'y aperçois David Stone. Tout seul. Commence à germer dans ma tête un plan que j'ai bien l'intention de mettre en pratique car, sachant à quel point Noah est possessif à mon égard, ce que je compte faire va très certainement attirer son attention.

— Continuez, dis-je à Lexi et à Polly. Je vais juste aller chercher un verre et prendre le temps de me calmer avant de risquer de faire un drame.

— Vous ai-je dit à quel point je vous adore ? fait Lexi d'un air admiratif. Prenez-moi un verre de Patron, tiens.

— Pas de problème. Et merci, dis-je avec un sourire sincère.

Sur ce, je tourne les talons et me dirige vers le bar et l'arme que j'ai choisie pour humilier Noah Crawford aussi efficacement qu'il m'a rabaissée à l'instant : David Stone.

— Deux Patron Silver avec glace s'il vous plaît, dis-je au barman.

— Bonsoir, vous, fait l'autre enfoiré en venant s'installer à côté de moi – exactement comme je l'escomptais.

Il s'est tellement aspergé d'eau de toilette qu'il empeste. Sans compter qu'il dégage des vibrations malfaisantes.

— Bonsoir aussi, réponds-je d'un air enjôleur.

— David Stone, dit-il en tendant la main.

— Delaine Talbot, réponds-je en la serrant.

— Oh, splendide bracelet ! Un cadeau ? (Il examine le bijou qui marque la propriété de Noah comme s'il essayait de l'estimer.) Crawford, hein ? Vous êtes de la famille de Noah ?

— Merci. Non, Noah est mon petit ami. Vous le connaissez ? feins-je de m'enquérir, bien que je connaisse très bien la réponse.

— Oui, nous sommes de grands amis. Pratiquement des frères. C'est drôle qu'il ne m'ait jamais parlé de vous. Vous devez être son petit secret coquin, ajoute-t-il sans me lâcher la main.

— On peut dire ça. Il n'aime pas partager, alors il me cache.

— Quel dommage ! Un diamant comme vous devrait être exposé aux yeux de tous.

Je réprime une nausée devant cette piteuse tentative de compliment, mais je reste souriante en jetant un regard oblique pour vérifier que Noah nous a vus. Et comme il ne perd pas une miette de notre échange, je m'approche de David et caresse du doigt le revers de son smoking. Sans cesser de jouer la comédie pour Noah, je me rapproche encore de David et murmure :

— Eh bien... moi je sais tout de vous.

— Vraiment ? demande-t-il d'un ton séducteur. Il ne faut pas croire tout ce que vous entendez, vous savez. La jalousie fait dire des horreurs aux gens.

— Mmm. Vous avez bien raison, opiné-je. Mais en l'occurrence, je ne crois pas que ce soit le cas.

Il se rapproche encore un peu, pose une main sur ma hanche et plonge le regard dans mon décolleté.

— Eh bien, vous avez piqué mon intérêt. Racontez-moi donc ce qu'on vous a dit.

— Vous étiez le meilleur ami de Noah, mais vous avez baisé cette salope là-bas pendant qu'il avait le dos tourné. Certes, dans les faits c'était *elle* qui avait le dos tourné, mais quand même, dis-je en laissant ma main remonter le long de son revers jusqu'à son col. Il semblerait donc que Noah tienne absolument à garder strictement pour lui son petit secret coquin. Cependant, ce qu'il ignore, c'est que toutes les femmes ne sont pas aussi facilement susceptibles de succomber à des hommes de votre genre.

— C'est vrai ? rétorque-t-il avec un sourire plein d'assurance qui prouve combien j'ai raison.

— Oui, réponds-je sans me départir de mon sourire enjôleur. Moi, je vous vois tel que vous êtes vraiment.

— Et que suis-je, au juste ?

— Vous êtes une sangsue, un parasite, un rémora.

Il se dandine, manifestement pas très content de ce qu'il vient d'entendre.

— Et qu'est-ce que c'est qu'un rémora ?

— Ce sont ces poissons qui s'accrochent aux requins et à d'autres espèces marines plus puissantes qu'eux. Ils s'en servent pour se faire transporter dans l'immensité des océans sans se fatiguer. Ils se nourrissent des restes que leur laisse leur hôte, et parfois même de leurs excréments, expliqué-je du ton patient d'une institutrice de maternelle. Voyez-vous, dans cette équation, Noah serait le requin, indépendant, qui travaille dur et se bat pour chaque repas. Mais vous... vous êtes le rémora parasite. Qui se repaît de sa *merde*, qui essaie de récupérer ses restes et qui attend qu'on lui donne tout, dis-je avec un immense sourire en totale contradiction avec mes paroles. Vous profitez des faiblesses des gens et vous vous servez d'eux pour combler le vide de votre propre existence, mais ce n'est que temporaire. J'ai beaucoup de peine pour vous, sincèrement. Mais même si, l'espace d'une fraction de seconde, vous voyiez en moi un maillon faible que vous pourriez utiliser contre Noah, vous feriez mieux de chercher ailleurs. Contrairement à vous et à son ex, ma fidélité à Noah Crawford est sans limites. Je vis et respire pour lui et lui seul.

Il déglutit péniblement, puis il glousse.

— Bon sang! Vous venez de me faire bander comme jamais.

— De ce côté-là, vous n'arriverez jamais à battre Noah. (Du coin de l'œil, voyant ce dernier qui rapplique, je recule légèrement.) J'ai été heureuse de faire votre connaissance, David Stone. J'aimerais dire que c'était un plaisir, mais ce serait mentir. Bye-bye!

Je fourre ma pochette sous mon bras et prends mon verre et celui de Lexi avant de tourner les talons et le planter là. Je n'ai pas fait trois mètres que Noah me rejoint. Et il est furieux. Ses yeux sont d'un gris d'acier et ses narines dilatées de colère. Avec un regard assassin, il m'empoigne par le bras et m'attire contre lui pour pouvoir parler sans que personne ne puisse nous entendre.

— Qu'est-ce que vous vous imaginiez faire?

— Vous avez deux secondes pour me lâcher le bras avant que je hurle, l'avertis-je calmement.

Il me lâche et fourre ses mains dans ses poches.

— Répondez à ma foutue question.

— J'avais soif. Je suis allée au bar me faire servir. Et cet aimable monsieur m'a abordée, dis-je nonchalamment. Je n'ai pas voulu être mal élevée.

— Oui, eh bien cet aimable monsieur... gronde-t-il sans achever.

— Quoi?

— Rien, dit-il en secouant la tête. (Il baisse les yeux, puis il se redresse.) Écoutez... Je veux simplement que vous ne lui adressiez plus la parole à l'avenir. D'ailleurs, je refuse que vous parliez à aucun homme ici. Vous m'entendez ? Vous êtes à moi.

Eh bien, dites donc. On serait jaloux ? À mon tour.

— En tout cas, vous, vous ne vous conduisez pas comme si j'étais à vous, répliqué-je avant de le laisser pour rejoindre Polly et Lexi qui nous ont observés depuis le début.

Il grogne de nouveau et j'entends ses pas précipités derrière moi.

— Qu'est-ce que c'est censé vouloir dire ?

— Oh, ne jouez pas avec moi, Noah, rétorqué-je. Vous savez très bien ce que cela veut dire. Qui est-ce ? Hein ?

— Qui ?

Je fais volte-face, répandant un peu de la tequila que je transporte.

— Vraiment, Noah ? Vous croyez que je n'ai rien vu ? Et n'essayez pas de me raconter que c'est une autre cousine ou une quelconque relation d'affaires, parce que les cousines et les relations d'affaires ne vous pelotent pas, à moins que vous ne soyez membre d'un groupe de pervers incestueux.

— C'est... personne, dit-il avec agacement. Écoutez, nous en parlerons plus tard.

Il essaie de s'en aller, mais je lui barre le chemin.

— Je veux qu'on en parle tout de suite.

— Ne faites pas de foutue scène, Delaine. Je travaille avec ces gens, m'avertit-il.

— Oh, eh bien, puisque vous le prenez comme ça, ne vous inquiétez pas. Je ne vous ferai pas de scène, dis-je avant de retourner docilement rejoindre Polly et Lexi.

— Il était temps, fait celle-ci quand je lui tends son verre.

Polly me jette un regard interrogateur en se tournant vers David qui a été rejoint par Julie. Apparemment, elle a détalé dès que Polly et Lexi sont arrivées. Je secoue discrètement la tête pour lui faire comprendre qu'il ne s'est rien passé de grave.

— La voici, dit Noah en posant la main sur mes reins. (Il a remplacé son air renfrogné par un sourire fier et rayonnant pour me présenter au beau couple qui est devant nous.) Voici ma Delaine. Delaine, je vous présente mon oncle, Daniel, et son épouse, Vanessa.

Bon sang, sa famille doit descendre directement des anges, tellement ils sont tous beaux. Les yeux noisette de Daniel sourient tout comme ceux de Noah et il a les pattes d'oie que le temps a commencé à laisser sur son neveu. Leurs lèvres sont du même rose et de la même forme, et leurs cheveux de la même nuance de brun sombre, sauf que ceux de Daniel commencent à grisonner sur les tempes. Distingué et magnifique. Je ne m'attendais pas à moins.

Je prends un air ravi et je leur fais un grand sourire.

— Bonsoir. Je suis ravie de faire votre connaissance, dis-je à Vanessa.

Je n'adresse pas un mot à Daniel : Noah m'a donné pour consigne de ne pas parler aux autres hommes. Après tout, je ne fais que suivre les ordres comme une gentille petite employée.

Daniel se racle la gorge, essayant de ne pas relever l'affront.

— Alors, Noah est-il un hôte agréable ?

Oh, oui. Il m'a dépucelée, il a balancé toutes mes fringues et ensuite il m'a acheté une nouvelle garde-robe – sans petites culottes, évidemment – et il m'a permis de sucer sa bite plein de fois. Mais j'ai eu droit à de multiples orgasmes et si ce n'est pas ça la définition d'un hôte agréable, alors je ne sais pas ce que c'est.

C'est ce que j'aurais pu dire, mais heureusement pour Noah, comme je n'ai pas le droit de parler aux autres hommes, je ne dis rien. Je me contente de hocher la tête en souriant. Noah me fait une grimace réprobatrice. Polly me regarde avec de grands yeux. Et Lexi dissimule son fou rire sous une quinte de toux.

— Chicago vous plaît, ma chère ? demande Vanessa.

— Oh, j'adore, tout simplement, réponds-je. Ce que j'en ai vu, je veux dire. Noah m'occupe la majeure partie du temps.

— Vraiment ? interroge Daniel. Et que vous fait-il faire, au juste ?

Houlà. Comment vais-je répondre ? En hochant la tête ou en la secouant ?

Aha ! En haussant les épaules.

Daniel et Vanessa ont l'air dérouté. Brad, Mason, Lexi et Polly tournent le dos, comme pris d'un intérêt subit pour l'assistance, mais je vois à leurs épaules qui tressautent qu'ils sont en train de rire.

— Voulez-vous nous excuser ? intervient Noah. J'aimerais me dégourdir les jambes avec ma cavalière.

— Mais bien sûr, mon chéri, dit Vanessa avec un sourire gêné.

Noah me prend mon verre et le pose sur la table voisine.

— Nous dansons ? propose-t-il d'un ton qui sous-entend qu'il s'agit d'un ordre et non d'une proposition.

— Eh bien, Mr. Crawford, j'en serais honorée, dis-je cérémonieusement.

Sans un mot de plus, Noah me prend la main et me conduit vers la piste. Nous disparaissons dans la foule en tourbillonnant. Il me serre contre lui et se penche sur moi tandis que nous oscillons.

— Qu'est-ce que c'était que ce cirque ? me demande-t-il à l'oreille.

— Quoi donc ? rétorqué-je, enivrée et étourdie par son parfum.

— Vous avez été très grossière avec mon oncle. Si vous n'aviez pas parlé à sa femme, je suis sûr qu'il vous aurait pris pour une muette.

Il effleure des lèvres le point sensible sous mon oreille. Brusquement, j'ai les genoux qui flageolent et je serais tombée s'il ne me tenait pas fermement.

— Vous m'avez dit de ne pas parler à d'autres hommes et si je ne m'abuse, votre oncle est un homme, réponds-je d'un trait. Ou bien c'est une femme qui porte un déguisement d'homme très réussi. Ou bien – oh, mon Dieu ! – serait-ce un hermaphrodite ?

— Très drôle, ironise-t-il avant de me mordiller le lobe. Soyez gentille, épargnez-moi vos sarcasmes.

— Oui, patron. Tout ce que vous voudrez, Mr. Crawford.

Il recule et me regarde, manifestement pas amusé par le ton que je prends.

— Qu'est-ce qui vous prend, nom de Dieu ? Vous avez un problème ?

— Un problème ? Non, aucun, réponds-je avec désinvolture. Je suis moi-même, c'est tout. Le seul qui a un problème, ici, c'est vous.

— Comme vous voudrez, soupire-t-il. J'aurais mieux fait de ne pas vous amener ici. J'ai eu tort.

— Pourquoi ? demandé-je en essayant vainement de me dégager de son étreinte. Parce que je suis simplement quelque chose que vous avez acheté ? Quelqu'un qui détonne un peu dans votre milieu ?

— Vous vous moquez de moi, j'espère ? dit-il en reculant et en me regardant droit dans les yeux. (Comme je ne bronche pas, il se penche et me chuchote à l'oreille :) Vous êtes la plus belle femme de la salle, Delaine.

Cela aurait été si facile de le croire si je n'avais pas vu la scène quand je suis sortie des toilettes. Et bien entendu, je l'en informe.

— Pourtant, vous ne pouviez pas détacher vos yeux de cette autre femme, murmuré-je. Julie Frost, c'est bien ça ? Votre ex ?

Je le sens se raidir contre moi comme un serpent prêt à frapper.

— Qui vous l'a dit ?

— Quelle importance ? Ce qui compte c'est que *vous*, vous ne m'en ayez pas parlé. Peut-être que c'est parce que vous continuez à n'avoir d'yeux que pour elle.

Il recule encore pour me dévisager. En même temps, sa main descend dans mon dos jusqu'à mes fesses.

— Vous ne pourriez pas vous tromper davantage.

— Vraiment ? demandé-je en soutenant son regard. (Je le vois passer sa langue sur ses lèvres et je dois lutter pour ne pas me laisser distraire.) Parce qu'il y a encore quelques jours, vous n'étiez jamais assez rassasié de moi et subitement, il n'était plus question de me toucher. Vous dormez tout habillé, vous ne me parlez pas, vous ne me *hurlez* même pas dessus. Il est plus qu'évident que vous n'avez plus envie de moi. Et je sais que je n'ai aucun droit de remettre cela en question, mais Noah, je n'aime pas avoir l'impression de... de ne pas compter.

Il s'immobilise et me fixe d'un regard scrutateur. Puis, sans un mot, il me prend la main et m'entraîne vers la sortie.

— Où allons-nous ? demandé-je en pressant le pas pour le suivre.

— Dans un endroit plus intime, répond-il en poussant la porte.

Je me retourne vers la salle bondée et remarque Julie et David blottis ensemble sous le lustre que je vois trembler. Au moment où les câbles cèdent et où l'énorme lustre commence à tomber, Noah me tire par le bras et me fait revenir à la réalité. Bon sang!

Il jette un regard de part et d'autre, puis il décide de prendre à droite. Nous débouchons sur un autre couloir, puis un troisième, jusqu'à ce que la musique de la soirée ne soit plus qu'un sourd et lointain bourdonnement. À gauche s'ouvre une cage d'escalier sombre. Noah ouvre la porte et m'entraîne à l'intérieur.

En un clin d'œil, je me retrouve le dos plaqué au mur et Noah collé contre moi. Avant que j'aie pu prononcer un mot, il pose ses mains sur mes hanches et ses lèvres sur les miennes dans un baiser sensuel auquel je réponds avec tout autant de tendresse. Puis il s'interrompt et me prend le visage dans les mains.

— Ce qu'il y a ou pas entre Julie Frost et moi n'a aucune importance. Mais vous? C'est vous qui comptez maintenant, ne l'oubliez jamais, dit-il d'une voix rauque et séductrice.

Sans compter qu'il bande déjà comme un taureau.

Je presse mes hanches pour me frotter contre lui.

— Vous bandez pour elle?

— Delaine… soupire-t-il en levant les yeux au ciel.

— Parce que si c'est le cas, ça ne me gêne pas. Il suffit que ce soit moi qui m'en occupe. C'est pour cela que je suis payée, débité-je. Je sais bien que je ne suis pas elle, mais...

— Jamais vous ne pourriez l'être, répond-il avec colère.

Il recule contre le mur opposé. Non, je ne pourrais pas être elle, n'est-ce pas ? Il l'aimait. Apparemment, c'est toujours le cas. Jamais je ne serai à la hauteur. Elle vient d'un milieu aisé, elle fait pratiquement partie de sa famille. Et moi ? Je suis juste la putain qu'il a achetée pour l'oublier.

Je le rejoins lentement.

— Non, je le sais. Et jamais je n'essaierais de prendre sa place, l'assuré-je en m'agenouillant devant lui.

— Delaine, non, dit-il d'une voix rauque sans pour autant m'empêcher de baisser sa braguette et de lui sortir la bite.

— Et je ne suis peut-être pas celle que vous aimez, mais je suis celle avec qui vous êtes. Alors laissez-moi faire mon travail, dis-je en déposant un baiser sur son gland.

— Non ! s'exclame-t-il en me repoussant et en rentrant prestement sa bite dans son pantalon.

Jamais je n'ai été aussi humiliée. Je me relève, les poings serrés.

— Pourquoi ?

— Parce que ce n'est pas ce que je veux, dit-il. Ce n'est pas bien.

— Oh, mais allez vous faire foutre, Noah! Peut-être avez-vous oublié que c'est vous qui m'avez achetée? (Je suis furieuse et vexée. J'ai eu un geste désespéré dans un moment qui l'est tout autant, mais cela ne fait pas de moi quelqu'un de plus méprisable que Julie. Elle a fait bien pire. Au moins, je suis payée pour ce que je fais.) Je ne suis peut-être pas Julie, mais jamais je ne laisserais votre meilleur ami me baiser!

Il redresse brusquement la tête et me jette un regard assassin. Je regrette aussitôt ce que je viens de dire, pourtant mon côté garce est ravi, simplement parce que j'avais besoin de le vexer et de l'humilier exactement comme il vient de le faire avec moi.

Je l'aime, même si je sais qu'il ne pourra jamais m'aimer et qu'il aime déjà quelqu'un d'autre. Et lorsque je me mets à genoux devant lui dans une élégante robe, prête à l'aider à oublier ce qu'il n'a pas en espérant qu'il va s'intéresser à ce qu'il a devant lui, il me repousse comme si je n'étais pas digne de lui. Il sort son téléphone et compose un numéro.

— Retrouvez-nous au coin sud, Samuel. Nous partons. (Il referme son téléphone d'un geste sec et me prend la main.) Allons-y, dit-il avant de s'immobiliser. Merde! (Il ressort son téléphone et appelle un autre numéro.) Polly, Delaine et moi partons. Récupérez sa pochette et si on vous demande, expliquez qu'elle ne se sent pas bien et que je la ramène à la maison.

— Je me sens très bien, marmonné-je alors qu'il m'entraîne.

— C'est drôle parce qu'il me semble que vous venez de délirer devant moi, réplique-t-il.

Je ne discute pas, car il a probablement raison. Mais je n'en ai pas pour autant terminé avec lui. Il est furieux. Je le suis aussi. Et c'est dans ces moments-là que nous donnons le meilleur de nous-mêmes. Nous baisons et nous nous réconcilions. C'est comme cela que ça se passe.

Nous traversons un dédale de salles sans nous faire remarquer des invités, ce qui est véritablement miraculeux, puis nous nous retrouvons dehors. Je m'arrête net, car une tempête fait rage: tonnerre, éclairs, pluie torrentielle, tout y est. Samuel nous attend avec un parapluie et Noah m'entraîne à l'arrière de la limousine. La limousine même, notez bien, où il m'a sautée pendant que je regardais les passants vaquer à leurs occupations quotidiennes comme un visiteur regarde les animaux d'un zoo. La limousine même où il m'a dit qu'il était là pour mon plaisir tout autant que moi pour le sien. Celle où il m'a dit qu'il aimait qu'une femme sache ce qu'elle veut.

Il s'assoit en face de moi et allume une de ses foutues cigarettes. C'en est trop.

— Regardez-moi, dis-je avec autorité. (Il m'ignore.) J'ai dit: regardez-moi! répété-je. (Il souffle sa fumée sans se tourner. Je me penche en avant, lui enlève sa cigarette et la jette par la fenêtre. Puis je soulève ma jupe, l'enfourche et l'empoigne par les cheveux pour le forcer à me regarder.) Ne m'ignorez pas, j'ai horreur de ça.

— Alors arrêtez de vous comporter comme une garce, répond-il sans émotion.

Je lui flanquerais bien une baffe, mais il a raison. Je me comporte comme une garce. Mais n'oublions pas que c'est comme ça que cela se passe dans notre relation.

— Baisez-moi.
— Non.
— Parce que je ne suis pas elle ?
— Non. Parce que je ne veux plus vous baiser.

J'ai le cœur serré, mais je n'en crois pas un mot.

— Conneries. Je ne vous crois pas, dis-je en lui volant un baiser.

Je sens le tabac qu'il vient de fumer et le champagne qu'il a bu tout à l'heure avant que la soirée ne déraille. Je veux que ce soit moi qu'il désire, et pas elle. Que ce soit moi qu'il baise, pas elle. Moi qu'il aime, pas elle. Je refuse de voir la réalité. Et lui... il ne me rend pas mon baiser.

— Descendez de mes genoux, dit-il d'un ton calme comme s'il avait renoncé et n'avait plus envie de lutter.

La voiture s'arrête et je le regarde. Au même instant, la portière s'ouvre et Samuel apparaît avec son parapluie, en train de se faire lessiver en attendant que nous sortions.

— Vous comptez descendre ou pas ? demande Noah.

Je finis par sauter de ses genoux et par descendre sans m'arrêter auprès de Samuel car je n'ai que faire de son fichu parapluie. Je veux sentir la pluie sur moi, au moins ce sera toujours quelque chose que je sentirai. Je monte les marches et entre dans la pénombre de la maison, suivie de Noah.

Il me reste une carte à jouer, un atout de valeur caché dans ma manche. Et si cela ne marche pas, je n'aurai plus aucun recours.

— Peut-être que vous ne voulez pas me baiser, dis-je en montant l'escalier dans ma robe fichue, mais il y a au moins une demi-douzaine de bonshommes à votre soirée qui en auraient eu envie. D'ailleurs, j'en ai un en tête en particulier.

Je n'ai pas besoin d'insister.

Tandis qu'un roulement de tonnerre résonne dans le ciel nocturne, d'un geste vif, Noah m'empoigne par la cheville et me fait trébucher. Il me rattrape avant que je me cogne, m'allonge dans l'escalier et se penche sur moi. Son visage est dans la pénombre, la maison étant seulement illuminée par les éclairs qui déchirent le ciel derrière les immenses fenêtres.

— Vous voulez baiser? demande-t-il d'une voix glaciale et brutale tout en retroussant ma robe. Je vais vous baiser.

Il n'a besoin que d'une demi-seconde pour baisser son pantalon et faire jaillir sa bite, mais je m'en rends à peine compte, tellement je suis hypnotisée par son regard dur et son visage figé. D'un mouvement rapide et sans précautions, il me pénètre.

Ce n'est ni doux, ni lent, ni sensuel. Mais c'est tout ce que je demande, car même si je n'y trouve aucun plaisir, au moins, il ne m'ignore plus.

Il me pilonne brutalement et je m'agrippe à lui en enfonçant mes ongles dans son dos, acceptant ce qu'il me donne. Il enfouit son visage dans mon épaule et me ramone sans relâche, sans me donner la satisfaction de voir son visage ni la dignité de me regarder dans les yeux. Pas moyen de savoir ce qu'il a en tête, mais je sais à quelle personne il n'est pas question qu'il pense.

— Ne pensez pas à elle! dis-je d'une voix étranglée mais en le retenant contre moi. N'ayez surtout pas l'audace de penser à elle quand vous me pénétrez!

En réponse, je n'ai droit qu'à des halètements entrecoupés de grognements. Il me baise avec une fureur brutale et sauvage. Un éclair jaillit dehors, suivi d'un grondement de tonnerre qui ébranle les vitres. La brève lumière blanche projette les silhouettes de nos corps enlacés sur les murs et je me rends compte que nous ne sommes que cela. Des ombres vides donnant l'illusion d'un couple heureux passionnément amoureux, alors que rien ne pourrait être plus éloigné de la vérité.

Ce n'est pas ce que je veux. Je veux que ce soit quelque chose de réel et tangible qui ne disparaîtra pas quand nous serons brusquement replongés dans l'obscurité.

Noah jouit et tout son corps se crispe tandis qu'il se vide en moi avec un grondement étranglé. Je m'accroche à lui, refusant de le laisser partir, car je sais que j'ai franchi une limite et que je l'ai forcé à faire quelque chose dont il n'avait pas vraiment envie. Tout ce que je sens en cet instant, c'est le corps brûlant de Noah qui pèse sur moi. Ce n'est pas le battement furieux de mon cœur, le bord des marches contre mon dos et encore moins le froid qui s'est insinué dans mon cœur et menace de me faire fondre en larmes.

Il va me chasser, j'en suis certaine.

Quand il a terminé, il se libère de mon étreinte et se relève pour rajuster ses vêtements. Ses gestes sont calculés et mécaniques. Je reste immobile et engourdie, mais je refuse de le quitter du regard.

— Je ne peux pas retirer ce que je viens de faire. Je ne peux pas retirer non plus tout ce que j'ai fait jusqu'ici. Et ça me tue... (Il soupire et me regarde. Son visage est déformé par l'angoisse, il est hirsute et trempé, et je le vois nettement : il est tout aussi brisé que moi. Il se passe les mains sur le visage avec un grognement dépité.) Je suis au courant, Delaine. Je sais pour votre mère. Je sais que c'est pour elle que vous avez fait cela. Je ne voulais pas vous baiser parce que je trouvais ça laid. Je ne voulais plus le faire, parce que... entre-temps, j'ai commis l'impensable, dit-il en levant les bras au ciel. Mon Dieu, je suis tombé amoureux de vous. Voilà, c'est dit. Vous êtes contente ? Maintenant vous savez tout. Et pour votre gouverne, sachez qu'il n'a jamais été question de Julie. Mais toujours de vous.

Il n'attend pas ma réponse. Sincèrement, je ne crois pas que j'aurais pu réagir même s'il m'en avait donné le temps. Il laisse retomber ses bras, exaspéré, et redescend l'escalier en étouffant des jurons. Un grondement de tonnerre retentit dans le ciel comme pour applaudir mon immense gâchis.

Mais qu'est-ce que j'ai fait ? Et comment vais-je pouvoir réparer cela ?

15
Faire l'amour avec rien

Noah

— Je ne peux pas retirer ce que je viens de faire. Je ne peux pas retirer non plus tout ce que j'ai fait jusqu'ici. Et ça me tue…

J'entends ma voix qui se brise alors que je succombe aux émotions qui m'agitent. J'essaie de les réprimer, mais quand je baisse les yeux vers elle, sa jupe encore retroussée sur sa taille et son corps fragile gisant sur les marches – comment ai-je pu lui faire cela ? J'avais juré de ne plus jamais la traiter ainsi, mais sans doute que ma parole ne signifie rien, pas même pour moi.

Je me passe les mains sur le visage avec un grondement de dépit. Ne pas dire à Delaine tout ce que je sais, c'est précisément ce qui lui a forcé la main et nous a menés jusque-là. Je ne pouvais pas tenir plus longtemps. Il fallait que ça sorte. Je devais crever l'abcès parce que si je n'agissais pas, j'allais franchir la mince frontière qui sépare la culpabilité de la folie et la situation entre nous n'aurait pu qu'empirer.

— Je suis au courant, Delaine. Je sais pour votre mère. Je sais que c'est pour elle que vous avez fait cela. Je ne voulais pas vous baiser parce que je trouvais cela laid. Je ne voulais plus le faire, parce que... entre-temps, j'ai commis l'impensable. Mon Dieu, je suis tombé amoureux de vous. Voilà, c'est dit. Vous êtes contente? Maintenant vous savez tout. Et pour votre gouverne, sachez qu'il n'a jamais été question de Julie. Mais toujours de vous.

Putain, je l'ai fait. Je lui ai tout dit.

Elle me regarde, abasourdie.

Et il ne me reste plus qu'à attendre la rupture, mais pas maintenant ni ici. Elle me trouvera quand elle sera prête, et je serai plus à l'aise si cela se passe dans notre chambre. Au moins, dans la relative sécurité de ces quatre murs, peut-être qu'elle n'éprouvera pas la brusque envie de me pousser dans ces foutus escaliers.

Accablé, les bras ballants, je commence à monter la longue volée de marches menant au deuxième étage. Les jambes lourdes, je franchis pesamment chaque marche, me forçant à m'éloigner. Tout en moi me pousse à tourner les talons, revenir la soulever dans mes bras et l'emmener comme un dément, quitter tout cela pour nous réfugier dans un endroit où le reste du monde ne viendra plus nous déranger.

Mais je rêve. La réalité, c'est que nous n'avons plus d'endroit où nous cacher.

À chaque pas que je fais dans le couloir menant à notre chambre, la distance jusqu'à la porte paraît se rallonger, mais je finis par y arriver.

Je lève péniblement le bras pour pousser la porte de l'endroit où nous avons consommé notre relation pour la première fois. Le terme me fait ricaner : *consommer*. Il est bien trop propre pour ce qui s'est passé ici en réalité. C'est plutôt là que j'ai condamné notre relation, que je l'ai vouée à l'échec dès le premier instant.

Je me débarrasse de ma veste comme si c'était un linge sale et non un vêtement sur mesure hors de prix. Je m'en moque. Il y a des choses bien plus catastrophiques qui se passent dans ma vie pour que je me soucie de faux plis sur une veste. Catastrophe numéro un : je possède une esclave sexuelle. Catastrophe numéro deux : je suis tombé amoureux de ladite esclave. Catastrophe numéro trois : ladite esclave a une mère mourante que j'empêche d'aller voir. Catastrophe numéro quatre : je sais tout cela et je l'ai quand même sautée comme un foutu bestiau dans l'escalier.

Je prends mon paquet de cigarettes, titube jusqu'au canapé et me laisse tomber sur les coussins. La flamme de mon briquet éclaire d'une lueur orangée l'obscurité de la chambre tandis que j'allume ma cigarette et souffle théâtralement la fumée. La nicotine me calme et bon sang, j'en ai besoin. Je suis prêt à exploser, à ravager à mains nues la maison de mes parents jusqu'à ce qu'il n'en reste plus qu'un tas de décombres. Parce que c'est ce que ma vie est devenue. Un foutu tas de ruines.

Je me lève péniblement et achève de me déshabiller. J'ai sacrément besoin de prendre une douche. Je laisse mes vêtements éparpillés par terre, car cela non plus n'a aucune importance. Je gagne la salle de bains sans prendre la peine d'allumer, tellement je n'ai pas envie de me voir dans le miroir. Les images de cet épisode cauchemardesque dans la salle de bains de mon bureau qui défilent régulièrement dans ma tête me rappellent combien David Stone et moi sommes en réalité semblables. Je n'ai pas besoin de les revoir.

Qu'est-ce qui cloche chez moi ? Plus je m'efforce à ne pas être comme lui, plus je lui ressemble. Je l'ai sautée dans l'escalier, nom de Dieu. Baisée sans émotion, sans lui donner le moindre plaisir, sautée et laissée là, après lui avoir avoué que je l'ai bousillée.

J'entre dans la douche sans attendre que l'eau soit chaude. Ce n'est peut-être pas agréable de recevoir de l'eau glacée sur les bijoux de famille, mais c'est ce que je mérite. En fait, j'ai seulement envie de me détendre en espérant sombrer dans un coma où je n'aurai plus à sentir cette douleur qui s'est installée dans mon cœur. Mais ce dont j'ai envie et ce que je me dois de faire sont deux choses totalement différentes. Je dois affronter Delaine et accuser le coup quand elle me reprochera d'avoir enquêté sur sa vie privée. Je dois la regarder droit dans les yeux et lui présenter mes excuses pour avoir volé sa vertu. Je dois la regarder sortir de ma vie sans espoir de jamais la revoir. Et je dois éprouver la douleur de la perdre.

Épuisé, émotionnellement et mentalement, j'appuie ma tête sur mon bras posé contre le mur et laisse l'eau tomber en cascade sur moi. J'espère que cette douche va en quelque sorte me débarrasser de la crasse qui s'est accumulée en moi et a souillé mon âme, même si je sais déjà que ce n'est plus possible. Pour laver mon âme, du savon et de l'eau ne suffiraient pas. Même de l'eau de Javel resterait inefficace.

Je revois seulement son allure quand elle a descendu ce même escalier plus tôt dans la soirée. Ses hanches qui ondulaient et la fente de la robe qui révélait la blancheur satinée de sa cuisse. La douceur de sa peau laiteuse sous mes doigts qui lui passaient son collier. Sa saveur quand elle a effleuré mes lèvres des siennes pour me témoigner sa gratitude. Je sens encore son parfum. Mon Dieu, ce simple souvenir suffit à me faire bander. J'aimerais que ce soit différent. Qu'au lieu d'être là à me complaire dans ma culpabilité, nous soyons enlacés tous les deux.

Mais j'ai tout bousillé. Je l'ai souillée et je me suis souillé.

Dans l'obscurité, mon esprit désorienté commence d'ailleurs à me jouer des tours. Je jurerais que je sens ses mains m'enlacer la poitrine par derrière, et ses lèvres poser un délicat baiser sur mon dos. Et pour m'étourdir encore plus, son parfum se met à flotter autour de moi dans la vapeur brûlante. Naturellement, cette présence illusoire me fait bander encore plus et je me demande combien de temps il me faudra pour l'oublier.

— Tournez-vous, s'il vous plaît. (Je jurerais qu'elle est réellement là si je ne pouvais avoir la certitude que c'est une illusion tant sa voix est hésitante et humble.) Noah, s'il vous plaît ? Vous ne pouvez pas me fuir après m'avoir ignorée pendant des jours, fait croire que j'avais fait une bêtise, puis me dire des choses pareilles.

C'est bien Delaine, sans le moindre doute. Pas moyen de lui échapper. Il faut que j'affronte sa fureur maintenant qu'elle m'a acculé. Et je mérite tout ce qu'elle va me dire et me faire.

Je me retourne lentement. Mes yeux ont beau s'être finalement accoutumés à l'obscurité, il n'y a dans la pièce absolument aucune lumière qui permette de distinguer quoi que ce soit.

— Je sais, je suis dé...

Je n'ai même pas le temps d'achever que je sens son corps se presser contre le mien. Nom d'un chien, elle est nue. Je pensais qu'elle serait habillée, car c'est tout à fait son genre, mais je ne m'attendais pas à ce baiser. Ses lèvres commencent à caresser les miennes – délicates, incroyablement tendres. C'est le baiser le plus suave qu'il m'ait jamais été donné de recevoir.

Je passe mes doigts dans ses cheveux en mémorisant cette sensation, cette saveur, ce parfum, car je ne sais absolument pas quand j'aurai la possibilité de les retrouver.

Mon Dieu, comme je l'aime.

Ses mains courent sur moi, ses doigts caressent ma poitrine, mon dos, mes bras. C'est comme si elle laissait une empreinte indélébile partout où elle me touche. Et en même temps, elle se presse contre moi. Si je le pouvais, j'ouvrirais en deux ma poitrine pour la laisser y entrer, l'y enfermer et la transporter éternellement avec moi.

Le plus dingue, c'est que je ne pige pas pourquoi elle fait ça.

Puis elle interrompt ce baiser. Je sens sa poitrine qui se soulève et retombe, j'entends son souffle haletant et je sens son haleine tiède sur ma peau humide.

Elle pose la tête contre mon cœur.

— Faites-moi l'amour, Noah. Juste une fois, permettez-moi de connaître l'effet que ça fait d'être aimée par vous.

Je sais que je devrais refuser, mais malgré les apparences, je suis faible — c'est elle ma faiblesse — et je veux qu'elle sache que je suis sincère. Mais pas sous cette fichue douche, et pas dans un endroit où je ne peux pas la voir.

Je dépose un baiser sur le sommet de son crâne, puis je lui relève le menton afin d'embrasser délicatement ses lèvres. Après quoi, je ferme le robinet, glisse mes mains sous ses fesses et la soulève à la hauteur de ma taille. Elle me prend par le cou et pose son front sur le mien pendant que je sors de la douche pour l'emporter dans notre chambre.

Elle ne me quitte pas du regard tandis que je la porte jusqu'au lit. La pièce est encore sombre, mais l'orage a faibli et les nuages se sont suffisamment dispersés pour que sa peau laiteuse puisse être baignée par la clarté de la lune qui filtre par les fenêtres. Alors que je la dépose sur le lit, je vois tout ce qu'elle a de commun avec ce corps céleste qui plane dans les nuits couleur d'encre. À elle seule, elle domine cette mer d'étoiles dont elle éclipse les plus brillantes. Elle est là, mais j'ai beau essayer, je ne peux désespérément pas l'atteindre. Une occasion de le faire m'est offerte, on me propose une place dans cette fusée en partance pour l'immensité de l'espace, et il n'est pas question que je la gâche.

Le vacarme du sang qui bourdonne dans mes oreilles est tel que je suis sûr qu'elle peut l'entendre. Je suis terrifié. J'ai peur qu'elle voie que je suis lâche et non pas l'homme plein d'assurance que je me suis donné tant de mal à devenir. Pour lui donner ce qu'elle désire, je dois me dépouiller de tout, me dénuder entièrement pour devenir totalement vulnérable. Et je suis prêt à le faire... pour elle. Bon sang, je lui donnerais tout ce qu'elle demande. Si elle veut mon bras, qu'elle le prenne. Ma jambe ? Aussi. Mon cœur, mon âme ? Ils lui appartiennent déjà.

Alors que je me glisse dans le lit à côté d'elle, je caresse sa joue et laisse un doigt glisser le long de son cou. Elle tressaille à mon contact et je me rends compte qu'elle est encore trempée, que j'ai oublié de la sécher, imbécile que je suis, et qu'elle a froid. En me voyant tirer les draps pour la recouvrir, elle m'arrête d'un geste.

— Ce n'est pas à cause du froid, chuchote-t-elle avec un délicat sourire qui me fait chavirer le cœur.

J'emprisonne ses lèvres entre les miennes en me baissant sur elle, en prenant bien soin de me soutenir sur un coude. Du dos de la main, je caresse son épaule, puis la courbe de son sein et son flanc, avant de la poser sur sa hanche. Chaque creux et chaque plein me rappellent combien elle est précieuse ou du moins devrait l'être. Elle mérite d'être adorée et vénérée comme le trésor qu'elle est.

Je couvre sa cuisse de la mienne en glissant mon genou entre ses jambes tandis qu'elle se tourne vers moi. La paume de sa main glisse sur mes côtes et elle m'attire contre elle tandis que ma langue effleure ses lèvres pour les supplier de s'entrouvrir. Elle n'hésite pas. Le bout de sa langue jaillit pour m'accueillir comme après une longue séparation.

Je frôle la peau satinée de son ventre et remonte vers les pointes durcies de ses seins. Mon Dieu, elle gémit et se cambre pour que je continue.

J'interromps le baiser et mes lèvres tracent une ligne le long de sa joue et de son cou jusqu'à sa clavicule. Je lui embrasse doucement la peau, car il n'est pas question de la marquer. Elle n'est ni mon territoire ni mon jouet. Je suis là pour l'aimer telle qu'elle mérite de l'être.

Sa main glisse le long de mon bras et de ma poitrine en y laissant une trace brûlante. Chaque nerf de mon corps est aux aguets, chaque contact de ses doigts envoie des décharges de plaisir dans mon bas-ventre. Elle a ce pouvoir. Que nous jouions aux vampires dans mon salon de télévision, que nous nous ébattions comme des exhibitionnistes dans ma limousine ou en préparant le petit déjeuner dans la cuisine, elle a ce pouvoir. Je suis à sa merci et ce ne sera jamais le cas avec personne d'autre.

J'attire sa main à ma bouche et dépose un baiser dans sa paume avant de la poser contre mon cœur pour qu'elle en sente les sourdes pulsations. Mon cœur bat pour elle et elle peut le voir dans mon regard.

Après un doux baiser sur sa jolie bouche, je me penche et capture l'un de ses tétons durcis entre mes lèvres, caressant la pointe de ma langue jusqu'à la faire soupirer et se coller contre moi. J'aspire dans ma bouche sa chair sensible et je la titille de la langue. Elle glisse une main dans mes cheveux, l'autre se cramponnant à mon épaule pour me serrer contre elle. Elle est contrainte de desserrer son étreinte lorsque je m'attaque à l'autre sein, afin de leur témoigner autant d'attention à l'un et à l'autre.

J'y laisse un petit baiser puis je descends le long de son corps que je couvre de mes lèvres et de mes mains. Pas un pouce de son corps n'est négligé. Alors que je passe une main sous son genou pour soulever sa jambe sur ma hanche, j'appuie mon entrejambe contre elle. Le geste est involontaire, mais à en juger par le gémissement qu'elle laisse échapper et la manière dont elle se colle contre moi, ça ne l'a pas dérangée du tout. D'ailleurs, sa main descend le long de mon dos pour m'empoigner les fesses et me rapprocher encore d'elle. La chaleur de sa chatte humide sur ma bite me fait presque perdre la tête. Je me recule en faisant taire ses protestations tout en descendant le long de son corps et en lui écartant les jambes pour laisser passer mes épaules.

J'adore qu'elle soit toujours nue pour moi – nue, douce, et qu'elle mouille abondamment. Le regard rivé sur le sien, je dépose un chaste baiser sur le haut de ses grandes lèvres. Elle ferme les yeux, se mord la lèvre et laisse retomber sa tête sur l'oreiller. Une vague parcourt son corps : elle se cambre, son ventre se creuse et elle hausse vers moi son sexe là où je l'attends. Je recueille son offrande et baisse la tête pour goûter à ce divin fruit dont le jus vient tremper mes lèvres, ma langue et mon visage.

— Noah…

Mon prénom sonne comme une supplication désespérée dans la bouche de Delaine. Ses hanches se soulèvent et retombent tandis qu'elle agrippe mes cheveux et m'emprisonne les épaules entre ses cuisses. Pas pour m'étouffer, mais me retenir là où elle le désire. Elle pose son petit pied menu sur mon épaule et le fait glisser le long de mon dos jusqu'à mes fesses, puis elle remonte et recommence. J'enfonce deux doigts en elle, je les recourbe et leur imprime un va-et-vient tout en léchant, tétant et embrassant chaque pouce de sa céleste chatte. Puis, trop vite, elle frémit sous mes caresses. Ses cuisses se raidissent, ses hanches s'immobilisent, ses mains se crispent dans mes cheveux et elle laisse échapper ce cri que je ne risque pas d'oublier. Ce n'est pas bruyant – Delaine n'est jamais expansive quand elle jouit — mais animal, comme le grondement d'une lionne qui se baigne dans le soleil couchant après s'être rempli le ventre.

Je sens monter en moi la sève qui menace de jaillir prématurément, ce qui est hors de question. Je reste sourd au désir d'assouvir mon envie, afin de l'amener encore une fois au bord de la jouissance et de l'y voir sombrer. Ma langue et mes doigts continuent de s'activer sur elle, de la guider vers le plaisir jusqu'à ce qu'un second orgasme succède au premier.

Lentement, les muscles de ses cuisses se détendent, me donnant la permission de quitter mon poste. Non que je le veuille, mais il faut que je m'arrête à un moment, sinon je serais capable de continuer éternellement.

Je contemple la silhouette de Delaine qui se convulse. Elle lève vers moi ses yeux bleus magnifiques et si expressifs.

— Vous êtes tellement beau, murmure-t-elle.

— Pas autant que vous, réponds-je.

C'est la vérité. Elle n'a pas besoin d'avoir une maison luxueuse, des voitures hors de prix et un job en vue. Elle a tout ce qu'il lui faut dans ce cœur d'or pur. Elle est aussi belle à l'intérieur qu'à l'extérieur et c'est précisément tout ce qui nous sépare elle et moi.

C'est ce qui la rend parfaite.

Incapable de continuer à la regarder sans la toucher, je me coule contre son corps et me place devant son entrejambe. En prenant soin de me soutenir sur les avant-bras, je me glisse sur elle et repousse une mèche égarée derrière son oreille.

— C'est ainsi que cela aurait dû être la première fois, dis-je en la pénétrant lentement.

Elle laisse échapper un miaulement que j'étouffe dans un baiser. Elle croise les jambes sur mes reins pendant que je vais et viens en elle le plus lentement que je peux. Ses ongles s'enfoncent dans mes omoplates à chaque mouvement de nos corps. Elle répond aux miens en haussant le bassin vers moi. Je quitte ses lèvres pour combler son cou de baisers et de coups de langue.

Ma main se referme sur son cul admirable, puis descend le long de sa cuisse. Arrivé au creux derrière son genou, je l'écarte tendrement afin qu'elle s'ouvre encore et me permette de la pénétrer plus profondément. Le besoin qu'elle me sente jusqu'aux tréfonds de son âme me fait succomber et guide le moindre de mes gestes. Je m'incline légèrement sur le côté tandis qu'elle saisit mes fesses à pleines mains. Delaine est clairement branchée fesses. Je les bande rien que pour elle et je m'enfonce encore en elle tout en roulant des hanches afin de me frotter contre son clitoris, ainsi qu'elle le demande.

Nos corps se balancent d'avant en arrière, comme le flux et le reflux de l'océan qui fait inlassablement déferler ses vagues sur le rivage. C'est de la pure magie, telle qu'on le lit seulement dans les romans à l'eau de rose, mais jamais deux corps n'ont été aussi splendidement ensemble, dans la vie ou dans un livre.

C'est le genre de chose qui vous fait penser que vous avez enfin trouvé votre moitié. Dommage que je sois le seul à le penser, mais j'ai beau souffrir de le savoir, peu importe. J'étais destiné à l'aimer, j'en suis convaincu. Même si ce n'est que pour me donner une bonne leçon, au moins, je sais ce que c'est d'avoir plus d'affection pour un autre que pour soi-même – pour une fois.

J'affronterai l'échec de ma décision plus tard, mais pour le moment, elle est là et elle doit savoir ce que j'éprouve réellement. Je ne peux la laisser quitter cette pièce sans qu'elle sache, sans l'ombre d'un doute, où sont mon esprit, mon cœur et mon âme. Avec elle, éternellement. Et si elle part une fois que tout aura été dit, elle les emportera avec elle.

— Je vous aime, Delaine. De tout mon foutu cœur, dis-je d'une voix étouffée par la passion et la douleur.

— Oh, mon Dieu. Noah. (Sa voix déborde de tant d'émotion que je suis forcé de la regarder. Sa lèvre tremble et son regard se trouble. Une main timide me caresse le visage.) Je vous en prie, appelez-moi simplement Lanie.

Je la dévisage et alors que je distingue une larme rouler sur sa joue, je ne vois rien qui me prouve qu'elle me dit cela seulement par pitié. Si j'ai cru que mon cœur battait la chamade tout à l'heure, ce n'est rien comparé à cet instant. Il enfle et un souffle me monte à la tête et m'étourdit. Mais je ne peux réprimer le sourire qui se peint sur mon visage.

— Lanie, répété-je dans un chuchotement.

— Mon Dieu, que c'est sexy à entendre, dit-elle en frissonnant dans mes bras. Redites-le.

Je rapproche ma bouche de la sienne et la frôle en répétant son prénom :

— Lanie…

Elle me mordille la lèvre, puis elle l'aspire entre les siennes en murmurant :

— Encore.

Avec plus de vigueur encore, je l'embrasse et répète son prénom à l'envi maintenant que j'en ai eu le droit. Enfin. Mes coups de boutoir deviennent de plus en plus insistants et je lui maintiens la cuisse tout en frottant mes hanches contre elle. Plus fort, plus vite, plus profond. J'agrippe le bord du matelas au-dessus de nous pour me donner de l'élan et un point d'appui. Elle se cramponne à moi et nos sueurs se mêlent tandis que nous glissons l'un contre l'autre. Les tendons de mes bras et de mon cou se crispent, tout comme les muscles de mon dos, de mes fesses et de mon ventre, alors que je lui donne tout ce que j'ai en moi.

Delaine me griffe le dos et je prie le Ciel pour qu'elle le lacère et que ces blessures ne guérissent jamais, que ces cicatrices rivalisent avec celles qu'elle laissera dans mon cœur quand elle me quittera.

Je me redresse pour la regarder, mémoriser chacun de ses traits, et je remarque sur son cou la pulsation d'une veine. Encore une vision qui me hantera jusqu'à la fin de mes jours. Si exquise.

Une goutte de sueur tremble dangereusement au bout de mon nez avant de tomber sur sa lèvre.

Je vois sa langue qui la recueille immédiatement. Elle ferme les yeux et soupire comme si elle venait d'engloutir un chocolat qu'elle savoure.

— Regardez-moi, ma chérie, murmuré-je. (Elle obéit et son regard se lie instantanément au mien, plus profondément qu'il n'y paraît.) Je vous aime, Lanie.

— Noah, je...

Elle gémit et se mord la lèvre en renversant la tête en arrière. L'orgasme déferle dans tout son corps qui se tend sous le mien.

Ce spectacle. Oh, mon Dieu, quel spectacle ! Son expression quand je lui ai dit que je l'aimais et que l'orgasme l'a emportée. Il n'y a pas de mots pour décrire ce que j'ai alors éprouvé.

D'un dernier coup de reins, je jouis à mon tour. Je la sens qui se resserre sur moi et me caresse tandis que je gicle en elle jusqu'à la dernière goutte. Je roule sur le côté en l'entraînant avec moi, serrée contre ma poitrine, refusant de la laisser partir. N'est-ce pas là tout le problème ? Je ne peux pas la laisser partir, mais je le dois. La garder ici serait tout simplement cruel.

Nous restons dans cette béatitude pendant ce qui semble une éternité encore trop courte. Nous ne prononçons pas un mot, nous ne desserrons pas notre étreinte et nous sommes tous les deux perdus dans nos pensées. Les draps sont trempés.

Puis elle rompt le silence.

— Noah, dit-elle d'une voix si basse que je l'entends à peine. Il faut qu'on parle.

Cela, je l'entends parfaitement. Et je ne veux pas, car c'est le moment où tout va être anéanti, où la réalité va m'assommer... quand elle me dira qu'elle va me quitter.

— Chut, pas encore, dis-je en lui caressant les cheveux et en lui embrassant le front. Cela peut attendre le matin. Pour le moment, restons simplement comme ça.

Delaine... Lanie hoche la tête et blottit son visage contre ma poitrine sans prononcer un mot de plus, me laissant la tenir dans mes bras pendant une dernière nuit. C'est la première et seule nuit où tout va bien dans ce fichu monde car elle est là et elle sait que je l'aime. Pas question que je dorme et perde une seule seconde du peu du précieux temps qui me reste avec elle.

★ ★ ★

Durant le reste de la nuit, je ne bouge pas. Pendant qu'elle dort paisiblement, je lui caresse les cheveux et le dos et je respire son parfum. Ce n'est que lorsque les premières lueurs de l'aube apparaissent dans le ciel que je me dégage de cette étreinte en lui faisant un baiser et en lui disant « Je vous aime » pour aller prendre ma douche.

Alors que je franchis la porte de la chambre, une main invisible semble surgir de nulle part pour me saisir. Dans le couloir et jusqu'à mon bureau, elle me tire, jusqu'à ce que je me retrouve devant un tiroir ouvert. Je glisse une main tremblante à l'intérieur et j'en sors mon exemplaire du contrat. Celui qui lie Delaine à moi pour une année de plus.

Lanie

Je me réveille le lendemain matin et je panique l'espace d'un moment (bon, d'accord, un petit peu plus qu'un moment) en ne sentant ni ne voyant Noah dans le lit. Mais quand je me redresse et regarde autour de moi, je remarque la porte de la salle de bains fermée, ce qui signifie qu'il est à l'intérieur. Je me rends compte que je suis encore toute nue, ce qui n'est pas trop choquant, étant donné que Noah a toujours exigé que je dorme ainsi – en toute franchise, cela me plaît assez – et la robe est toujours par terre à l'endroit où je l'ai ôtée avant d'entrer dans la douche hier soir. Ce n'est pas un autre de mes rêves. Je me recouche et me blottis dans l'oreiller de Noah.

Il m'aime. Il m'aime vraiment.

Et il n'a pas fait que le dire. Il me l'a démontré avec chaque geste, chaque baiser, chaque partie de lui, jusqu'à ce qu'il ne subsiste plus aucun doute.

Mes pensées retournent aux heures qui viennent de s'écouler, et je souris. Je suis pleine d'entrain et tout mon corps vibre.

Je sais qu'il est sincère dès l'instant où il me dit qu'il m'aime «de tout son foutu cœur». Mais cela ne semble pas suffisant de dire quelque chose comme ça sans utiliser le diminutif que je lui interdisais. Il a plus que mérité le droit de le prononcer. Rien ne serait plus juste. Et quand je l'entends le prononcer, quand sa langue si douée articule ce *L*, j'en ai la chair de poule et je meurs d'envie de l'entendre le répéter encore et encore.

Je m'apprête à lui dire que je l'aime moi aussi, mais c'est alors qu'il me dit de le regarder et que je vois ce qu'il doit éprouver au fond de lui. Cela se voit aussi distinctement que son petit nez si sexy au milieu de sa figure, puis il redit ces trois petits mots en utilisant mon diminutif. Je ne peux retenir l'orgasme qu'il a soulevé en moi. Suprême. Bonheur.

J'essaie de nouveau de le lui dire, une fois que nous nous sommes calmés. Mais il ne veut pas parler. Il veut seulement savourer les derniers feux de ce que nous venons de vivre, et cela ne me gêne pas du tout. Parce que nous avons toujours aujourd'hui, demain, le surlendemain et toutes les autres splendides journées de notre vie.

Nous sommes amoureux et rien ni personne ne va pouvoir s'interposer entre nous.

Enfin, quelles étaient les probabilités? Deux inconnus prenant l'un et l'autre des mesures désespérées pour revivre les épreuves que nous avons subies et continué d'endurer, et dans ce chaos, nous nous sommes trouvés. Nous avons trouvé l'amour. Nous avons créé quelque chose à partir de rien. C'est l'histoire que nous raconterons un jour à nos enfants et nos petits-enfants – en omettant de préciser que leur mère et grand-mère s'est conduite comme une putain. Cela pourrait vraiment gâcher l'histoire.

Je suis heureuse. Je suis grisée. C'est un jour nouveau. Les nuages ont été balayés. Le soleil brille. Les oiseaux chantent. Je parie que si j'ouvre la fenêtre pour me pencher dehors, un petit oiseau va venir se percher sur mon doigt et me chanter des sérénades. Et si ça, ce n'est pas un moment de conte de fées… Cela dit, je n'ai aucune intention de faire cela. Avec un peu de chance, je trébucherais et je tomberais deux étages plus bas sur le ciment en écrabouillant sous moi le petit oiseau en question.

Non, impossible. Rien ne doit gâcher la beauté de cette journée. Mentalement, j'ordonne au petit oiseau de rester dans son coin pendant que je resterai dans le mien. Comme ça, il n'arrivera de mal à personne.

Gros soupir, je m'étire longuement et hop! Idée lumineuse.

Petit déjeuner. Je vais le lui préparer. Un immense sourire éclaire mon visage alors que je décide que ce sera des œufs et du bacon, puis un rictus coquin quand je songe à ce sur quoi cela pourrait déboucher. Qui l'eût cru? Le bacon: un aphrodisiaque bourré de cholestérol. Du bonheur en barre. Une tragédie pour les artères.

Je repousse les couvertures pour m'atteler à ma mission – car c'est bien en s'occupant de son ventre qu'on garde le cœur d'un homme, non? – quand la porte de la salle de bains s'ouvre et que Noah en sort. Il est entièrement habillé et est terriblement sexy, malgré ses cernes. J'ai dû le forcer à veiller bien tard hier soir. Je glousse intérieurement comme une petite garce.

— Bonjour, dis-je avec un sourire timide.

Soudain, je me demande s'il éprouvera les mêmes sentiments que la veille.

— Bonjour, répond-il.

Le ton est un tantinet plus maussade que je ne m'y attendais. Il baisse les yeux sur sa cravate et entreprend de l'ajuster, alors qu'elle est impeccable comme toujours. J'ai comme l'impression qu'il n'a pas envie de me regarder.

Oh, merde. D'accord, pas besoin de paniquer. Peut-être qu'il doute comme moi et qu'il ne sait pas quelle va être ma réaction ce matin. C'est facile à arranger.

— Alors, euh, vous allez au bureau? demandé-je, ne sachant pas trop par où commencer.

— Oui. Je suis parti un peu précipitamment hier soir et je n'ai pas pu parler à tous les prospects et membres du conseil d'administration. Il va falloir que je remédie à cela.

Il abandonne sa cravate pour s'intéresser tout aussi inutilement à ses boutons de manchette.

— Oh, désolée pour cela, dis-je, un peu culpabilisée. Nous avons le temps de parler un peu avant?

— Pas besoin, vraiment, élude-t-il. Je sais déjà tout ce que vous allez me dire et la solution du problème est simple.

Alors là, ça m'agace. Comment ose-t-il présumer savoir ce que je pense? Et qu'est-ce que c'est que cette solution? À quel problème fait-il allusion? Parce qu'en ce qui me concerne, tout va à la perfection.

Noah s'approche du lit et sort de sa poche intérieure un papier plié en trois, le déplie et le déchire. Il laisse les deux morceaux tomber sur le lit à côté de moi.

— Retournez auprès de votre mère et de votre père. Ils ont bien plus besoin de vous que moi.

Je baisse les yeux vers le document alors qu'il tourne les talons et s'apprête à sortir. Je n'ai pas besoin de regarder de plus près pour voir que le document qu'il a détruit est notre contrat. Ce qui servait à m'attacher à l'homme que j'aime n'est maintenant plus bon qu'à finir recyclé.

— Noah, je... commencé-je.

— Je dois partir, me coupe-t-il sans se retourner en s'arrêtant sur le seuil. Vous devriez en faire autant.

Et sur ce, il ouvre la porte et m'abandonne.

Ils ont bien plus besoin de vous que moi. Ses paroles résonnent dans mes oreilles, assourdissantes.

Mon cœur, qui débordait d'ivresse à peine quelques secondes plus tôt, est maintenant comme le papier inutile qui gît à côté de moi: anéanti, déchiré en deux.

— Mais... je vous aime aussi, chuchoté-je dans la chambre vide.

Je ne peux pas le laisser partir sans qu'il ait au moins entendu cela. Je saute du lit pour courir après lui, mais quand un courant d'air glacé me fait frissonner, je me rends compte que je suis encore toute nue. Comme il y a de grandes chances que les domestiques s'affairent dans la maison, je ne peux pas sortir ainsi. Je prends l'un de ses T-shirts, l'enfile et m'élance en courant dans le couloir. Je manque de tomber la tête la première dans l'escalier, mais je parviens à reprendre mon équilibre et gagner le hall. Cependant lorsque je me précipite pour ouvrir la porte d'entrée et crier, je distingue seulement l'arrière de la limousine qui s'éloigne dans l'allée.

Trop tard. Il est parti. Et moi... je suis toute seule.

Lanie et Noah se retrouveront-ils ?
Pour le découvrir, lisez le tome 2...

Un million de plaisirs coupables

TRADUIT DE L'ANGLAIS (ÉTATS-UNIS)
PAR ALEXANDRA MOREAU

Titre original :

A MILLION GUILTY PLEASURES

Copyright © 2014, by C.L. Parker.
Tous droits réservés.
© Librairie Générale Française, 2014, pour la traduction française.

Lanie

Alors que je regarde la limousine s'éloigner et disparaître, un sentiment me submerge. Je pensais que ce serait la défaite, la souffrance, l'impression d'avoir été trahie, le chagrin, mais il n'en est rien.

La fureur. Une fureur inextinguible.

Comment a-t-il osé ? Cet idiot avec son immense maison, son ego démesuré et sa grosse tête qui s'imagine pouvoir prévoir ce que je vais lui dire... Avant que j'aie eu le temps de parler et de lui prouver qu'il a tort, il m'envoie balader.

Il a pu dire tout ce qu'il voulait. Bien sûr, j'aurais pu répondre à ses déclarations quand j'étais emportée par la passion, mais la passion en question était alors tellement violente et j'étais trop occupée à reprendre mon souffle pour pouvoir dire quoi que ce soit de cohérent ou même d'affectueux. Et puis je pensais que j'aurais tout un tas d'autres occasions pour lui dire ce que je ressentais. N'oublions pas que je lui ai permis de m'appeler Lanie. Il n'était pas question qu'il pense que je disais ces trois petits mots simplement pour lui répondre. J'avais envie d'avoir mon moment bien à moi et de le crier bien fort pour qu'il n'y ait aucun doute sur la sincérité de ma déclaration, parce que ce genre de choses, c'est sérieux. J'étais vraiment prête à sauter le pas ; pour lui, pour moi... pour nous.

Et il a fallu qu'il gâche tout en se comportant comme un mâle des cavernes. Les hommes sont vraiment des crétins.

Néanmoins, avec celui-là au moins je peux réagir, parce que je n'ai vraiment rien à perdre à l'affronter. J'ai la ferme intention de me faire entendre, bon gré, mal gré. Il va savoir que je l'aime et il va se mordre les doigts de m'avoir rejetée ainsi. Je vais débarquer dans son petit bureau et réclamer toute son attention. Il va voir à quel point il a eu tort de s'imaginer n'importe quoi et je vais lui passer l'envie de faire hâtivement des conclusions. Parce que je suis une femme, une femme qui a tout donné pour sauver sa mère mourante et que j'ai une voix qui ne demande qu'à être écoutée. Et qu'il n'est pas question que j'aie enduré pour rien tout ce que j'ai subi depuis que je suis entrée dans l'univers de Noah Crawford.

Résignée à cette théorie, je tourne les talons et rentre dans l'immense demeure, les épaules bien droites et la tête haute. Après une douche et un rapide tour dans la merveilleuse réserve de vêtements indécents de Polly, je m'habille, prends mon mobile et m'en vais.

Je m'impressionne moi-même en dévalant les escaliers sans me rompre le cou ni me fendre le crâne. Arrivée au premier, j'entends une voiture s'arrêter.

Ce doit être Samuel qui revient après avoir déposé Noah et je me dis qu'il ne pourrait pas mieux tomber.

J'entends ensuite tambouriner à la porte, puis une voix qui s'écrie :

— Lanie Marie Talbot, je sais que tu es là! Sors de ton lit et viens ouvrir!

C'est ma meilleure copine, Dez.

Je me précipite à la porte et l'entrouvre juste au moment où elle s'apprête à frapper à nouveau. Pour une fille, elle a de la force et j'ai de la chance d'échapper d'un cheveu à son coup de poing. J'aurais l'air fine avec une bosse sur le front pour affronter Noah.

— Dez! m'écrié-je tout en esquivant son bras.

Nous reculons l'une et l'autre d'un pas et nous nous toisons en même temps.

— Comment es-tu habillée? nous demandons-nous en chœur.

Dez est en noir de la tête aux pieds. Enfin, presque. Jean noir skinny taille ultrabasse avec un énorme ceinturon orné d'une boucle en forme de tête de mort, col roulé noir, bottes en serpent noir et casquette elle aussi ornée d'une tête de mort juste au-dessus de ses sourcils parfaitement épilés.

Je me jette sur elle et la ceinture littéralement.

— Oh, mon Dieu! Tu m'as tellement manqué!

C'est seulement maintenant que je l'ai en face de moi que je me rends compte à quel point son absence m'a pesé.

— Mais lâche-moi, enfin! Qu'est-ce qu'on te fait manger, ici, des stéroïdes? demande-t-elle en essayant de s'arracher à mon étreinte.

Je la libère, me rendant compte que j'ai sûrement failli la broyer, et je m'efface pour la laisser entrer.

— Qu'est-ce que c'est que cette tenue «Mission Impossible»?

— Je viens t'exfiltrer. (Elle se retourne et me jette un regard approbateur.) Le petit copain t'a sacrément customisée, dis donc. Regarde-toi avec ta minirobe rouge, espèce de petite coquine.

Elle me dévisage une nouvelle fois et elle étouffe un cri en ouvrant de grands yeux.

— Mais tu viens de faire l'amour! Raconte-moi tout!

J'écarquille les yeux à mon tour.

— Quoi? Pas du tout!

— Bien sûr que si, Lanie Talbot! N'oublie pas à qui tu parles. Je connais parfaitement cet air hagard de fille qui vient de coucher avec quelqu'un.

J'adorerais tout raconter à ma meilleure copine, mais il faut que je rattrape Noah et l'arrivée soudaine de Dez m'en empêche. Et d'ailleurs, à ce propos...

— Qu'est-ce que tu viens de me raconter, que tu venais m'exfiltrer?

— Oui, prends tes affaires, on part. Je suis en mission pour te faire sortir de ta cellule d'esclave sexuelle. (Elle jette un regard admiratif autour d'elle.) En même temps, j'aurais un peu de mal à appeler ça une prison. Ça tient plutôt du palais!

— OK, un peu de sérieux. Pourquoi es-tu venue et comment as-tu su où j'étais?

Elle lève les yeux au ciel.

— Tu m'as dit que Noah Crawford t'avait achetée. Sur le moment, je n'ai pas réagi, mais, brusquement, tout s'est éclairci : le Noah Crawford de Scarlet Lotus, bien sûr ! Je me suis dit qu'il ne devait pas y avoir des tas de Noah Crawford dans le monde, et encore moins dans ce coin du pays, avec assez d'argent pour claquer deux millions afin d'avoir sa petite poupée rien qu'à lui, ajoute-t-elle avec toutes les minauderies d'une actrice de série B.

— Certes, mais ça n'explique toujours pas pourquoi tu tiens tellement à me faire évader. Je vais bien, et je t'assure que je suis loin d'être une prisonnière. Noah me traite très bien.

Elle soupire.

— J'ai quelque chose à te dire, ma cocotte, commence-t-elle. (Cocotte : jamais elle ne m'appelle comme cela, sauf quand elle s'apprête à me sortir quelque chose de particulièrement pénible. Mon cœur fait un bond dans ma poitrine.) Ta mère a eu des complications. Elle vient d'être admise à l'hôpital universitaire et j'ai promis à ton père de t'y emmener. Ça ne se présente pas très bien, ma chérie…

Au même instant, la porte d'entrée s'ouvre et Polly surgit.

— Bonjour Lanie ! me salue-t-elle avec son entrain habituel, comme si ma vie ne venait pas d'être bouleversée en quelques secondes. (Son sourire s'envole aussitôt quand elle voit mon expression accablée.) Oh, mon Dieu. Que se passe-t-il ?

— Noah avait raison, dis-je, la gorge serrée, mes parents ont plus besoin de moi que lui.

David

J'ai mal au crâne. Comme si je m'étais pris une poutre tombée du vingtième étage. Ou un des lustres du Titanic. Ou le Titanic lui-même.
Et j'ai un goût épouvantable dans la bouche.
J'entrouvre une paupière pour constater les dégâts.
Généralement, quand je me réveille dans cet état, il y a toujours dans mon lit une ou deux prostituées, voire trois, qu'il faut renvoyer rapidement avant qu'elles ne s'incrustent un peu trop.
Dieu merci, je suis seul dans mon bureau chez Scarlet Lotus. Cette conne de Julie a sans doute compris quand je lui ai dit d'aller se faire foutre hier soir. Du moins il me semble que je lui ai dit de partir. Je me rappelle que je l'ai enculée – je tenais à réitérer mon exploit. Dommage que Crawford n'ait pas été là pour le voir. La tête qu'il a faite en apercevant Julie à mon bras à la soirée, cela valait son pesant d'or ! Certes, pas autant que je l'espérais. Sûrement parce que ce con avait miss Delaine Talbot à son bras. Je devrais plutôt dire que c'était elle qui l'avait au sien, littéralement. Le bracelet qu'elle portait voulait tout dire : il la marquait comme sa propriété

personnelle. Ce détail m'a encore plus donné envie de la lui piquer. Il fallait juste que je peaufine ma stratégie : récupérer une femme comme Delaine Talbot nécessite plus que des promesses creuses et un gros compte en banque.

Je m'étire et tous les muscles de mon corps de rêve protestent. Une chose est certaine : le canapé en cuir de mon bureau a beau être confortable et importé d'Italie, il ne m'arrange pas le dos ! J'ai dû l'affaisser à trop baiser dessus durant ma courte vie. Mais bon, du moment que je sais comment donner des orgasmes, je n'ai pas de raisons de ralentir le rythme. Me les donner à moi, pas à elles, s'entend. De ce côté-là, je n'ai jamais rien promis !

Je me redresse en forçant mon crâne à ne plus m'élancer, et je m'étire encore, espérant me décoincer le dos et la nuque. Bon sang, ce que j'ai mal ! La tête me tourne, mais au bout d'un petit moment, j'arrive à contrôler suffisamment mes esprits pour empêcher le sol de tanguer et me lever. Un pas après l'autre, je zigzague jusqu'à la salle de bains – j'avoue, je suis encore ivre – et je prends le flacon d'analgésiques dans l'armoire à pharmacie. Après en avoir avalé un, puis un deuxième pour être sûr, je les fais passer avec une gorgée d'eau froide.

Je fais un grand sourire à mon reflet dans le miroir. Après une soirée comme la mienne, n'importe qui d'autre aurait une tête de déterré, mais pas moi. J'ai toujours bonne mine. Je prends ma brosse à dents pour astiquer mon précieux sourire avant de sauter dans la douche. Un instant plus tard, après un dernier coup de serviette, je vais prendre de quoi me changer dans mon placard. Oui, j'ai une garde-robe sur place.

La douche m'a un peu dégrisé, et c'est tant mieux car j'ai un rendez-vous très important auquel je tiens à être ponctuel et présentable. Un coup d'œil à ma Rolex m'indique que j'ai encore largement le temps.

Je suis sous le choc, c'est le moins qu'on puisse dire, quand j'ouvre la porte de mon bureau et que je vois Crawford sortir de l'ascenseur. Il lève le nez et gémit lui aussi en m'apercevant. Oui, je sais, c'est pénible de vivre dans mon ombre. Je le devance toujours d'une tête et quoi qu'il arrive, ce sera toujours le cas – jusqu'au jour où il finira par me céder sa moitié de l'entreprise.

— On est dimanche, Crawford, qu'est-ce que tu fiches ici ?

Non que ça m'intéresse, mais juste parce que j'aime l'énerver…

— J'ai du boulot en retard, dit-il en sortant la clé de son bureau.

Manifestement, il a l'intention de me rabrouer, mais pas question de le laisser faire sans m'être amusé un peu avant.

— Tu es parti tôt, hier soir. Mais ne t'inquiète pas, j'ai expliqué aux invités que tu avais une petite poupée qui monopolisait ton attention, lancé-je, content de moi.

Il comprend parfaitement que je l'ai débiné devant tout le monde. Et un point pour moi. Puisqu'il ne s'est pas occupé d'eux, c'est moi qui ai pris l'avantage dans ce petit combat que nous menons pour gagner l'ascendant sur l'entreprise. Il secoue la tête d'un air renfrogné.

— Et au fait... c'est une sacrée bombe atomique, ta Delaine. Waouh! Et elle n'a pas la langue dans sa poche non plus. De quoi m'a-t-elle traité? dis-je, en faisant mine de ne pas me rappeler. Ah oui, de rémora! Et elle a l'air de croire que tu en as une plus grosse que moi, d'ailleurs... Ce qui est peut-être vrai, mais ça n'a pas empêché ton autre copine de me sauter dessus, hein? Évidemment, contrairement à Julie, Delaine s'est dépêchée de défendre son mec. Et avec passion, en plus! Je pourrais bien l'ajouter sur ma liste de larbins.

Et là, bam! J'ai touché dans le mille.

La haine flamboie dans ses yeux. Première erreur: plus il tient à elle, plus j'ai envie d'elle. Il se précipite sur moi et me plaque au mur en me prenant à la gorge. Deuxième erreur: cette agression sur le lieu de travail ne fait qu'ajouter une arme à mon petit arsenal.

— Tu ne l'approches pas! C'est compris? fulmine-t-il, les dents serrées, l'index pointé sur mon visage. Tu ne l'approches pas! C'est le premier et dernier avertissement, Stone. Je te jure que je t'étriperai à mains nues!

Troisième erreur: menaces de mort. Je vais peut-être demander à être protégé, voyez-vous, parce que je crains pour ma vie et que je ne peux pas subir un environnement de travail hostile.

Je lui adresse mon sourire vainqueur, car je l'ai attiré exactement là où je voulais. C'est précisément le genre de réaction émotionnelle contre laquelle je l'ai toujours mis en garde quand il s'agit des femmes. Il n'est pas dans sa meilleure forme, il ne réfléchit pas et il ne se doute sûrement pas qu'il vient de me donner toutes les munitions nécessaires pour lui tendre une embuscade et lui voler ce qui fait sa joie et sa fierté. Scarlet Lotus m'est offert sur un plateau et je compte bien le prendre.

Son mobile sonne et, bien qu'il n'ait pas l'air d'avoir l'intention de répondre, il pousse un juron et finit par reculer, ce qui me permet de reprendre mon souffle. J'étouffe un toussotement et me masse la gorge pendant qu'il a le dos tourné pour répondre. Crawford n'est pas une mauviette. Je sais que si nous en venons aux mains, ce sera un adversaire redoutable, mais il n'est pas question qu'il en ait conscience.

— Quoi ? aboie-t-il au téléphone.

Je ne lui prête pas attention et je me dirige vers l'ascenseur. Franchement, il m'ennuie. J'ai tout ce qu'il me faut et mon rendez-vous m'attend...

— Polly, ralentissez. Qui ?... Dez ? Qui est-ce, cette Dez ?... Merde, non... Oh, mon Dieu, non. Où est-elle ?... Non, non, c'est très bien. L'université ?... OK, calmez-vous. Je vais appeler Daniel, il est employé là-bas... Oui, allez-y... Accompagnez-la, Polly.

Je n'ai pas la moindre idée de ce que signifie cette moitié de conversation, mais en même temps, je m'en contrefiche. Quand l'ascenseur sonne et que la porte s'ouvre, il se retourne vers moi et écarte le téléphone de son oreille.

— Je ne rigole pas, David. Ne l'approche pas, m'avertit-il de nouveau.

— Mais oui, pas de problème mon vieux, tu as ma parole !

Je mime un salut militaire alors que les portes se referment. Il sait qu'il ne peut rien faire, mais apparemment, son agaçant petit moucheron vient de le prévenir qu'il a une crise à gérer. Ce qui me laisse le champ libre pour m'occuper du reste.

Je monte dans ma Viper rouge et mets le volume de la musique à fond tout en sortant du parking dans un crissement de pneus. Devant moi, les autres voitures s'écartent comme les flots de la Mer rouge. Il se peut qu'en réalité il n'y ait pas beaucoup de circulation en ce dimanche matin, mais je me plais à penser que je suis un dieu au volant de ce petit bijou.

— C'est ça, pauvres connards... Laissez passer la splendeur.

En un rien de temps, j'arrive sur le parking du Foreplay, un petit club minable qui fait discrètement de grosses affaires. Tellement discrètement que tout se passe au sous-sol. Pauvres ratés en haut, vraies putes et magnats des affaires en bas. Le cadre idéal.

Je gagne la porte de derrière et frappe deux coups rapides suivis de six lents. Immédiatement, Terrence ouvre.

— Mr. Stone ! Pile à l'heure, comme d'habitude, ment-il d'un air très convaincant. (J'ai au moins vingt minutes de retard, mais comme je dis toujours, le temps s'arrête pour David Stone.) Entrez donc.

Je pénètre dans la pénombre du hall et inspire profondément.

— Oh, la délicieuse odeur du sexe et de l'argent dès le matin, roucoulé-je. Y a-t-il mélange plus délicieux ?

— Sûr que non, répond-il en m'assenant une tape dans le dos. Scott vous attend dans son bureau.

— Je connais le chemin.

Je descends le couloir jusqu'au bureau de Scott. Je ne me donne pas la peine de frapper, car je sais qu'il m'attend. Il m'attend toujours. Et pas question qu'il en soit autrement. Je pousse la porte et je le vois en train de fumer un joint renversé dans son fauteuil, nu comme au premier jour.

— Salut, me dit-il mollement, les yeux mi-clos, tout en soufflant la fumée. Je croyais que tu n'arriverais jamais.

— Oui, moi non plus ! (Je ferme la porte et enlève ma veste. Du menton, je désigne les petites lignes de neige blanche qui strient le miroir rectangulaire posé sur son bureau.) Tu as commencé la fête sans moi ?

— Non, c'est jamais vraiment la fête tant que tu n'es pas là, sourit-il d'un air entendu en se caressant la poitrine.

J'accroche ma veste sur un cintre et m'approche lentement de lui en déboutonnant ma chemise pour révéler la magnifique poitrine sculptée qu'elle dissimule. Il aime me regarder bouger. Ça lui fait des trucs. À moi aussi, de savoir à quel point ça l'excite. Scott n'est la salope de personne, mais c'est mon petit secret coquin. Lui et la Poudre du Diable sur son bureau sont mes seules faiblesses. Heureusement pour moi, personne ne sera jamais au courant.

Une fois auprès de Scott, je le domine largement. Au quotidien, c'est lui qui écrase les plus faibles que lui, mais en ma présence, il est la proie et moi le prédateur. Toujours. Je l'empoigne par les cheveux et je tire violemment sa tête en arrière pour le forcer à lever les yeux vers moi. Il me suffit d'un regard pour constater qu'il est déjà très excité. Et il va pouvoir m'avoir, mais pas avant que j'aie un peu sniffé de sa poudre.

Je pose le bout de mon petit doigt sur l'une des lignes et le porte à son nez. Scott se bouche une narine, ferme les yeux et inspire la fine poudre blanche. Il rouvre ses yeux bleus et les pose sur moi.

— Oh, oui, chéri. C'est de la bonne.

Il se lèche les lèvres en regardant ma bouche. Ce spectacle me fait furieusement bander. Il va l'avoir, son baiser, et ensuite il me sucera, puis je snifferai quelques lignes et je me mettrai derrière lui pour lui donner ce qu'il attend.

J'adore ma putain de vie.

★ ★ ★

Scott me regarde fermer le dernier bouton de ma chemise.

— Ne t'en va pas aussi longtemps la prochaine fois, dit-il avec une petite moue. Tu me manques horriblement quand tu n'es pas là.

— Ah, tu me manques aussi, Scotty, mais tu sais ce qu'on dit : plus on attend, plus c'est bon, réponds-je avec mon sourire conquérant.

Il le fait toujours fondre et je joue cette carte-là comme un pro. J'ai une image à préserver et si jamais quelqu'un découvre que je joue dans les deux équipes, elle serait sérieusement mise à mal.

— Ton paquet est dans le bureau, le tiroir du bas, dit Scott.

Il se laisse rouler du canapé et file à la salle de bains, les fesses toujours à l'air. Bon sang, il a un petit cul serré qui encaisse tout ce que je lui colle.

C'est quand je vais prendre ma petite provision personnelle que je tombe dessus. Une chemise portant le nom de Delaine Talbot écrit en rouge. Je revois son petit sourire narquois tellement sexy quand elle m'a démonté hier soir et m'a sacrément fait bander. Comme je connais le genre d'affaires que conclut le petit Scott, je suis très curieux de savoir pourquoi il possède un dossier portant le nom de ma future conquête. Entendant la douche commencer à couler, je sors la chemise et commence à lire le seul document qui s'y trouve.

Un sourire satisfait se peint sur mes lèvres quand je constate qu'il s'agit d'un contrat promettant deux ans de la vie de Delaine à une seule personne, Mr. Noah Crawford.

— Merde, mon petit Noah. Tsst-tsst. C'est comme piquer les bonbons d'un petit garçon, murmuré-je en riant, tout en fixant la signature de Noah juste à côté de celle de Delaine.

Je referme le dossier et le range. Il est très bien là où il se trouve pour le moment, et je sais que Scott me le donnera si je lui demande. Il me passe mes quatre volontés, principalement parce qu'il est fou amoureux de moi, mais aussi parce que ma bite l'hypnotise. Du moment qu'il ne se sent pas menacé par mes intentions à l'égard de la fille, il se laissera faire.

L'important, c'est que j'aie finalement gagné. Ce qui s'est passé entre Noah et moi au bureau tout à l'heure, c'est ma parole contre la sienne. Et j'ai beau avoir matière à l'assigner en justice et une folle envie de traîner son nom dans la boue, je ne peux pas prouver ce qui s'est passé. Mais ce truc, là, c'est impossible à nier. C'est écrit noir sur blanc.

Autant dire que Scarlet Lotus est à moi.

Composition réalisée par Belle Page

Achevé d'imprimer en mars 2014 en France par
CPI BRODARD ET TAUPIN
La Flèche (Sarthe)
N° d'impression : 3004478
Dépôt légal 1re publication : mars 2014
LIBRAIRIE GÉNÉRALE FRANÇAISE
31, rue de Fleurus – 75278 Paris Cedex 06

21/3332/0